岁时记 古诗词里的节气之美

冯辉丽 著

图书在版编目（CIP）数据

岁时记：古诗词里的节气之美 / 冯辉丽著. —南京：江苏凤凰文艺出版社，2016.6（2023.9 重印）
ISBN 978-7-5399-9205-1

Ⅰ.①岁… Ⅱ.①冯… Ⅲ.①古典诗歌－诗歌研究－中国 Ⅳ.①I207.22

中国版本图书馆 CIP 数据核字(2016)第 085580 号

书　　名	岁时记：古诗词里的节气之美
著　　者	冯辉丽
责任编辑	查品才
出版发行	凤凰出版传媒股份有限公司 江苏凤凰文艺出版社
出版社地址	南京市中央路 165 号，邮编：210009
出版社网址	http://www.jswenyi.com
经　　销	凤凰出版传媒股份有限公司
印　　刷	江苏扬中印刷有限公司
开　　本	880×1230 毫米 1/32
印　　张	8.25
字　　数	190 千字
版　　次	2016 年 6 月第 1 版　2023 年 9 月第 5 次印刷
标准书号	ISBN 978-7-5399-9205-1
定　　价	36.00 元

（江苏凤凰文艺版图书凡印刷、装订错误可随时向承印厂调换）

CONTENTS　　　　　　　　　　　　　目　录

春卷

立春：春到人间草木知 003

雨水：小楼一夜听春雨 014

惊蛰：雷动风行惊蛰户 027

春分：风有信来花不误 037

清明：梨花风起正清明 047

谷雨：茶烟轻扬落花风 058

夏卷

立夏：一夜熏风带暑来 069

小满：花未全开月半圆 078

芒种：箪食壶浆田畇忙 088

夏至：芳草脉脉小木歇 099

小暑：凉风起于青萍末 110

大暑：看朱成碧思纷纷 121

秋卷

立秋：梦里花落几人惊 133

处暑：也无风雨也无晴 142

白露：一壶清露酹浮生 152

秋分：风清月朗桂香远 164

寒露：萧疏桐叶夜色阑 171

霜降：任是无情也动人 181

冬卷

立冬：谁念西风独自凉 195

小雪：起唤梅花为解围 207

大雪：独钓寒江光阴转 216

冬至：半随流水半随尘 227

小寒：占尽风情向小园 237

大寒：岁染蕤红一年欢 250

SPRING 春卷

烟笼着雨,雨过天青。如果,如果某一天,能够不期而遇,那扑面而来的偈语,该是两个字:旧约。

立春：春到人间草木知

立春
东风吹散梅梢雪，一夜挽回天下春。
从此阳春应有脚，百花富贵草精神。

——【宋】白玉蟾

立春。

写下这两个字，就有些心神荡漾。

立，是开始。按历书上的说法，从这一天开始，就进入春天了。秋收冬藏，大雪倾城，都成过去，此一番，又是新开始，新天地，新希望。

北方的春，来得晚。这时节，草木未萌，花信风不吹，山是苍山，水是瘦水，波光粼粼里透着清寒。眼前的一切，都还是冬天的风骨和气象。只是，心按捺不住了。一个春字，宛如铁马踏冰河，踏开了，就是春江水暖，一枝梨花春带雨。

裁一卷红纸，做了春帖子。

是立春节气里的风俗。又名春端帖。

这风俗，若按图索骥，可以上溯到宋朝。宋朝文事之盛，前所未有，书法、绘画、诗歌，各领千秋，就连自烟花柳巷始，不登大雅之堂的词，进入文人的圈子里，也蔚然成大，在中国文学史上独占一席之地。

究其原因，其实也简单。宋太祖赵匡胤自开国以来，就提倡以文治国，崇文抑武。文人一支笔，可写风月，可写太平，可修经史，即便指点江山，端足了架子使尽了力气，也颠覆不了江山。

宋太祖是武将出身，黄袍加身，一匹马，英勇威猛，战沙场，扫劲敌，发动陈桥兵变，改国号为"宋"。江山帝位来得不容易，自然不想被谁效仿，凭借武力再夺了去。

杯酒释兵权，是流传多年的宋史典故，说起来，是帝王智慧，舍去兵戈相见，很斯文地解决了问题，总比火烧庆功楼，对功臣施以杀戮要好得多。但殊途同归，本质上也没什么区别，过河拆桥，鸟尽弓藏，无非是保自己一姓之天下，不为他人所得。

有史学家考证说，杯酒释兵权中有诸多疑点，该是文人的杜撰和演绎。但宋一代偃武重文，以文治国，却是不争的事实。完善科举制度，重用文人，立嘱后代不杀文臣，一系列的政策，对宋朝的文化产生了深刻影响。名人辈出。唐宋八大家之中，宋占了六家。

宋朝皇帝普遍能书画善诗词，也有好文采。最有名的宋徽宗，不爱江山爱丹青，诗词写得好，画得好，字也写得好，书法创"瘦金体"，更是举世闻名。

作为最高统治者，帝王执掌生杀，具有无上的权力，个人的喜好，往往也成为一个国家的流行,影响整个朝代。江山更迭,一朝又一代,成王败寇,你方唱罢我登场,回首过去,仍有那一纸锦绣和文采风流。

按宋制,翰林一年八节要撰作帖子词。诗体近于宫词,多为五、七言绝句,文字工丽,或歌颂升平,或寓意规谏,贴于禁中门帐。"立春"日贴春帖、作春帖词,尤其盛行。

春年年来,春帖子年年写。

屋外天寒地冻,滴水成冰,屋内泼墨挥毫,心思辗转。

是不是好帖,登不登大雅之堂,算不了什么,揣摩对了圣意才是最重要的。借文人之笔,歌圣德,颂太平,这一点人人心知肚明,受囿于一念,殚精竭虑,委曲求全,一字一句之间,其实也有说不出的难。

古人凭着各自的领悟,总结了四大靠不住,春寒、秋暖、老健、君宠。

前三个,是天地间的自然,非人力可以掌控,后一个,则是君心的叵测。此一时,鲜衣怒马,春风得意,彼一时,一声惊雷,也许就是雨打浮萍,青衫落魄到白头。

若能得无羁无绊,谁又愿战战兢兢,如履薄冰。所以,宋诗人杨万里在晚年举杯慨叹:"一生幸免春端帖,可遣渔歌谱大章。"

相比来说,更喜欢民间的春帖子。

不拘平仄,不负责江山国事,要的是实用,一张大红纸,画上春耕图,配上二十四节气,指导农事生产,提醒人们注意按照节气进行耕作播种。

画工粗糙,一头耕牛半顷田,信手勾勒,意到了就是春和景明,春风浩荡。立春前几日,便有人敲着小锣竹板,唱着贺春词,走街串巷,挨家挨户送上一张,谓之送春。

农耕时代不再,这实用而体贴的风俗,除了陇南民间,还有刻意的传承,各地已经趋向式微,渐渐淡出生活之外。大浪淘沙,光阴的广陵散这么弹着,散尽了江山烽火,散去了人情世故,一转眼,已是喧嚣繁华的今朝。

不会做诗,也不会画春耕图,只在纸上描了一株梅花,右下角,毛笔小楷写了一行字:东风吹散梅梢雪。

是宋人白玉蟾《立春》诗中的一句。

白玉蟾,这名字念出来,真是好听。

我在写的时候,几次将"蟾"写成"禅"。总觉得,更符合他道人的身份,禅,是莲花菩提,干净空灵,而蟾,是两栖动物,满身疙瘩,丑陋有毒,很少被人用在名字里。

有说,他出生的那一晚,他的母亲做了个梦,梦见一只玉色蟾蜍,从窗户外跳进来,落到手边,忽然就惊醒了。因此,给他起名玉蟾。

这说法,充满神话色彩,对应着他传奇的一生,虽有趣,却不足为信,如此渲染,无非是想告诉世人,他不是尘世间的寻常人物。

或许,原本就是简单。蟾,在古代是吉祥之物,开运、纳财,蟾宫折桂,喻的是科举登第,榜上有名。是添丁之喜中,长辈寄予他的一个期望。

这一首诗,名为"立春",切合节气时令,却不是为春帖子而写。

白玉蟾的一生,和杨万里一样,不曾做过春帖子。不同的是,杨万里是幸免,在朝为官,但不曾为此费过心思,是有一份侥幸在。白玉蟾则是一生不仕,荣华也好,落魄也罢,从来没有过相逢。

不是才华输人。他天资聪慧，七岁能赋诗，九岁熟背儒家九经，还写得一手好字，画得一手好画，自小就有"神童"的声名。

也不是没有入仕的念头。十二岁时，他去广州参加"童子科"考试。按宋律，通过考试的童子，由皇帝亲自殿试，成绩出众者，便可赐进士出身，然后授官。学而优则仕，他走的也是这个路数，甚至走得更早。

宫殿森严，一重又一重，他和来自各地的童子们，被人带领着，穿过肃静幽深的走廊，走到正襟危坐的考官面前。都是十来岁的孩子，饶是素来不怯场的，这会儿也都有些紧张，步步留心，时时在意，每一句话，都要小心思考，谨慎答对，唯恐一时失言，名落了孙山。

看到"织机"为题，他心下一喜。

这题对他来说，不难。

他家住海南，天之涯，海之角，古时偏远之地，纺织业却是发达。当地人都有一手很好的纺织技巧，榻布蔽体，盛装出行，精细轻软、色彩鲜艳的织锦，是每年向朝廷进贡的珍品。

每天都闻机杼声，常见母亲坐在织布机前，踩蹬，拉梭，从早到晚，不仅要织布，供家里人穿戴，还要把织好的布缝成衣服，送到集市上卖，贴补家用。他年纪虽小，却懂得母亲的操劳，捋一把线，递一只梭，偶尔兴起，他也会趁母亲不在家的工夫，坐在上面，装模作样地织上一会儿。

低头看看身上穿的布衣，想着母亲夜以继日的劳碌，少年心事，一时飞作淋漓墨——

山河大地作织机，百花如锦柳如丝。
虚空白处做一匹，日月双梭天外飞。

少年心性，天真，坦荡，想象力也丰富。听听，山河大地，纵横交错，可作织机，百花如锦花红柳绿，颜色好看，就当作织布的丝线，再拿了日月作双梭，在天地虚空的地方，织上一匹五彩布。

天无穷，地无尽，这得是多大的一匹布啊。

一首诗是好是坏，不同的人，会有不同的看法，不同的解释。说到底，是个人标准，就像看一个人——喜欢了，怎么看怎么好，不喜欢，怎么看怎么别扭，甚至看一眼就觉得烦。

这首诗，看在考官眼里，只三个字：太骄狂！大笔一挥，不予录取。

入仕的道路从来曲折，天下才子济济，一举得中者，毕竟是少数。有人屡考屡败，考得白了头发，白了胡子，还不肯放弃，一半出于羞耻，一半出于不可言说的希望。学成文武艺，售予帝王家，一身本事，找不到买家，心里总是不痛快。

很多时候，路没有尽头，是心里的方向错了。此岸非彼岸，穷尽一生，江山还是那江山，要抵达的还是那么远。

少年心思没那么多辗转，倒是有着斩钉截铁的果断。他为自己选择了另一条路——一个人，背起行囊，迎着风，上路了。

他离家的理由，有说是他杀了人。

为何杀人？杀的又是什么人？卷帙浩繁的史料里没有一笔交代，至今是个谜。可能落了榜不痛快，与他人发生冲突，失手伤人，也可能路见不平，拔刀相助。

谁都希望自己的人生是一帆风顺，但有时，机缘巧合，一件事，或者一个转念，就有了不可逆转的改变。

那一年，他十六岁。正是意气风发的年纪，想要什么样的生活，未来要成为什么样的人，还没有一个清晰的打算。只是敢舍弃，不为赋新词强说愁，也没有欲说还休，做一个翩翩的追风少年，回回头，挥挥手，就此别过。

盘缠微薄，也难不倒他，开口就是诗词，动笔就有书画，三教九流，百家杂语，不拘形式顺口就说，信手就写，不必冥想也不必推敲，随便一个噱头，就可以换一碗饭吃。

这一首《立春》，便是他在路上所作。

走在路上，时间不分明，但有足够的时间欣赏沿途的风景，四季轮回，景色迥然，花草树木，风霜雨雪，每个节气都会有不同的风景，一个不经意的相逢，就能对上心里的光阴日月长。

先看到的，是路边的那一树梅。

天地空旷，寒风瑟瑟中，一抹嫣红洇散，残雪点点，飘摇在细瘦的梅梢。一阵风刮过，纷纷扬扬下起梅雪，有细碎花瓣在空气中弥散开来，顷刻间，落了一地还满。

冬去春来，终有雪尽冰融的一天。

他走到树下，就这么站着，就这么看着，一时间悲喜交集。

一场说走就走的行走，这话说着浪漫，令人向往，可当真正走起来时，才能真正体会其中的种种辛苦——路越走越陌生，没有路标，没有认识的人，没有方向，没有归期，书信也无法传递，囊中羞涩，掏不起住店的钱，就住在荒村野外的破庙里。

他有一首诗《云游》，路上的悲苦全在里面。

身上衣裳典卖尽,路上何曾见一人。

初到孤村宿孤馆,鸟啼花落千林晚。

晚朝早膳又起行,只有随身一柄伞。

也想家。千里迢迢,山重水复,孤单和寂寞,无处安放,仿佛断线的风筝,醒来不知身在何处,日落不知栖身何处。两鬓有了白发,连心事也疲倦了几分,走到哪里是终点,走到什么时候是结束,没有答案,问心,心也不知,更与何人说?

立春,居二十四节气之首,在古代是一个重大的节日。

在皇家,是隆重的仪式。皇帝会带着文武百官到都城之东的田野上迎春,一色的青衣青旗,唱"青阳"之歌,舞"八佾"之乐,祭青帝(司春之神),回来之后,要赏赐群臣,还要颁布谕旨,提醒百姓注意农时,不误耕种。

在民间,是喜庆的热闹,簪春花,办春宴,吃春饼,剪春幡,鞭春牛,缝春鸡……即便有的地方有风俗拘束着,这一天不能出门,要在家里接春。用红纸包着一种叫"春菜"的蔬菜,或种在沙土里,或挂在大门口,然后贴上"迎春接福"四个大字,摆上清茶、甜酒,点燃线香,待立春时刻一到,再燃上长长的一挂鞭炮。

一年之计在于春。风调雨顺,六畜兴旺,五谷丰登,人们把一切美好的愿望都寄托在这一天。

这些,都与他无关。自始至终,他是一个旁观者。

一个人,是寂寞的,万水千山走遍,没有人陪,也没有人分享,喜悦,美好，感动，悲伤，落泪，都是自己。从一地到另一地，来的时候是自己，走的时候还是自己。

立春，是节气的转换，也是节气善意的提醒——有时候，你以为的荒芜，其实只是过渡，春天来了，一切，都会过去的。

冬去，春来，节气的轮回，一年一交替，实际上也不意味着什么，但站在一个新的起点，面临一个新的开始，任谁都会精神为之一振。那些被扯碎了、飘散了，干瘪在光阴深处的憧憬和希望，又会像破土而出的草木一样，绿茵茵的饱满起来。

这一点，古人早就懂得。在甲骨文中，春字下面是一个"屯"，像草木钻出地面，曲折而又艰难的形状。

立，是开始。

春秋时讲立德、立功、立言；北宋有为天地立心、为生民立命，为往圣继绝学、为万世开太平。这是一份责任和使命。而对于他来说，立春，更多的是立心。

从父母的庇护到自身的独立，以不同的姿态独立于世人之间，他在努力追寻着一种"立"的方式，立下希望，立下目标，立下决心，立下誓言，最终，让自己立于不败之地。

从此阳春应有脚，百花富贵草精神。这两句诗，干脆通畅，引人遐思，把春天所带来的转变透彻表达出来，也把他的心迹写得明明白白。

生命的长度，注定要用一双脚来丈量。他怀揣着这微小而温暖的向往，丢掉冬的沉赘，敞开清朗的心，在烟雨斜阳外，在山水微茫处，竹杖芒鞋，淡淡走，缓缓行……

大浪淘沙，才名终不掩。

他写的诗词，体裁广泛，情景交融。袖中一卷书，手中一支笔，足迹踏遍南宋半个天下，诗文也传遍半个天下。后人评论他"诗有唐音，有宋体"。

他画的梅竹，奇拔俊逸，别树一帜，使岭南美术开了新篇。《竹石来禽图》、《墨梅图》，现收藏于台北故宫博物院。

他的书法创作，大多是率意为之。他天性嗜酒，常趁酒作草，落笔如风。草书《天朗气清》，是他的传世之作，在南宋书坛允推上品，康熙皇帝谈及他的草书，有龙翔凤翥之势。

他在道家，更有着无上的地位。据记载，他是南宗五祖之一。烟火深处，亦是菩提道场。至于修道的原因，正史上没有记载，我也不好随便猜测。道有尽，缘无穷。相遇抑或重逢，都不是人间虚话。

他自号海琼子。按照古代户籍划分，他算不上地地道道的海南人——他的祖父籍福建闽清，后来，奉朝廷旨意，在海南开馆授学，一家人从此落籍海南。

他原本也不姓白，而是葛家的子孙。本名葛长庚。行不更名，坐不改姓，如何他就姓了白？

一说，他六岁时，父亲亡故，母亲带着他改嫁到雷州半岛的白姓人家，于是改姓白。

另一说，他本姓葛，除去上面的草头，以谢天地父母，除去下面的勾曲，以谢兄弟妻子，只以中间的"曰"字，加撇为姓，由此一身清白，山水逍遥，云游天地之间。

这两种说法，在史书上都有记载。若不需究根问底，我愿意相信后一种。

从十六岁那年,他就辞别家人,把自己放逐到路上,从春到秋,从夏到冬,三十六年时间里,足迹踏遍十二省,大江南北,深山茂林,处处都有他行走的身影。

没有人知道,他要去往哪里,栖在何方,他的脚步从未在一个地方长久停顿,千山万水,只是人生的来来去去。也没有人知道,他卒于何年,他的生死,迄今仍是一个谜。

看过他的一张画像,一手扶石,一把摇芭蕉扇,身后,一棵老松。松枝上,悬一葫芦酒壶。他独坐松下,表情纯粹安详,也无风雨也无晴。

也听过根据他诗词改编的曲子《道情》——白云黄鹤道人家,一琴一剑一杯茶。羽衣常带烟霞色,不染红尘桃李花。

在他的背后,总有说不完的传奇。画竹成墙,隐身术夜遁,托梦降生,蟾仙下凡,文笔峰羽化成仙……故事演绎一番又一番,许多真相被还原成了一千种模样,但拂去漫漶不清、众说纷纭的尘埃,他仍是绝艳,是人们心中的一句惊叹。

将写有他诗句的春帖子挂在窗前,倚着窗子候春风。

要候多久?不用掰着手指数日子。古人凭借经验和智慧,已在《月令七十二候解》中给出了答案:东风解冻,二候蛰虫始振,三候鱼陟负冰。

准确地说,这里的候,是物候,但物候总是攥着时令走的,到了什么时令,就会出现什么样的物候,一个节气分三候,一候五天时间,不急不慢,有序有致,有始有终。

喜欢这样的约定,有些期盼、有些焦急,心里却是不慌乱。不需翘首以盼,不必心心念念,所有相逢,都是注定。

雨水：小楼一夜听春雨

春夜喜雨

好雨知时节，当春乃发生。

随风潜入夜，润物细无声。

野径云俱黑，江船火独明。

晓看红湿处，花重锦官城。

——【唐】杜甫

翻开日历，看到"雨水"两字，嵌在众多数字中，仿佛是一方篆章，蘸着谁湿漉漉的情绪，郑重地落下，静默无言，却让人过目不忘。

雨水日，没有雨水来。

年年都是如此，仿佛已成惯例。在北方，节气的昭示，总是要慢上一拍。春走得慢，雨来得慢，花开得慢，连带着心里的向往，也跟着慢下来。

有时候，忍不住猜想，命名这个节气的人，也许生在南方，夜深人静时,温一壶老酒,听风声过境,细雨打疏桐,陶醉之余,忘了统筹兼顾,致使雨水在北方名不副实,雨水几乎没有在这个节气降临过。

雨落到哪儿去了?

那像牛毛,像花针,像细丝,密密斜织着,浥过轻尘,涤过柳色,淋过青箬笠绿蓑衣的雨,都落到哪儿去了?

是滞留在江南,还是在来的路上,还是像茶一样,隐到了青山绿水,不为人知的地方?

翻看桌上的诗书,雨水很多:空山新雨后,沾衣欲湿杏花雨,夜阑卧听风吹雨,却话巴山夜雨时,有时三点两点雨,到处十枝五枝花……一句句,一行行,从魏晋南北朝,到唐宋元明清,点点滴滴,滂滂沱沱,淅淅沥沥,千百年过去,不知勾勒了多少诗情画意,淋湿了多少游子的情怀。

却没有单独以"雨水"命名的诗。

也许是有的,只是我没有找到,还需要花费些时间,多找几本书来看。但是不想找了。文化的流传和保存,在于它存在于大众的生活中,而不是令人只想束之高阁的高深。更愿意找一些通俗易懂,甚至耳熟能详的诗,读起来更贴近生活本质,也更亲切一些。

如此一来,杜甫的《春夜喜雨》,就成了我的首选。

这首诗,至今还能完整背出。也还记得,第一次读它,是在小学课本里,在洁白崭新的纸页里,它伴着烟雨江南的插图,与空旷校园朗朗的读书声,和节气 脉相承。

不识愁滋味的年纪,好读书,但不求甚解,读诗也是一样,字字句句都是野草，都是风的模样，不问出处，不究深意，三句不通一句，只管囫囵吞枣，草草背完了事。

留在心里的，不是诗句，而是春雨。

它是花开的伏笔，有着空灵的韵脚和迷离的意。春雨贵如油。一滴，就能敲开幽静的夜，一场，就能染透池边飘摇的瘦柳，从此水一端，山一崖，湖一岸，浅浅的漾开，所有的故事都有了着落。

那是一千多年前的一个夜。

很静，很深，只有忽近忽远的雨声，叩响谁家的窗棂。浣花溪畔，简陋朴素的草堂中，一个人默然而坐，案牍沉香间，多少熙攘心事，就这样缓缓而散。

他，是杜甫。

说起他，总会想到一个垂暮的老人，眉头紧锁，面色凝重，目光里满是悲悯，独自走在兵荒马乱的路上。暮色越走越深，脚步越走越慢，黑发走到白丝，仍然停不下脚步，就像是一只落单的蚂蚁，茫然地，不知去向何方。

唐朝的诗歌史上，少不了他的身影。从繁华，到没落，从太平盛世，到祸乱绵延，他的诗跟着家国命运走，一步步沉郁，一步步悲凉，抒发的，是难酬的壮志，亦是忧国忧民的情怀。

总不敢去读他的诗。无论长短，覆盖的，都是悲与苦的气息。随便一个字，都会牵扯出一条长长的惆怅。读得多了，那惆怅，会往心里浸，浸到最后，只剩下无尽的凉。

难得，这一首诗里，有了一个"喜"字。

诗写的是雨，春夜的雨。

恰也是我的喜欢。

夏夜的雨，来得猛急，常伴着隐隐雷声，惊心动魄。秋夜的雨，连绵不断，声声敲窗，易惹人情思，不可自拔。而春夜的雨，随风潜入，润物无声，一年才刚刚开始，没有剪不断理还乱的心绪，也没什么好抱怨和后悔的，可以由着性子隔窗聆听，即便浮想联翩，也是满心满怀的柔软。

诗的起笔，就是一个"好"字。

好在哪里？好在知时节。春天是万物萌生的季节，花要开，草木要返青，麦子要拔节，种子要破土而出，需要雨水的时候，雨水就来了。

还好在知人意，贴人心。白天的雨，若是三两点细雨，沾衣欲湿还好，稍微绵密一些，就要带伞，不自由，不方便出行，一脚一个水渍，会弄湿鞋子。落到夜里就不一样了，闭门不出，可任它倾盆而下，落幽燕，涨秋池，卷走每一个聚了还散的心事。

喜欢做那檐下听雨的人。白天人来车往，在喧嚣忙碌中奔波，静不下心来听雨，只有到了夜里，人声阒寂，才会抽丝剥茧，无羁无绊，在雨声里沦陷。

小楼一夜听春雨。多美的诗，滴答，滴答，至于明朝深巷里，有没有卖杏花的人来，且不管。

这雨，能下多长时间？是一盏茶的工夫，就雨过天晴？还是绵绵不绝，一任阶前点滴到天明？灭了灯火，守着一橡矮檐，他的心思，也跟着被渲染，在夜色中一涡千转，外界的一切全成了想象。

野外的小路上，空寂无人，一片漆黑，只有江面停泊的小船上，还亮着一盏孤灯。细密的雨丝,在昏黄的灯光里,接天连地。如果,雨就这样一直下,下一夜,明早出门再看,一定会是花重锦官城。

重,在现代解释里,有一点争议。有人说,是春雨过后,繁花似锦,次第开放,花事一重一重。也有人从红湿处的"湿"来理解,花淋了雨,湿透以后,变得很重,低垂的样子。

更倾向第一种说法。它给人留足了想象,方寸之地亦显天地之宽,第二种说法,也不为错,但太实了,一眼就看到了尽头。

锦官城。

这名字也是动人。锦,是华美,是姹紫嫣红,向来与花连在一起,繁花似锦,锦上添花。一座城,能被"锦"字形容,即使有官在侧,带些官的威严,也算得上是美好之城吧。

他还有一首诗《蜀相》,写的也是锦官城,是他触景生情,道出千古失意英雄的伤感。

丞相祠堂何处寻,锦官城外柏森森。
映阶碧草自春色,隔叶黄鹂空好音。
三顾频烦天下计,两朝开济老臣心。
出师未捷身先死,长使英雄泪满襟。

如今,这座城还在。是现在的成都。三国蜀汉在这里置锦官,以集中织锦工匠,管理织锦而得名。唐宋时,这里的芙蓉繁花似锦,因此也称作锦城。

城的西郊,浣花溪畔,就是他住的草堂。在这里,也只有在这里,他度过了一段安稳的生活。春种花,夏听蝉,秋天扫叶,冬天围炉。烟雨空蒙,流水浮灯,剪一把春韭,再许一个琉璃梦,把酒言欢,醉了星斗,老了山河。

说到"浣花溪"这个充满诗意的名字的由来,民间有一段动人的故事。相传溪边住着一位姓任的姑娘,貌美而心善。一天,她正在溪畔洗衣,走来一位浑身疮疥的和尚,行人都躲得远远的,唯有这位任姑娘不避让。于是那和尚脱下沾满脓血的袈裟求她浣洗,任姑娘欣然接受。哪知袈裟一入水,霎时满溪泛起莲花朵朵,再看那和尚,却早已不知去向。人们十分惊异,就把这条河命名为浣花溪。

其实,浣花溪的得名与任氏无关。比较可信的说法是,因为当时沿溪居住者多以造纸为业,他们取溪水来制十色彩笺,"其色如花。"溪因此而得名。

如果世间有哪个地方让他留恋,那一定是这里。他在这里住了近四年,著作的诗文达二百余篇,其中有许多脍炙人口的诗篇,《茅屋为秋风所破歌》、《恨别》、《江村》,这一首《春夜喜雨》也是在这里写下的。

飘飘何所似?天地一沙鸥。卖药都市、寄食友朋的生活,以及朝扣富儿门,暮随肥马尘的屈辱,都已经远去了。回首陈年旧事,风云变,世事迁,大半生的颠沛流离,只似风雨连绵里的流光一线。

放荡齐赵间,裘马颇清狂。和李白高适挽臂同游,登高怀远、郊游狩猎、访道巡幽的时光,也远去了。花径不曾缘客扫,蓬门今始为君开。无论君来不来,那一扇门都开着。所谓天涯咫尺,有缘自会有相逢。

登科致仕，致君尧舜上的志向也随风散了。他做过拾遗，任过检校工部员外郎，也有凌云之志，想着辅佐君王，兼济天下苍生。只是前路漫漫无可期，总有想不到料不着的波折，劈面相逢。"安史之乱"爆发后，他流亡颠沛，竟为叛军所俘；后从长安只身逃奔凤翔，受任左拾遗。不久，又因直言上谏，触怒肃宗，被贬为华州司功参军。

几经波折，他看淡了世事功名，弃官离职，带着一家老小前往秦州。人在乱世，已是身如漂萍，心里的苦无法言说，偏巧又赶上关中大旱，一路上逃荒的百姓络绎不绝，肩担背扛，拖儿带女，背井离乡，一片混乱中，最亲的兄弟不知所踪，与他失散，幼子也活活饿死。

山河破碎，盛唐不再，家国天下，三千赤壁都成过去，昔日的繁华一点点成为灰烬，扎得他心里无时无刻不在隐隐作痛。

昔日的裘马轻狂，浪漫瑰丽，到了这里戛然而止。取而代之的，是对天下苍生的悲，是对国家与民族命运深沉的忧。挥一挥衣袖，将一把胡须，他苍凉的声音，穿越千年忧戚，在风起云荡的山河岁月里，留下重重的一叩——安得广厦千万间，大庇天下寒士俱欢颜。

这是他的《茅屋为秋风所破歌》。

天地辽阔，人生如寄。这一间茅屋，虽是破旧，却也能遮风挡雨，是他安身立命之地。

夜来，雨落。

这一刻，他只是个书生，春水碧于天，画船听雨眠。

这一夜，他只做红尘之外的隐逸人，远了乱世，挥墨写诗篇。

锦官城外，这一间破旧的茅屋，是他的桃源。浣花溪水，环绕着茅屋篱笆墙，光阴里的诗行，落在铺开的纸张之上。他在绵绵雨水中，找寻花开似锦的春意，沉郁悲苦的心，也伴着这雨变得飞扬起来。这是雨带来的好心情。

若不是知时节，这雨，难有这样的好。

若他没有这样的安稳，这诗，也难有这样的喜。

他用一颗老迈而干净的心，把原本寻常的一场雨，写成了一篇千古的温婉灵动。默然而读，似乎能从诗里嗅到草木的清香，看到花开纷繁沾雨欲垂的样子。

他写的是自己的猜想，我读的也是感同身受。

城市北郊，那一片野生的槐林里，树苍着，草匍匐着，枝枝叶叶都打着蔫，没有返青的迹象。空气里，附着沙土干裂的味道。几只雀，贴着树枝飞过，在沟壑的裂隙里，啄来啄去，却没有一星半点的水。

看得心疼。

一场雨对一座城的影响，几乎可以忽略不计，而对于植物和生灵，则是全部的未来。只要一场雨，就能够让它们抽枝发芽，欣然返青，在风乍起的一转身里，染一个华枝春满，江山绿透。

唐诗是中国诗歌的高峰，才子风流纵情驰骋在诗的天地，蔚为大观，气象万千，各领风骚数百年。

这其中，李白是诗仙，他，是诗圣。

说"仙"，总带着些神话，云雾缭绕里，遥不可及，谈"圣"，虽仰望，还是高高在上，但食的是粟米，穿的是布衣，走的是红尘路，到底还是有了几分人间烟火。

诗的底色,便也由此区分开来。

比如,温一壶酒,李白会举杯邀明月,对影成三人。他呢,隔着篱笆,招呼邻家老翁过来,互相举杯对饮。

再比如,看到下雨,李白要结荷水边沐,他呢,要么杖藜入春泥,要么出门访友,菜园里剪春韭,再焖一锅黄粱饭,两人把酒言欢,闲叙家常。

如果不是战乱,他会是一个有情趣的人,随喜自在,把日子过得恬然而美好。

如果不是国破,他会是一个风流洒脱的人。他年轻时,正值繁华盛唐,奢华的气息衬着诸多风流,箜篌响,胭脂媚,一出场就艳得惊人。水墨长卷上,数点氤氲烟生,纯粹到华丽,耽美到蚀骨。伴着樽杯酒香,笙歌乐舞,弥漫了长安街的夜色。

盛唐的诗人,可以读万卷书行万里路。李白,王维,孟浩然,个个都有出行的经历。策马放舟,酹酒酽茶,诗意得风情无限。他也不例外,七岁便能写诗,十四五岁时便出游翰墨场,与文士们交游酬唱,游吴地,行越州,登齐鲁,所见所遇,都拿来入了诗,并毫不隐讳地宣称,语不惊人死不休。

只是,这样的情趣洒脱,于漫漫人生来说,只是短暂一瞬。

他的一生,一直与沉重、失意、离乱相伴。先是困居长安十年,"安史之乱"时期,他流亡颠沛,被俘遭囚禁,后逃至凤翔。再后来,逃难甘肃、四川。天地间,只剩下踉跄的脚步,倾诉着孤苦和虚空。

在中国古代的爱国诗人中,他是最知民间疾苦的一个。生活在唐朝由盛至衰的交替时代,经历了唐中期的"安史之乱",他的许多诗篇,真实反映了这一时代的种种社会现象,被人们誉为"诗史"。

他亦是苦难成就的诗圣。一生写诗一千四百多首。他的乐府诗，促进了中唐时期新乐府运动的发展。他的五古七古长篇，亦诗亦史，展开铺叙，而又着力于全篇的回旋往复，标志着我国诗歌艺术的高度成就。

每个人的命运，都逃不开时代的烙印。从官宦世家，锦衣玉食，到流离失所，落魄他乡，再到穷困潦倒，无米下炊，隔了岁月的烟尘，我仍然能感觉到那份无声的疼痛，漫过午夜的时光，颤落了一地。

淡雨疏烟里，泛黄了太多不曾释怀的往事，骨子里的清愁，便随一杯茶的余温，越过万千光阴的门楣，循着雨的跫音，一路寻它遗留在人间的踪迹。

雨水时节，也有三候：一候獭祭鱼；二候鸿雁来；三候草木萌动。

一候为五天。鸿雁来，草木萌动，是熟悉的物候。年年岁岁，或多或少，总要逢上一回。獭祭鱼，就比较少见，或是难得一见了。

据说，獭是一种两栖动物，喜欢吃鱼。初春，河水刚刚解冻，獭便开始下水捕鱼。此时节，鱼汛频繁，鱼的味道鲜美。捕到的鱼，獭舍不得一下子吃光，而是整齐地排列在岸边，准备存到洞穴里。那情形很像是陈列祭祀的供品，故称之为獭祭鱼。

在动物园，见过獭。囚在铁笼子里，要么守着一钵食，懒洋洋地吃。要么无声的躺在地上，只丢给看客一个背影。雨水节来与不来，跟它没有半分关系。没有鱼可捕，更谈不上列岸祭鱼。繁华喧嚣的城市里，它是一只寂寞的獭。

寂寞的，还有虎，豹，鹿，蚯，鸣鸠，仓庚，戴胜……它们原是野生的生灵，是古人划分二十四节气的物证。鸣鸠拂其羽，戴胜降于桑，在原始的自然里，人和动物和自然，相依相生，如同有了根脉，有了鲜活的存在。如今，斯人逝去，这所有的"在"都失去了意义，偌大的世界，它们只有孤孤单单的自己。人，能移山填海，能逐草伐林，让清寂的世界变得繁华，也能让喧哗的世界变得清寂。

在手边的白纸上，写下一个词——占稻色。

是雨水节的习俗，也是农人抵达梦想最直接的方式。宋代开始，经济重心逐渐南移。对农业生产很重视，经常减免租税，鼓励垦荒，大兴水利，还从越南引进了占城稻，在南方普遍种植，因其生长期短，可以一年两收。

"手把秧苗插满田，低头便见水中天。心地清净方为道，退步原来是向前。"布袋和尚的《悟道》，描述了种稻的劳作场景，是禅诗里的意境。其实，种稻最是辛苦。还是春寒料峭时，农人就脱了鞋袜，挢起衣袖，到秧田里做苗床。然后浸种，催苗，插秧，都是人工。为防鸟雀来啄，还要扎上稻草人，或立在田头敲锣放炮，守得稻秧儿青了，才能成事。

稻子一年两熟。农人赶早摸晚，几乎是风雨无阻地泡在水田里。收成的好坏，是他们心上的结。风雨雷电，不可预知。他们就用占稻色的方式，来占卜一年的丰歉。将稻谷放到锅中爆炒，爆出来的白米花越多，就预示着稻子的收成越好，爆出来的白米花少，则意味着收成不好，这一年的米价将会上涨。

占稻色是否灵验，无据可考。细细想来，也许只是一个慰藉。若占得好，自然欢喜，感天谢地，若占得不好，或有懊恼，但也决没有人会因此荒上一年的田。该做的事，一样会尽心尽力去做。尽人事，听天命，但求个问心无愧。

雨水节，民间还有温暖漫散的风俗。

这一天，女儿女婿要给父母送节。女婿的礼品，通常是两把藤椅，上面缠着一丈二的红棉带，意为"接寿"，祝岳父母长命百岁，同时也表示感恩和尊敬。若是新婚女婿来送，岳父母会回赠一把雨伞，女婿为生计出门奔波时，可以遮风挡雨。还有一层深意，是祝愿女婿人生旅途顺利平安。

女儿的礼品是罐罐肉。洗手做羹汤，要火候，也要耐心。猪蹄或鸡，头天就得买上，炖在锅里。立了春，地里的活多了，日子也忙起来了。缝补，浆洗，煮饭，少有时间回娘家。趁着节气，将炖好的猪蹄或鸡，用砂罐装了，再用红纸、红绳封了罐口，交由夫婿一并送过去，以弥补平日里未尽的孝心。

以一个节气的郑重，成全出嫁女儿的反哺之心，熨帖父母长长的牵挂和惦念。它是家常的，充满烟火气的，却有着可亲可感的情意。这情意，是清苦日子里的一抹亮色，是怅惘落寞时心的方向。它弥补了雨水不至的缺憾，有了温暖的情分，如听着隔水的云箫，是那么的妥帖契然。

只是，不明白的是，女儿的礼品，为何不自己送去，而是要由夫婿代送？

是家务活多，脱不得身，还是囿于风俗教义，只能这样漫于情止乎礼？不得而知。却是觉得，对父母来说，和女儿坐上一会儿，唠唠家常，说说体己的话，比一罐浓香的肉，来得更温暖，更贴心。

我把这一场相送，叫做遗憾。

茶道里，有"一生一会"的说法。意在提醒世人，要珍惜每个瞬间的机缘。因为一生里能对坐喝茶的机会，可能只有这一回，一旦过了，就再也不可得了。

与父母的缘分,大抵也是如此。终有一天,他们会永远的离开。那些承欢膝下的时光,那些贴心贴肺的依靠,那些因忙碌而无法弥补的亏欠,转眼都成了空。这样的"一生一会",怎能不让人喟叹,怎能不疼惜,怎能不感恩,怎能不去珍重地呵护在心中,铭记一生?

今夜,剪水做雨。
不言忧伤,不言惆怅,任时光缱绻,只道一声长相守。

惊蛰：雷动风行惊蛰户

惊蛰

老去何堪节物催，放灯中夜忽奔雷。

一声大震龙蛇起，蚯蚓虾蟆也出来。

——【宋】张元幹

二十四节气里，最有气势的，当属惊蛰。

这气势，写在《月令七十二候集解》中：二月节，万物出乎震，震为雷，故曰惊蛰。是蛰虫惊而出走矣。

亦写在宋人张元幹的《惊蛰》诗中：一声大震龙蛇起，蚯蚓虾蟆也出来。

说起他，有人也许会觉得陌生。但说起和他同朝为官的秦桧，他所处的朝代也就能知晓个大概。

靖康之乱，烽烟骤起，惊醒了北宋君臣的太平梦。金兵的铁蹄铮铮透着掩不住的杀气，挟裹着血雨腥风，铺就一卷猛虎蔷薇图，一个交锋，大宋的江山就径自裂了半边。

他不会驰骋疆场，踏破贺兰山缺，没有岳飞显赫的声名，也不会像韩世忠那样英勇善战，立下丰功伟业。抗金名将录中，没有他的名字，但在抗金这件事上，他做得堂堂正正，丝毫不掉份儿。

宋靖康元年，李纲任亲征行营使负责京都防务。张元幹为行营属官。金兵渡过黄河围攻京都（今河南开封）。危急时刻李纲挺身而出，坚决抗金，力谏死守。张元幹抗金激情澎湃，立即上《却敌书》，投入李纲指挥的京都保卫战。

绍兴八年，秦桧主张与金议和、向金营纳贡，李纲坚决反对，张元幹听闻后，作《再次前韵即事》诗，加以痛斥。

他是南渡词人的代表，南宋著名爱国词人。能诗、能词、能文，其著作有《芦川归来集》十卷、《芦川词》两卷，计一百八十余首。

这其中，最为著名的，是两首词《贺新郎》。

一首，写给抗金名将李纲。那一年，宋高宗要向金拜表称臣。李纲上书反对，被罢官。他写词送别，抒发了"气吞骄虏"的壮志和对权臣所谓"欲息干戈"的义愤，对李纲坚决主战、反对议和的行动表示敬仰和支持。

一首，写给胡铨。胡铨是南宋四名臣之一，肝胆忠义，上书请斩主降派秦桧，被贬谪。那时抗金名将岳飞已被害，秦桧位高权重，一言九鼎，人人唯恐避之不及，害怕惹祸上身。唯独他，写词相送，以壮其行色。

诗言志，词寄情。

宋是词的鼎盛时期，拿过一本最常见的《宋词三百首》，且不去赏鉴内容，单是目录上的词牌名，就能让人为之倾倒。《阮郎归》、《游子吟》、《踏莎行》、《好事近》、《念奴娇》、《点绛唇》、《卜算子》……寥寥的几个字，先声夺人，犹如大珠小珠落玉盘，清且脆，凝聚着历史和光阴，错落得有情有致，是至深至美，独一无二的存在。

词牌的名字，往往都有故事可追溯。《贺新郎》，始见苏轼词，原名《贺新凉》。因词中有"乳燕飞华屋，悄无人，桐阴转午，晚凉新浴"句，故名。后有人将"凉"字误作"郎"字，淡了风月情长，蕴出壮阔豪气。

宋词牌众多，他两次送别，都选这一个，以我浅薄的猜想，不单是格律平仄，适宜抒发激越情感，更是有乱石穿空的豪情在。

一个"贺"字，有劝慰和勉励，另有气度卓然。岂能像小儿女那样只说个人恩怨得失，浮一大白，听一曲金缕曲，从悲苦之境中拔出来，东山再起，再展英雄襟度。

这两首《贺新郎》，历来为评家所重。《四库全书总目》里有收录，且给予很高的评价：慷慨悲壮，数百年后，尚想其抑塞磊落之气。

这两首词，太长，放在这里，太占篇幅。它们，是岁月的茗烟惊鸿，以传世的守候，留下伏笔，若想看，一定会找到。

滚滚红尘浪滔天，个人的力量有时显得苍白而徒劳。侠骨豪情冲云霄，也只得了个回响，如同历史钟声的一声巨响，响了之后，钟也碎了。他被秦桧冠了罪名，追赴大理寺除名削籍，并遭抄家、入狱。

节气，倒过来念，是气节。有气节，才有担当，才有不屈不惧的心，才有历史上这一段抹不去的血泪斑斑。

读史抚卷总长叹，多少忠臣良将，绽尽平生夙愿，却不见关山楼兰春光还。

花开了又谢，人来了又散，渔樵阅尽千古，终还是无法与岁月和时光相抵抗。这个时候，我只是想和你聊聊节气。

节气的来去，向来都是安静。静静地来，又悄无声息地去。一个不留神，就流水一样走远。任你惆怅也好，嗟叹也罢，都不会再回来。

只有惊蛰例外，它以一声雷响，显示了一个节气的力量，不再那么安静，那么轻柔，一个"惊"字，单刀直入，风卷残云势如破竹，一路席卷而来，蛰伏了漫长一冬的生灵，就这么一个接一个地被惊醒。

你看，龙抬头，蛇也应声而起，蚯蚓、虾蟆也跟着爬出来了。从天上到地下，从让人敬畏的龙蛇，到泥土里深藏的弱小，没有谁，能敌过这一声雷。

这样看来，该有如雷贯耳的感觉，但不知道为什么，每看到这一句，我都忍不住想笑。

以我个人的眼光来看，这诗不失磅礴之气，但过于直白，少了一点意境，就好像身边坐着一个老者，一壶酒下肚，眯着眼睛，跟小孩子讲这些故事。刚开始还咬文嚼字，想博个学富五车的印象，但又怕小孩子听不懂，讲着讲着，就偏向口语化了。

这首诗也确是他的老年之作。他的词风随着时代的变化而改变，早年词作，风格清新、婉丽；南渡以后豪放、悲壮，风节凛然。暮年自号芦川居士、芦川老隐，闲旷疏达，清淡，纯粹，是白描式的呈现。

是不是人老了，都会返璞归真，跟小孩子一样单纯可爱呢？可以随便写了，不怕什么后果了。偶尔一两句写得有些粗糙，也不修饰雕琢了，活到这把年纪了，何必再花时间在冥思和推敲上呢？

说实话，我倒是喜欢这种率直文风的。这才是真性情，几句白话，说得通畅明白，妇孺皆懂。放在这个节气里，也是熨帖，恰当。

惊蛰：雷动风行惊蛰户

读他以前的诗,不是这样的。每一个字,每一行话,都看得见刻意和痕迹。写离别,写相思,什么情似秋云薄啊,什么忘了前时约啊,什么试看几许消魂啊,怎么惊艳怎么来,绮罗香泽,艳得直晃人的眼。

"少年百万呼卢,拥越女、吴姬共掷。"是他《柳梢青》中的一句。这少年,说得不知道是不是他自己。资料上看,他也确是富贵子弟,家世优裕。祖父及三位伯父均系进士出身,在朝为官。父亲虽任职在外,但也被赐进士出身。人又聪慧,很早在学识和性情上高于常人,年未及冠,便于座客酬唱,以"负绝俗之文"而声驰两宋,交游的也都是当时名人胜士。

以他的才情,像祖辈一样登科致仕,光耀门楣,也不是没有可能的事。而事实上,他一生没做过大官。

有人推测,他反对高宗割地称臣、倡导合议,屡屡赋诗表达不满,言辞激烈,于是触怒龙颜,加之秦桧诋毁放罪,断了仕途。

但抗金名将李纲,给高宗上呈的奏章,有一句话也颇值得玩味:"张元幹书生不足倚。"

李纲是坚决的抗金派,他和李纲政见一致,对李纲赞赏有加,且一心追随,为什么李纲要这么说他?

说起来也是源于追随。那时,张元幹任将作监,协助李纲进行京城防御,没有什么作为,李纲认为他一介书生,有壮志豪情,但缺乏政治军事才干,有纸上谈兵之嫌,乞请高宗换一个有才干的人。

一句话的力量是强大的。一时的印象,入了谁的心,也许一生都丢不开。

夜色沉落,窗外漠漠笼起一片烟。烟的深处,是火树银花,次第点燃的灯海。

放灯，是元宵节的传统风俗，历代相沿，到唐宋时期，达到极盛。不但热闹非凡，而且时间也长，三夜五夜，灯火通明，是常有的事。

若以此来推，这一夜，应是农历十五，元宵佳节前后。

节日的街衢衣香鬓影，人声鼎沸。人们赏灯，观灯，猜灯谜，或提着自制的灯笼，去水边放灯，祈福，避祸，求平安，有情人平时被世俗规矩束缚着，难得有机会相见，这时也可借着看灯的借口，走出家门，月上柳梢头，人约黄昏后。文人们好风雅，不但参与观赏，还在诗词吟唱上渲染一把，珠帘下邀住金杯酒，也是风流。

灯火阑珊处，他给自己泡一杯热茶。

不去逛景，不去寻伴，人老了，腿脚不灵便，不愿出门，再美的灯也提不起兴趣了。也没有心情。靖康之乱，乱的是锦绣山河，一缕一缕、一块一块地被扯碎了，飘散了，杳杳灯火，哪儿载得动这如此多的愁苦和忧伤？

天难问，何妨袖手，且作闲人。岁月老了年华，脂粉艳色轻轻抹去，美人卸了红妆，也老了宏图大愿，铿锵诗情变为絮絮低语，拘一把闲情，随便选一个题材，春夏秋冬皆是文章。

吹了桌上的灯，躺在床上，看看月影里枯瘦的树，听听墙角的蟋蟀，四下里静寂无声，都还在冬眠中。那就一起眠藏吧，在尘世喧嚣之外蛰伏下来，与草木清虫一起，沉入酣睡着的梦。

那一声雷，是在半夜响起的。

迷迷糊糊中，他被惊醒，披衣拥被，在床上坐了一会儿，恍然记起这一天，是二十四节气中的惊蛰。

春雷响,万物长。季节不等人,这是春耕开始的日子。

田家的闲月结束,耙地,浇水,施肥,剪枝,哪一样都少不得一番预备和谋划。柴米油盐的平淡安稳,丰盈度日,土地是根本。

不在其境,不知其中深情。夜里挑灯的朦胧,喜有时,悲亦有时,还是有笔墨相伴。

一声大震龙蛇起,蚯蚓虾蟆也出来。

以物寓情,是古诗词最常见手法。事实上,无论是龙蛇,还是蚯蚓虾蟆,都是听不到雷声的,大地回春,天气变暖才是使它们结束冬眠,"惊而出走"的原因。很浅,很直白的句子,似是信手拈来,实是胸襟情怀的真实流露。抒发的是他老骥伏枥,不已的壮心。

纵有风雪、义无反顾。抖落了胸中的沉暮,怀着报国效君之梦,他晚年再度出仕。

将他的一阕《菩萨蛮》对照来看,多有异曲同工之处。

春来春去催人老,老夫争肯输年少。
醉后少年狂,白髭殊未妨。
插花还起舞,管领风光处。
把酒共留春,莫教花笑人。

起句"春来春去催人老",和"老去何堪节物催",感慨的都是人的老。时光匆匆易逝,春来春去,对于垂老之人,最容易引起心情的翻腾。

秦桧死后,他得以出狱,在吴越一带漫游。循着一季一季花开花落观山赏水,虽抱着"心存自在天,脚踏安乐地"的旷达情怀,但内心深处仍然系念着国家民族的命运,渴望南宋朝廷收复中原。

宏愿未偿,怎有闲情蹉跎?

老夫争肯输年少。——喝醉后也有少年一样狂野,嘴唇上有白胡子又有什么妨碍。插花,跳舞,把酒留春,输了岁月,不输气势和情怀,那"管领风光处"的豪情,随时都要横溢出来。

惊蛰,惊的是虫,亦是人的心。

所以,韦应物在《观田家》里,吟出了"方惭不耕者,禄食出闾里"。——惊蛰,意味着春耕的开始。看着农人,整天起早摸黑地忙,家里却没有隔夜的粮食,劳役也是没完没了,而自己不从事耕种,俸禄却是来自乡里,心中深感惭愧。

所以,陶渊明在《拟古九首其三》中写下了"我心固匪石,君情定何如?"——东隅的雷声,惊醒了蛰伏的虫,草木一派生机,燕子也飞回来了。而归隐后的门庭,人声冷落,日渐荒芜。于是,以燕子相问的口气,托言不背弃之义。

它穿透这纷繁的世界,穿透这看似蛰伏实则迷茫的刹那——有这雷声,人的心,可以清醒冷静,并将自我与周遭隔开,以一种旁观的姿态,观察身边的环境,独立地思考,并内省自己。

命名这个节气的人,一定是芸芸众生里的智者,最早洞悉了天道玄机,以"惊蛰"二字,缴了人的械,心里疯长的草,以及不可遏制的心魔。

一候桃始华,二候仓庚鸣,三候鹰化为鸠。

这一声雷后,跟的是一派融融春光,桃花红,梨花白,草长莺飞,燕归来,黄莺声声……惊蛰,才是春的启幕。

其实，惊蛰原本就是"启蛰"，先秦时，到汉朝，第六代皇帝汉景帝的讳为"启"，为了避讳而将"启"改为了意思相近的"惊"字，叫做"惊蛰"。

写到这里，已是收尾。但这个节气里，还有一个风俗，想来想去，还是忍不住要说。

这风俗名也独特，打小人。

这风俗不是宋朝才有，对应的也不是秦桧。早在盛唐时期，就已经流行，称为"厌诅"或"厌胜"，是一种巫术仪祀，用以驱逐和报复所谓的"小人"。至今仍有流传，据说，香港还打算把这风俗申报为文化遗产。

怎么打？

纸老虎、肥猪肉、香烛和代表小人的人形纸，都是不可缺少的。拿起一只被人穿过的鞋，往纸人身上拍打。口中念念有词，咒骂的字句，或者一些祈福的经文。当小人被打至"遍体鳞伤"后，再把肥猪肉在纸人上扫几遍，寓意堵住小人的口，令小人不再搬弄是非、说三道四。完成后，把纸人放在白虎口边，暗示白虎钳制住小人，不能再作恶。

在雷声贯耳的时候，也不忘了专门腾出时间打小人，可见自古人们就痛恨小人。小人当道，大了说祸国殃民，小处说害人不浅。风俗里的传承并不单纯是迷信，更多的是藏在心里的祈愿。新一轮日子开始，人人都希望没有小人破坏，能够事事如意。

据《礼记·月令篇》记载，早在惊蛰雷响前二日，就有官吏摇响木铎，宣告政令，提醒人们在此期间，要谨言慎行，以防遭遇凶灾。

木铎,是以木为舌的大铃,铜质,能发出悠远清亮的声音。古代宣布政教法令时,会先派人摇木铎四方巡走,以引起大家注意,然后召集起来宣布。

木铎金声,以警众,使明听。陈丹青释解师尊木心的含义,便是"木铎之心"。

简单而复杂的日子,一天一天,也许都可意会。

苇岸说,惊蛰是富有革命意味的节气。

更觉得,这是一场必要的对弈。和人对弈、和光阴对弈、和生活对弈、和命运对弈。最重要的是——和自己对弈。想要什么,不想要什么,天地都不知,唯有,自知。

春分：风有信来花不误

春分日
仲春初四日，春色正中分。
绿野徘徊月，晴天断续云。
燕飞犹个个，花落已纷纷。
思妇高楼晚，歌声不可闻。

——【南唐】徐铉

江南春来早。

徐铉的《春分日》，便是印证了这句话。在他居住的扬州，绿野燕飞，花落纷纷，俨然已是暮春景象。他的徘徊，伴着疏云淡影，还有妇人低回的歌声，在岁月里漂流着，等我遇见，等我拨开风雪，书写一段前尘往事。

南北气候，无关千年时光的隔阂，只是对比分明。

　　我所在的城市，至春分，尚还有冬的影子，天色苍茫，温度也是忽起忽落，前一日，还是阳光晴好，褪尽衣衫薄，隔一天，就倒了春寒，雨雪霏霏，又回到冬天的阴冷里。但也有春的气息透出来，那是一树半开的桃花，一蓬柔软的柳丝，或者蔓烟荒草下拱出的深深浅浅的绿……

　　冬去，冬未央，春来，春尚浅。一半是冬的枯寂，一半是春的萌动，一半是枯枝瘦水，一半是新绿微微，冬和春毗邻而居，没有细察过，是否如《月令七十二候集解》所述，春分者，阴阳相半，昼夜均而寒暑平，但石家庄的春分，确实是分了春天的一半。

　　据《中国国家地理》杂志记录，春天每年早早从广州出发，十六天到达长沙，二十三天到达武汉，四十天到达郑州，五十六天到达北京，六十三天到达沈阳，七十六天到达哈尔滨，九十九天到达漠河。不出百日走完三千三百公里旅程，次第横跨三十个纬度。

　　其中，没有提到我的城市——石家庄。屈指算算，春天过郑州，到北京，是十六天时间，石家庄居其中偏北，将时间平均再推后两三天，大概时间是在第五十天左右，恰是均分了这九十九天的行程。

　　或许是经历了一冬的萧索，春天给人的感觉，总是带着风日飒然的新鲜。微雨含烟，疏影横斜，野草闲花，都是风景，就连半晴不雨的阴天，也有一个让人过目不忘的名字：酿花天气。

　　越是美好的事物，越是来得缓慢。比如刺绣，比如国画，比如釉下瓷。欲速不达，一味性急贪图快速，结果可能就是适得其反。

　　花开的过程也是这样，不可能一开始就是华枝春满，花开烂漫。要敌他晚来风急，要温润地沁开覆了冰雪的花骨，顺应着节气的昭示，循序渐进,才会酿得春色满园,陌上花似锦。

不知道是谁第一个命名"酿花天气"的,只这一个名字,便不知引出多少氤氲的心事。文人雅士们聚在一起,曲水流觞,填诗赋词,在平仄有致的字行里,信手拈起时光的潮涌,有时候也会指定一个题目,即兴而作,说的是交流切磋,暗里却也存了一较高下的心思。

清人项廷纪和周星誉都写过酿花天气。仁者见仁,智者见智,高下不好论断,其中的情境却是一眼分明。项廷纪写的是,酿花天气,早酿得,春酿如酒。周星誉却是挑着心底里的那根弦儿,道出了一份伤春的情思:刚趁酿花天气好,酿出春愁滋味。

一个是酽如酒,一个是春衫愁,一样的天气,酿的却是不一样的滋味。说到底,都是人的渲染,都和心情有关。谚语云:春分麦起身,一刻值千金。这样的紧张里,农人关心的更多是农事的安排,忙里偷闲,盘算的也是节气到了第几候,接下来该做什么。

花不管人间悲苦,人却常常因花生出诸多感念。古诗的春句翻了一夜又一夜,落花多少,春愁便有多少。

读徐铉的《春分日》,从始至终,语气都是极淡,但远处高楼上,那一缕穿窗而过的歌声,道破了深藏的愁绪。那是高楼上的女子,正独自凭栏,盼心上之人归来。一直盼到春燕归巢,花开到荼蘼,那人还是音信无踪,天涯远隔。一个"思"字,是才下眉头却上心头的念,又是一片深情无从寄的愁。

推己及人。那一缕飘忽不定,若有还无的歌声,也勾起了徐铉心中缥缈的愁。只是他的愁，是有着家国情怀做铺垫的。有志不能酬，怀才不能施，胯下辱亡国恨，徘徊于心，眼见得花落残红，光阴如白驹过隙，只能是又添一段新愁。

他生逢历史上最乱的年代，一生经历吴、南唐、北宋三朝。能力和才华在朝代更迭中慢慢打磨出来，诗和词均有造诣，凡所撰述，往往执笔立就，著有文集三十卷，编纂《太平广记》，校对《说文解字》，世称"大徐本"。他对书法也有一定的研究，善小篆，时人称其有"屋漏痕""锥画沙"之态，被广泛铸于钱币之上，行书《私诚帖》，开宋人尚意书风的先河，台北故宫博物院至今还有收藏。

《图画见闻志》记载了这样一个故事：保大五年元旦，中主李璟召太弟以下登楼张宴，天空忽降大雪，中主下令赋诗，由徐铉作前后序，并集当时诗画名家一起登楼绘制图画。他们合作的《赏雪图》是五代十国时期绘画活动的一次盛举，世称"绝笔"。

南唐后主李煜，艺术才华也是非凡。擅诗词，精书法，善绘画，通音律，对同有所好的徐铉自然多了一份赏识，不但封他为吏部尚书，还常召他入后宫，以研习书法，诗词相酬为乐。

水墨丹青丰盈了人的情怀，却安稳不了群雄逐鹿的天下——李煜登基的时候，宋太祖赵匡胤已建立了宋王朝，统一了北方。尽管李煜年年朝贡，但赵匡胤觊觎南唐的富饶和秀美，仍然屡次发兵讨伐。

宋开宝七年（974年），赵匡胤令大将曹彬伐南唐。李煜调集军队救援，但路途遥远，援军未至，宋兵已是杀声四起，无奈之下，李煜派徐铉出使宋，向赵匡胤请求罢兵息战。

为了徐铉的安全，李煜想命令南唐援军暂停前进。徐铉摇头，要保住国家,希望就在救兵,怎可阻止。他说,这一行,未必能解国家之难。应该以南唐社稷为重,自己只是一介使臣,生死早已置之度外。

李煜含泪为他送别。

金碧辉煌的大殿上,赵匡胤高高在座,文武百官分列两厢,对前来朝贡的徐铉根本没放在眼里。徐铉倒也坦然,走上前不卑不亢,告曰:"煜事陛下,如子事父,未有过失,奈何见伐?"赵匡胤蔑然一笑,说:"汝以为父子分两家,可乎?"

担心一战成殇,李煜向赵匡胤上表,自动削去南唐国号,称江南国主,以尊北宋,希望以一隅恭顺来维持他在江南的统治。但赵匡胤雄心勃勃,岂会容忍这个割据势力影响他的统一大业。

同年十一月,赵匡胤遣使诏李煜入朝,李煜担心会被扣押,声称抱病在身,没有成行,赵匡胤遂以此为理由,再次讨伐南唐。

兵临城下,无人领命戎马沙场,但也没有万全的退兵之策。一片混乱里,徐铉再次动身北上。

他表字鼎臣,或许父母从一开始就寄以厚望,希望他能做朝廷的重臣,也或许是他自己胸怀大志,要以此为担当,但无论如何,他要倾一己之力,为这个不安稳的国家,再走上一趟。

面对赵匡胤,他言辞恳切,再次入奏:"李煜因病未任朝谒,非敢拒诏也,乞缓兵以全一邦之命。"赵匡胤却不为所动,坚持不肯撤兵。他据理力争,反复再三。赵匡胤辩不过,便拔剑而起,怒斥徐铉:"不须多言!江南国主何罪之有?只是一姓天下,卧榻之侧,岂容他人酣睡!"

公元975年十二月,南唐国亡。

两番唇舌交锋,都未能劝得赵匡胤收兵,有人评价徐铉,才华有余,政事、外交上谋略不足。但大厦将倾，谁能只手扶危？更何况，"劝"这个字，本身就带着浓厚的自我色彩。你有千言万语，我有一定之规。能将个人生死置之度外，两次北上慷慨陈情，这份胆识和忠心，已是足够。

李煜降宋，白衣素袍去往汴京。天威不在，群臣早作了鸟兽散，同行者屈指可数，其中，就有徐铉。

明德楼上，赵匡胤厉声问徐铉："你可知罪？"徐铉答对："臣为江南大臣，国亡罪当死。不当问其他！"

这番话，说得慷慨激昂，没有一点惧怕畏缩，听得赵匡胤十分赞许。当下便起了照拂之意。金銮殿上，徐铉被封为太子率更令，后又升为左散骑常侍，这是徐铉在宋职务最高的官位，所以后人称徐铉为"徐骑省"，他的文集被称为《骑省集》。

世人歆羡徐铉，徐铉心中却是悲凉。人生于他，有太多的变数。十六岁入仕吴，吴灭，仕南唐，其间两次被贬，保大七年贬官泰州，保大十一年流放舒州，历经宦海沉浮，又以亡国之臣的身份仕宋，一边是尊严的抗，一边是苟且的生，那些不为人知的叹息，也总不过一个愁字。

李煜心中的愁，比徐铉更深。国破山河在，那山河已是山迢水远不可及。睹旧物，念旧朝，总有些和情愫有关的东西，从杏花春雨的江南古巷，在心上打马而过。在水榭歌台的旧梦里，他蘸着一怀愁绪，写下一阕《虞美人》：

春花秋月何时了，往事知多少！小楼昨夜又东风，故国不堪回首月明中。

雕栏玉砌应犹在，只是朱颜改。问君能有几多愁？恰似一江春水向东流。

这样的词，明眼人一看便知其意，只怕藏得不够深，偏偏他还要拿出来，交给歌妓谱了曲子，钟鼓笙竽，抚掌击节来唱。余音袅袅，传到赵匡胤的耳朵里，一个怒起，赐下毒酒一杯。

想来，他也是厌倦了这样的生活。那样的不自知，不过是求一个彻底的解脱。词帝也好，庸君也罢，落花处，一抔黄土掩了千古的愁。

有人说，李煜因作《虞美人》一词而身死，是徐铉告密赵匡胤。说他是宋太祖安排在李煜身边的耳目，传达李煜的一言一行。

真觉得是委屈他了。卧榻之侧，岂容他人酣睡！这一句，其实早就昭明了宋太祖心迹，即使没有这一阕词，即使徐铉守口如瓶，宋太祖也会找其他的借口。

李煜死后，徐铉以君臣之义为李煜撰写墓志铭。洋洋洒洒千余字，他写得有节制，不写功过是非，甚至不写生卒年月，只及其秉性和才华造诣，但字字中肯实在，也见一番护佑的心思。

不知道这些字是否镌刻在洛阳北邙山李煜的墓前，历史走到今天，坚守、离散，或者浑然无觅处的遗失，种种都有可能。

《阅微草堂笔记》里有一句：徐铉不负李后主。在我看来，是对这一份君臣情谊的肯定。也有人理解为讽刺，对他多有诟病，称他为"贰臣"。

贰臣，指在前一个朝代做官，投降后一个朝代又做官的人。

随南唐李后主降宋后，宋太祖任他为率更令，宋皇朝扫荡诸侯逐鹿天下之时，他从征任文字之职，军中义书很多，他提笔即写，言辞流畅，内容精当，为此还升官为右散骑常侍。文人重气节，忠臣不事二主，如此轻易地"改弦更张",无异于变节,因此对他多有诟病。

历史的车轮碾碎了无数王朝,山河疆域也重画了无数遍,面对分崩离析,每个人的人生际遇都发生着天翻地覆的变化。有人宁为玉碎、不为瓦全,有人守节不仕,归隐残山剩水间,有人卖主求荣,非跪即降。春秋大义,善恶是非,透过不同的言行,可以瞥见不同的境界和心态。

做贰臣,他不是第一个,也不是最后一个。觉得他可恨,大概是因为南唐李煜一朝,他以才干忠义闻名,二度奉李煜之命使宋,置生死于度外。人们喜欢忠臣和英雄,愿意给他安排这样一个结局,李煜死后,他也跟着去死,一死以全身后名,或者从此退隐,终身不仕才对。

贰臣不是逆臣,虽然名声不佳,毕竟算不上什么大奸大恶,只是对他来说,到底是尴尬的境地,常为此黯然神伤,甚至用决绝维护自己的尊严。

从江南到宋都开封时,正值冬天,他看见宋朝官员们穿了皮毛制成的衣服御寒,感到很不适应,又不能当面说,只在家里叹:"五代兵乱之后,这里的人受北方胡人的影响,穿上了皮毛衣物,失去了古代中原人的服饰传统,太可怕了!"

有一天他上朝时,见到自己的女婿吴淑也穿着一件皮衣,就指责他说不应该学北方人穿皮衣。吴淑说:"这里的冬天早晨实在太冷了,你看朝中大臣都是这样穿的。"他愤然:"有操守的君子是不这样穿的。"

说到做到。在开封十五年,他从来没穿过皮毛衣服。

在福州的碧岩亭,他题赠友人,写了这样的句子:"世上悉可限,人间事久谙。终须脱羁鞅,来此会空谈。"只是世事如棋,说不定哪一朝就有了反转。宋太宗淳化二年,因遭人诬陷,徐铉被贬往邠州。

邠州，是今天的陕西彬县，隶属西北。天气比开封冷得多，徐铉仍旧宁可挨冻也不穿皮毛衣服。他的学生因公务到此，去看望他，见到他受冻的样子，很心疼，脱下自己的皮衣送给他穿，他坚决不接受。

在邠州度过一个寒冬，徐铉终为寒气所伤，积为痈病。他苦撑了一年，知道自己不行了。淳化三年（992年）八月二十六日，他要来笔墨，在纸上把后事一一交代清楚，最后写上六个字："道者，天地之母。"书罢溘然长逝，终年七十六岁。

他膝下无子，三个女儿有的早夭，有的已出嫁，家中更无旁人，他的后事由他的学生们操办，护他的棺木到开封，将他归葬于南昌之西山。

不是情感脆弱的人，但还是在这样的结局里有了忍不住的叹。

人生一世，草木一秋，无论圆满还是残缺，到最后都将归于沉寂。所谓似水流年，就是这般，揎去繁华和凋零，流走红尘过往中的悲欢恩怨，留下来的，是前世的徜徉，今生的夙愿，还有一段古老的传说。

在湖南安仁，有一个全国独有的民俗节日——春分药王节。

是为纪念炎帝神农而流传下来的民间盛会，又名"赶分社"。每年春分前后，方圆百余县的百姓，甚至其他诸多省份的人，从四面八方赶到安仁。喝一碗防百病的"天下第一汤"，或者采买各种草药带回家。其规模之大、影响之广，在当地比春节还甚。2006年，被列入湖南省非物质文化遗产保护名录。民间传诵，药不到安仁不齐，药不到安仁不灵，郎中不到安仁不出名。

春分药王节，始自南唐后期，从宋代开始，安仁每年在春分时节开设药市，一求五谷丰登，人身安康；二则交换草药、农具，准备春耕。

岁时记——古诗词里的节气之美　　　　　　　　　　045

春分的"分"字，在这里还有一重含义，表示在这一天，无论大人小孩，都能"分"（交换）到一点东西。

　　想象着那人来人往的热闹景象，思绪忽然飘飞——那是徐铉生活的年代。他有没有去过安仁？除了文学书法上的成就，他还是制香大家。注重香料和草药的炮制与和合，配制成传统名香，每遇月夜，便露坐中庭，焚香一炷，澄心伴月。

　　又一想，即使去过又如何呢？再灵验的药，也只是医得了肉身的疼，医不了人生的苦厄，心里放不下，即使乞得小还丹，也做不了续命良方的一味药。

　　绕了路，去河边看桃花。

　　以为还早，其实已是华枝春满。花开不由人，约不来，只能温婉着心意去相逢。有时是零星一朵，有时是落花如雪乱。岁岁相似，却还是看不够。它年年开，我年年来。

　　也是在今年，才知道，一直以为的桃花，许是单瓣的榆叶梅。与桃花像，只是花瓣稍圆，枝条柔软。不确定，去网上搜了图片，果然有几分像。也许就是。经常不识草木，张冠李戴，却也不沮丧，养了眼，悦了心事，已是足够。

　　《牡丹亭》里，杜丽娘有一句唱词：可知我一生爱好是天然。春花秋月里过一生，其他不计较，不计较了。

清明：梨花风起正清明

清明

清明时节雨纷纷，路上行人欲断魂。
借问酒家何处有？牧童遥指杏花村。

——【唐】杜牧

清明。

两个字在唇齿间缠绵一下，便有清朗明净的感觉。桃红杏白，柳绿山清，天地间一片清明。《历书》上说："春分后十五日，斗指丁，为清明，时万物皆洁齐而清明，盖时当气清景明，万物皆显，因此得名。"

这该是春天最美好的时节。

适合闲窗小读，风吹哪页读哪页；适合种瓜点豆，拨开松软湿润的泥土，于田间地头，或者阳台的盆罐中，种下一个旖旎的梦；也适合郊游踏青，临风，听雨，访山问水，一切景语，皆情语也。

喜欢古人对清明的解释——清淡明智。

世事纷扰，历经多少风云变幻，人在其中，凡来尘往，有太多的飘忽不定，若没有一颗清宁的心，淡去荣辱浮沉，明了未来的方向，智对人生的顺逆，就不能轻装简从，抵达清明之境。

读杜牧的《清明》，仿佛看见他一袭长衫，走在许多年前的黄昏。

有雨，但不大，正是春雨的特点，缠，绵，纷纷。

雨伴羁旅，最是撩人心绪。沿途有行人往来，却是陌路，来去匆匆，擦肩而过，纵使满腹心事，也是隔着九曲回肠，无从说起。

唐朝是诗的天下，徜徉其中的诗人，个个都了不得。且不说僧敲月下门的推敲，随便拈上一两句，就可以留存千年。湿漉漉的情绪，在山河岁月中随波逐流，随着节气浸透了人间烟火。

清明这一天，未必就有雨来，可是每到清明，心里不由自主涌现的，偏是他这一首诗。

在晚唐诗坛上，杜牧与李商隐被合称为"后李杜"。

二十岁时，已经博通经史，二十三岁写《阿房宫赋》，二十六岁进士及第。春风得意，风流俊赏，有经纶天下的大志，曾联系时事研经读史，重新作注《孙子兵法》，还写了《战论》、《守论》、《原十六卫》等军事论文，辟析战例，阐述用兵方略，对政治、军事有颇为卓著的见识。

只是山雨欲来风满楼，他面对的，是一个江河日下的颓败的晚唐，盛唐气息一去不返，藩镇割据，党争不断，一系列的内忧外患如蚁穴溃堤，注定了他坎坷流离的人生命运。

从黄州，到池州、睦州，再到湖州，如无根的浮萍，刚就任一地官职，不日又迁离他乡。

远离了朝堂的尔虞我诈，心里却还是放不下。听着窗外那冷冷雨声，看铁马踏冰河，山河锦绣都成空，他挑灯夜书，提出削藩、强兵、固边、收失地等主张，遣信使一骑千里，送回长安。

鉴于当时的形势，这些都是必要之措，皇帝未必想不到，事关江山社稷，也不可能坐视不理。但改变不是一朝一夕的事，而且牵一发而动全身，要考虑到政权，考虑到各方面的力量平衡问题，到底是没有破釜沉舟的勇气，只能姑息迁就，在惶恐无奈中打发和消磨时光。他苦心写就的雄国宏图，还未完全展开，就成了一个虚无的泡影。

眼睁睁地看着江山凌乱，大唐王朝日暮途穷，抱负、希望、追求、期待、梦想，在残酷的现实中逐渐破灭，他心灰意冷，自嘲是关西贱男子，仰天长叹，请数系房事，谁其为我听？

有人说，中国的文化史，在很大程度上，其实就是失意文人创造的文化史。民国才子王世萧有两句诗，写的便是文人的辛酸与无奈：平生只有双行泪，半为苍生半美人。

文人羸弱，不能纵马沙场，刀戟杀敌，却也有冲天的豪情。以笔为伐，意之所到，不惧权贵，不伪辞色悦人，一腔报国的热忱全部呈在纸上。这是文人的率真，在政治的风云变幻中，却有赌身赌命的风险。

若是碰到开明盛世，遇到一个贤明的君主，尚能实现自己的政治理想和人生抱负，有所作为。若是碰到乱世或者昏君，有志不能伸，有愿不能成，白白蹉跎了光阴，甚至搭上身家性命，也只能是悲从中来，长歌当哭了。

几乎有十年，他蹉跎在扬州，流连在二十四桥泠泠夜色中。

扬州，是一座有故事的城市，有才子，亦有佳人，从来就与诗情、画意、人文风月连在一起。历代文人墨客，掠过长亭更短亭，烟花三月下扬州，写了多少诗文，画了多少丹青，估计至今也是算不清。

他活得颓废。一杯酒，伴着佳人，一处又一处，夜夜沉醉在温柔乡。

娉娉袅袅十三余，豆蔻梢头二月初。
春风十里扬州路，卷上珠帘总不如。

他活得多情。杯盏频传，孟浪欢愉过后，香焚尽，酒无香，烛下枯坐的，是一个更孤单的影子。

多情却似总无情，唯觉樽前笑不成。
蜡烛有心还惜别，替人垂泪到天明。

他活得纠结。仿佛身在泥淖，有沉重的忧伤，无法拔出，但又不肯就此沉沦和深陷。不能居庙堂之高，有功于家国，而只能以幕僚之身，处江湖之远——夜酒笙歌，玉人吹箫，有时是慰藉与安顿，有时又氤氲了无边的悲凉。

落魄江湖载酒行，楚腰纤细掌中轻。
十年一觉扬州梦，赢得青楼薄幸名。

唐文宗大和九年，他接到任命调离扬州。

时任淮南节度使的牛僧孺，摆宴给他饯行。牛僧孺好文学，好交名人文士，所著《玄怪录》造传奇之文，荟萃为一集，其中八十余篇保留至今。

　　对杜牧，牛僧孺有赞，更有劝：以侍御（指杜牧）气概远驭，固当自极夷途，然常虑风情不节，或至尊体乖和。意思是说，以你的才华和气概，前途远大，但我忧虑的是，生活不拘小节，恐会伤了身体，误了前途。说完，命童子取来一小书箱，打开，写的都是杜牧的行踪：某夕，过某家，无恙。某夕，宴某家，亦如之。

　　这一段，宋代的《太平广记》有记录，结局亦是圆满，杜牧看后大为惭愧，因泣拜致谢，而终身感焉。

　　劝，有说服和勉励之意。其实，当局者未必迷，只是不愿面对而已。木心在《巫纷若吉》里谈"劝"——"劝"本身就带着浓厚的自我色彩，所以，大多数人是听不了劝。像王尔德笔下的夜莺，《仙履奇缘》里的紫霞仙子，一往无前，飞蛾扑火，不也是极其快乐，各人人生准则大不相同。没有所谓无底深渊，下去吧，下去也是前程万里。

　　清明时节，细雨纷纷，勾着杏花疏影下的思绪绵绵，在山和水之间，在人潮与风景来来往往之外，遥遥一指，便是一个泪飞魂断，千古流传。

　　诗学界有研究论说，《清明》是一首伪诗，作者并非杜牧。理由是，杜牧去世之后，他的外甥裴延翰搜罗编辑了整二十卷《樊川文集》。北宋时，又有一些人做了拾遗补编，汇为《樊川外集》和《樊川别集》各一卷，均未收录此诗。第一次出现，是在南宋末年的《锦绣万花谷后集》卷二十六，诗标题不是"清明"，而是"杏花村"，该书收录的诗作，大多标注作者，这首诗却只注"出唐诗"。挂在杜牧名下的《清明》诗，在谢枋得编的《增补重订千家诗》里面。他是从何处得到的，怎么证明是杜牧的作品，均没作交代。

到底是不是杜牧所写，我其实并不看重，也不想在卷帙浩繁中，考证一个究竟。一首诗的书写，源于作者，但字里行间的洋洋洒洒，有多少人愿意倾听和领悟，隔着世间万象的遥远，也肯坐下来安静相对，却与作者没有必然的关系。

平心而论，《清明》确是一首情景交融、脍炙人口的好诗。至少，让人觉得心里很柔软。

杏花春雨簪轻愁，这最美的气象与伏笔，游离在纷繁时光里，一触即破，牵扯着世人，拆字断句酿风情，凭着个人的兴趣与修为，无端生出许多遐思来。

相传，清明节这天，苏轼登云龙山，访隐士张天骥，谈文论道，诗酒弦歌时，吟诵了这首诗。张天骥自号"云龙山人"，放达旷逸，不拘俗礼，见苏轼吟诵陈年旧诗，便相诘为难，请苏轼依题再作一首。苏轼微微一笑，重新标点，遂成一阕小令：清明时节雨，纷纷路上行人，欲断魂，借问酒家何处，有牧童遥指杏花村。

清朝时期，书院发展鼎盛，文人士子云集，诗画琴书雅集频繁。有人觉得这首诗不够精炼，用字过多："雨纷纷"自然在清明时节；"行人"必然在路上；第三句是问句，"借问"就成多余；"牧童"只是被问者，无关紧要。于是每句去了一字，把原诗改成了五言诗：清明雨纷纷，路人欲断魂。酒家何处有？遥指杏花村。

还有改成四言诗："清明雨纷，路人断魂。酒家何处？遥指杏村。"

更有三言诗："清明节，雨纷纷。路上人，欲断魂。问酒家，何处有？

牧童指,杏花村。"

不知是原诗留在记忆里太深,还是先入为主的偏见,看来看去,总觉得原诗最有味道。平仄,章法,韵脚,且不深究,单是减去了"牧童",就失了一份生动的想象。举目彷徨之际,借问的是谁?那路上匆匆走着的行人,可能是书生,可能是樵夫,也可能是市井商贾,想来想去,总不及牧童的遥指来得有诗意,牛背上,短笛一横,或用手指一斜,雨幕深处的杏花村,就飘来了幽幽的酒香。

二十四节气里,兼具节气和节日双重意义的,唯有清明。它融汇了两个古老的节日,一个是寒食节,一个是上巳节。

民间传说里,寒食节禁烟火,进冷食,是为了纪念春秋时的介子推被火焚于绵山。历史上,介子推确有其人,《左传》和《史记》里都有记载,但仅说他"退隐而亡",并没有割股、烧山之事。倒是《周礼》中有禁火的记录:"中春以木铎修火禁于国中。"专管取火的小官摇着木铎,在街上走,下令禁火。古人因季节不同,用不同的树木钻火,有改季改火之俗。而每次改火之后,就要换取新火。新火未至,就禁止人们生火。这在当时,是一件大事。

最初的习俗里,人们重寒食、轻清明。到唐玄宗时,更是诏令天下,定寒食扫墓为"五礼"之一。帝王宫廷祭扫陵墓的声势与排场自不必说,就是民间百姓也是集合了家族里的大人、孩子,几代人,到先人的墓地,翻一抔新土,撒上些许白酒,一些点心,依尊卑长幼行礼致祭。

慎终追远,睹物难免思人。若心情是水,节气便是那柔绵的醪,勾挑着心里的滋味,将清明与寒食合而为一,酿成了一坛径须沽取对君酌的酒。

上巳节原为农历三月上旬的巳日,魏晋以后定为三月三,离清明也不远,也有祭祀先祖的附属,但更多的是祓禊。

在中国民间的节日中,它可以算得上源远流长。远在殷周时就已经形成,因此时正当季节交换,人容易患病,所以要到水边洗涤一番。巳,祉也,寓有祈求福祉降临之意。

这一天,上至王公贵族,下至平民百姓,甚至深居闺阁的女子,也被准许在这一天出游、祭祀、祈福、濯洗、浮枣、泛舟、踏青、秋千、宴饮、风筝、蹴鞠、斗草,人人尽享春光。

若有雅兴,还可以将酒杯斟上酒,放到流水之上,酒杯随波逐流,流到谁的面前,谁就拈杯饮酒,赋诗应景。这漠漠春光里的赏心乐事,在著名书法家、文学家王羲之的《兰亭集序》中被记为"曲水流觞"。

《诗经·郑风·溱洧》中,也有关于上巳节的描写:溱与洧,方涣涣兮。士与女,方秉蕳兮。女曰观乎?士曰既且,且往观乎?洧之外,洵訏且乐。维士与女,伊其相谑,赠之以芍药。——溱和洧是两条河的名称。这么拗口的句子,直译过来便是,春水涣涣,青年男女三五邀约着,来到河边,手执兰草洗濯身体,祓除不祥。言笑晏晏,一个春心荡漾,摘下芍药定了情。

修,是修洁、净身,禊,是祛除病气和不祥。风俗里的郑重,传递着民间烟火的脉脉温情,趁天清气朗,趁春光正好,出门踏青游玩,再寻一些无邪的乐趣。

细想想,又对应着朝代风云下个人的憧憬。约几个同道,觅一处临水的清雅之地,三三两两,沐风而坐,踏歌而行,——浴乎沂,风乎舞雩。这,是《论语》中最动人的片断。

站在时光的这一端，蓦然回首，繁华散尽，人去，觞也空，已不见当年伊人红妆，而那样的热闹和风雅，还留存在历史的旧书卷中，炽热但不张狂，深邃却不缱绻，隐隐约约，让节气有了新鲜生动的呈现，也让我们可以循一线涟漪，一痕清浅，一段旧梦，追根溯源，拾吉光片羽，为心里的万千想象落定一个现实的归处。

这一天，我在邢台前南峪，参加第四届修禊节。

占花分席。这是旧俗里还原的章节。与神秘庄严的祭祀仪式相比，轻松而有趣。写好花名儿的木牌，放到箱子里，游人信手自占，不拘长幼，不拘礼法，谁坐在哪个位置，全凭木牌上的标注。

占到的荷花，是素常的喜欢。换上宽袍大袖的长衫，找到溪流边标注着对应花名的蒲团，然后跪坐在蒲团上。仿照古人的样子，清流浮枣，敬食萝菔。不擅饮酒，也拙于作诗。只端了酒碗，浅浅地在唇边抿一抿。聊将一樽酒，共寻千里春。即便附庸，即便懵懂，即便潦草，也仍是清和安宁，随喜自在。

青山不老。

多少腥风与狼烟，铁蹄铮铮都散尽，山还是稳稳矗立在那里。无论是客路青山外，行舟绿水前，还是采菊东篱下，悠然见南山，还是柴米油盐的平淡安稳，丰盈度日，落定生根。一桩，一件，莫不是惊艳了繁华，又慰藉了后世。

来之前，下了点雨。春雨，贵如油。只湿了湿地面，就不见了。空气里，有潮润的气息。山脚下，茅草匍匐着，贴地而生。旁边的树林里，似起了雾，淡淡的青色，如烟，如岚，远远望去，有世外的秘境之美。

林间，有坟茔。偶尔有人进出。上一炷香，烧一些纸钱，悼念过世的亲人。

他们虽非帝王将相，也无丰功伟业，但每个人的一生，都是不可磨灭的印记，碑刻在墓志铭上。上面铭记着某年某月某日，某儿女立，或精致详细，或粗糙简单，对儿女来说，上坟既好辨认，也是份寄托与念想。

清明的基调，在那一刻，是偏于哀的。一抔黄土，阴阳两隔，这是世间最残忍的离别。

一面是生离死别的悲戚，一面是踏青游玩的欢愉，截然相反的两种情绪，放在一个节气的范畴里，看上去似乎不合常理，却是最独特的中国式调和。丧事要吹打，喜事要哭嫁，泪雨纷纷的清明，也必要一个惊弦落雁的缤纷，那欲断魂的情绪，才有了安歇和释放之地。

真实的生活，其实也就是这般跌宕，悲与喜，哀与欢，静与喧，都是不可逃避的经过，波折交错，迂回往复，扣住的，不是世间无从割舍的眷恋，而是心。

年少时，看庄子在妻子死后，鼓盆而歌，以为他是个薄情的人，时隔多年，经过更深的阅读和阅历，才渐渐理解，这颠倒众生的歌欢，并非薄情寡义，无爱无痛，而是真正懂得了生死的意义，是洞彻人生之后，进入豁达境界的表达——逝者已矣，生者珍重。不是在缅怀和痛哭之中沉沦，而是要在此中警醒，更加善待我们的人生。

人生的路，其实都是孤独的。

那孤独，是心里的一个死角，自己走不出来，别人也闯不进去。一些浓得化不开的寂寞，疼痛，缠缚，或者风露立中宵的深情，情愿安放在一壶酒，或者一盏茶里，不求人懂，只为人生看得几清明。

按照古人的说法，清明节也是"鬼节"。

"鬼"字在古代，释为"归"。古人认为，人死后回到原来的世界去了。

那个看不见的世界，其实就在我们的心灵深处。

我们在，他们就在。

谷雨：茶烟轻扬落花风

谷雨

天点纷林际，虚檐写梦中。

明朝知谷雨，无策禁花风。

石渚收机巧，烟蓑建事功。

越禽牢闭口，吾道寄天公。

——【宋】朱槔

心动于一个名字：观花问事。

花是牡丹。在邢台柏乡城外，和崇光寺一墙之隔。墙内，碑刻石幢，佛像铭文，是云水禅心的静寂，墙外，则是花开繁丽，人来人往，或赏花，或歌舞，或闲逛，春衫伴着笑语喧哗，是俗世烟火的温暖和欢愉。

问的是农事。据说，是当地民间的风俗。以花开的盛衰，问卜来年的收成，花盛年丰，花衰年歉，看似无稽，细细想来，也有一定的道理。

一朵花的开放，离不开风的吹拂，雨的润泽。风调雨顺，不独花开得好，万物都有生机，自然会有好年景。

问的还是国事。国泰民昌，以红花兆盛世。帝王驾崩，以开白花为先知。花色、枝数，皆有玄机。

牡丹，冠万花之首，素有"花中之王"的美称，但我更偏爱它的另一个名字：谷雨花。贴切，且亲切，带着布衣素履的平易。不似"王"，总是有些霸权和霸气，令人仰慕，但不能令人亲近。

按照古人二十四番花信的说法，谷雨有三候：一候牡丹，二候荼蘼，三候楝花。节气的物候，正好应了开起来的牡丹。

年少时，不喜欢牡丹，觉得太艳，太俗，心里便隔了距离。其实，花本无心自在开，只是因了人的喜恶，无端生出枝节，分出了雅俗高下。

且听听这些名字：御花黄，梨花雪，烟笼紫，渡世白，软枝蓝，墨洒金……花以颜色命名，但花的颜色远不止这些，单是一个红色，就可以分出若干个品种，锦袍红，朱砂红，石榴红，首案红……这是资料上的记述，分不清，也记不住，却拢起了朱樟的一句诗：明朝知谷雨，无策禁花风。

谷雨三朝看牡丹。

这是民谚里的句子，是人在岁月嬗递中的总结。但天气变化不循常理，花期便也不是一个既定的守候。

满园的牡丹，开了不足三分之一。淡花疏影，入了水墨丹青，是最好的留白，落在眼里，多少还是有一点遗憾。旁边有人约，隔上三五天，再来看，一定是锦绣满园。没有回应。路不远，但俗事挂身，不知道哪一天可以兑现。所以，不轻易许诺，只随着光阴走，至于遇到的是什么，但凭天意。

用手轻轻捏一下花苞，饱满，厚实，不知道藏了多少瓣美好。据说，花瓣最多的是魏紫，有六七百片。若一瓣一瓣打开，那一朵繁华锦褥的美，不仅是惊艳，更有蔚然的壮观吧？

来得早，花期不到花不开，来得迟，则是花残叶败，芬芳无处寻。看花，如同人和人的相遇，在对的时间，遇见对的人，靠的是一点缘分。

在日本，赏花又称花见。这两个字搭在一起真是动人。花，是天地自然中的存在，见，则有因果之缘，有淡淡的禅意在里面。花见人，人见花，除了节气使然，惜，也是必须的，不惜，即便是两两相见，也是花自飘零人自欢，两不相干。

朱槔。

写下他的名字时，心里仍有一些犹豫。对我来说，他太陌生，生卒年月，生平事迹一概不知，史书上也很少记载。若不是这一首《谷雨》，恐怕我连他的名字都不知道。

《宋诗钞》里提到他，也只寥寥三十五个字，曰：朱槔，字逢年，徽州婺源人。负轶才，不肯随俗；又超脱，淡于名利，一生不仕。著有《玉澜集》一卷。

我读得怅然，却也钦佩。那里面，有一意孤行的薄凉，特立独行的决绝，不随俗，不奉迎，是有别于繁华大千的姿态，像玉，清寂又温润，可以稳住一颗躁动的心。

一生不仕。能真正做到这一点的，委实不多。即使做到，也总是有原因的，或是落魄不得志，或是不愿卷入政治纷争，或是不肯被声名所累，违逆了本性,他是哪一种,不得而知。

史书,杂传,民间流传里,都没有他的记载,他淡到连生卒都不曾留给世人,根本就不屑于让任何人知道自己。

他投奔的,是他喜欢并崇尚的生活——在青山远黛碧水含烟中,寻一间古朴的村落,安安静静地做自己,做想做的事,做不了的就搁着,有大把时光,用来看季节轮回。江山风雨同梦,独赏这世间锦绣风景,是山野清风的闲自在。

他为自己寻的这个地方,叫霅川。

单看名字,就有尘世之外的清宁。事实上,也确是一个栖居的好地方。宋代学者倪思说过,知江南之为绝境,而霅川者尤为清胜。盖平波漫流,有水之利而无水之害,群山环列,秀气可掬,卜居于此,殆复何加!

倪思是霅川人,或有故土情深的偏爱,但肯定也不会完全没有来由。史书记载,唐末五代时,天下皆被兵,烽烟四起,独此地获免。至宋朝,太平又二百年,靖康、建炎复免兵厄。宋王朝时,虽有霅川之变,但也是风起青萍末,很快就平息了。

在朝廷做官,后来隐居在江湖上,自称"烟波钓徒"的张志和,对霅川情有独钟,"愿以为浮家泛宅,往来苕霅之间。"唐代颜真卿,干脆在湖州任内建霅溪馆,为历代文人吟咏之所,今湖州老城区馆驿河头仍存遗迹。

而朱樨,也在这一方静好的岁月里,体会到了人生难得的安闲。

落日解衣无一事,移床临水已三回。

斗沉北岭鱼方乐，月过秋河雁不来。

疏翠庭前供答话，浅红木末劝持杯。

明明独对苍华影，莫上睢阳万死台。

绍兴二十一年（1151年）春，朱熹来这里找过他。

那一年，朱熹赴临安铨试，授职泉州同安主簿。途中，拜见寓居雪川的朱槔。这一段，写在朱熹生平活动年表里，但也只是一笔带过，是时间深处一瞬间的惊鸿照影。史书卷帙的记述，多是风云激荡的人物，他一生不仕，偏居一隅，可记载的实在不多，说到底，仅仅是一个陪衬罢了。

论辈分，他是朱熹的三叔，是朱熹父亲朱松的弟弟。兄弟同胞，志向却有大不同。朱松主张格物致知，修身齐家平天下，精研理学，学古人佩韦之义，在尉署建一室，取名韦斋，且夕自警，兼入对中兴恢复大计。朱槔却是淡泊世事，诗书才华只为娱己，避谈政治，只说眼前风月。

仕途初登，正是意得志满之时，朱熹没有这样的淡泊。受父亲的影响，他矢志于理学研究，有时一个义理思量不透，就不肯枕席安睡，甚至三四个夜晚穷究到天明，终建立起集宋代理学之大成的理学体系。

人生的千回百转里，可以看出各自的性格，却分不出优劣高下。是以家国社稷为己任，风尘苦旅，只愿还现世一片安稳，换苍生一世太平，还是逍遥自在，任凭世间烟尘四起，只稳了心，坐望一片山水连天，完全是个性使然。有什么样的个性，就有什么样的行为，有什么样的行为，就有什么样的生活。本真做人，本分做事，不悔不倦，一世心安，便是最好。

谷雨，源自古人的"雨生百谷"之说。谷得雨而生也，丰歉全赖着雨水的滋润，这时节的雨，有它特别的意义。《月令七十二候集解》："自雨水后，土膏脉动，今又雨其谷于水也。雨读作去声，如雨我公田之雨。盖谷以此时播种，自上而下也。"

这充满光阴质地的释解，落在浅浅晕开的墨香里，便是朱槔的这一首《谷雨》。

那是谷雨的前一夜。雨簌簌，依着节气的拍，纷林际，滴空檐，不紧不慢地飘过来。他和衣斜躺在花影婆娑的窗下，听着那清寂的声响，想着明朝的安排。不知不觉，倦意袭来，诗情画意都散去，便也不讲辞章，想到哪里，就地在纸上落上一笔。

——雨来了，花信风却是挡不住，不如去石渚走走，那件搁置很久的蓑衣，该派上用场了，对了，家里的禽圈要闩牢，人走了，提防它们跑出来……

在唐诗宋词的华章里，这一首当不得最好。单选了它，更多的是，因为那份闲散和慵懒，稳稳地伸展在节气的细枝末节，便是凌乱，也有一番温柔相待的情意，让人看得心里踏实。

夜深人困，少不得要一杯茶来提神。

妙的是，有谷雨茶。

是谷雨时节采制的春茶，又叫二春茶。明代许次纾嗜茶成癖，每年茶期必至江浙，相与品评。在他所著的《茶疏》中，谈到采茶时节，有这么一句提醒，清明太早，立夏太迟，谷雨前后，其时适中。

又有一说，采茶的时间也有讲究，谷雨前五日为上，是谓雨前茶，是茶中上品，香气浓郁，久泡仍余味悠长。后五日次之，再五日又次之，采茶的气候，也马虎不得，必须天气晴朗。下雨天不采，晴而有云也不采。雨天采的茶不香，便是久雨初霁，也不能采，还需隔一两个晴天，否则茶也不香。

古人认为茶有十德：散郁气、驱睡气、养生气、除病气、利礼仁、表敬意、尝滋味、养身体、可行道、可雅志。

这样说夸张了点。

茶之本，不过是烧水点茶。各人心中那一涡半转，与茶色相映，自有它来去的方向。持百千偈，不如一句吃茶去。倒是那结庐青山云雾为伴的茶，经晾、晒、炒、揉、捻，养了清凉，去了寒涩，山一程，水一程，一路晨昏辗转，来到我们手中，而我们，能放下手中的忙碌，留一点儿空闲，许它浓淡三分香，算来也是一种德。

翻出一只仿汝窑的豆青杯，煮水泡茶。

茶是新茶。是友寄来的毛尖，采自山谷里一片湖水边的茶树。她说，今年天旱，茶叶香气高而欠柔和。这一树因为在湖边水汽里，有一股特别的清气，入口绵软，回甘清凉。她筛了两包茶芽，取名"湖岚"，寄给我尝。书桌案头上，浅浅地泡开，未及细品，已是醉了三分。

北方气候干燥，土质偏碱，不是适合种茶的地方。茶圣陆羽在《茶经》中开篇第一句就讲，茶者，南方之嘉木也。

我所在的城市没有茶山，从不产茶，大大小小的茶店倒是很多。每年清明至谷雨间，茶老板在春茶进来后，都在店门口挂一个醒目的招牌：新茶已到。随意走进一家，都会看到包装颇为考究的新茶，在古色古香的木架上释放出清清的幽香。当然，其中也不乏有些无良的茶商会找一些外形类似的茶叶来冒充。不懂如何鉴定茶叶的真伪，所以买到正宗春茶的机会很少。

茶与人之间，亦如人与人之间，有得与不得，知与不知者。有的人，在一起再久，也是陌路，感觉总隔着千山万水的距离。有的人，原是茫茫人海里的萍水相逢，少有交集，却一个忽然的转身里，看见了守候。

素手试新茶。

褐色的叶子，缓缓伸展开来，在水气氤氲中旋舞，微晃一下杯子，茶叶随水而动，染得茶汤宛似碧玉，袅袅香气也随水而出，是茶烟轻扬落花风的感觉。

其实，并不懂茶。喜欢和懂无关，喜欢的，并非一定是最好的，但一定是眼前的婉转，心里的轰轰烈烈。晒，烘，焙，或炒，诸多劫数，少了一劫都不能成茶。红尘滚滚千帆过，只拿当下的真心相对。人走，茶不凉。

推开宋朝的月色，在朱槔的诗里，也能找到这样的心思：一室真容膝，何人客子猷。

关于子猷，历史上有一则"雪夜访戴"的典故。王子猷居山阴，夜大雪，眠觉，开室命酌酒，四望皎然。因起彷徨，忽忆戴安道。时戴在剡溪，即便夜乘小船就之。经宿方至，造门不前而返。人问其故，王曰："吾本乘兴而行，兴尽而返，何必见戴！"

南朝刘义庆在《世说新语》中讲了这件事。初看真是动人，但静下心来想一想，于纷繁红尘里，又有太多的不可知。人人皆忙的年代，还有几人有这样的兴？那一个兴，因何而起，又起在何时，等这一方，也无从知道。也许，一个转身就是遇见，也或许，老了红颜白了头，都等不来一场相逢。

所以，它独立于六朝的那个深夜，成了千古的流传，人心里的羡，所以，在朱槔的诗里，还有这样一句叹：欲追旧事无言说，更作三生石上期。

岁时记——古诗词里的节气之美

牡丹的花语是圆满、浓情、富贵。然而，世事无常，难得圆满，不执着于有，便不会患得患失，不执着于无，便不会怨天尤人。且得这一时心安神宁的满足，已足够。

若有一处庭院，一定种几株牡丹。青瓦白墙，草木扶疏。花下，放一张小几，沏上一壶茶。酌茶观花，不问稼穑，不问国事，只低眉一笑，问一问自己的心。

SUMMER   夏 巻

不言流年,不言山长水远。你来,我不在的日子,且留一首诗,相伴,度红尘。

立夏：一夜熏风带暑来

> 立夏
> 四时天气促相催，一夜熏风带暑来。
> 陇亩日长蒸翠麦，园林雨过熟黄梅。
> 莺啼春去愁千缕，蝶恋花残恨几回。
> 睡起南窗情思倦，闲看槐荫满亭台。
>
> ——【宋】赵友直

听说，西安钟鼓楼上有二十四节气鼓，二十四面鼓——对应二十四节气。每逢节气来临，擂响钟鼓，其声可传遍千里。

这一天，若有鼓声响起，一定是立夏了。

节气的名字带了夏，但还感受不到夏的气息，时光微凉，春衫薄，犹然是暮春的样子。只是正午时分的阳光，漫洒在窗前的时候，有些许的灼热，却也不过是一盏茶的工夫，稍稍西斜，那缱绻的凉就又转回来了。

读《月令七十二候集解》："立，建始也，夏，假也，物至此时皆假大也。"会心一笑。觉得所言不虚，切合当下的天气，但接着读下去，夏通假，假为大，即春天播种的植物开始长大。又一时哑然。

照此推论，那物至此时皆大也，又作何解呢？

读古书，会读出自己的小，读出自己的浅薄。那些泊在静寂光阴深处的文字，遗世独立般的在那里，一页，一页，都是玎珮相伴。洞彻有时，迷茫有时，缱绻情深有时，人去楼空有时，天地四时，此消彼长中，掩住的，又是谁的一场回忆？

赵友直，字益之。

写下他的名字时，忽然想起孔子《论语》中的一句："友直，友谅，友多闻。益也。"

友直，则闻其过。友谅，则进于诚。友多闻，则进于明。孔子把这个叫做"益者三友"，论的是交友之道。

对应的，还有三个人的名字。赵友直：宋代诗人；陈友谅：元末农民起义军领袖；闻一多：现代学者。闻一多，字友三，其中关联，一看便知。

一个人的名字，说起来是一个区分他人的标识。但有时候，也不这么简单。在名字的背后，除了姓氏有固定的归属，后缀的一个或两个字，都有一番盘根错节的衡量。家族预先的排定，祖辈寄托的期望和教诲，或者一些不可言说的情义，都稳妥而分明地落在里面。

宋朝，赵是国姓。按宋朝皇室家谱上的传承，他是宋太宗赵光义这一支。赵氏宗室不同支系辈分用字不一样，赵光义这一支以"元、允、宗、仲、士、不、善、汝、崇、必、良、友"为字派，以分昭穆。

光阴流转，以一程经历换一场变迁。有时是皆大欢喜的圆满，有时，一个刹那就是各自的万水千山。据历史记载，传至宋太宗的第六世赵不抑，已是金兵入侵的北宋末期，赵不抑携家眷南渡，定居于上虞化度寺，后辗转到西溪湖畔。

西溪湖，只读这三个字，心神便作东流水。

相传，西溪湖形成于春秋越王勾践时代，故也称"勾湖"。越国大夫范蠡，助勾践打败吴王夫差后，深谙"狡兔死，走狗烹"的道理，功成身退，匿隐江湖，曾在此泛舟垂钓。宋代理学家朱熹，也曾在此著书立说。

你想归隐，它有青山秀水相待，你想刻苦，它有清风棹雪的静。江南烟雨覆了天下，润泽一方的湖，更像是缓缓展开的一幅画卷，浓淡相宜，只为人赏。

近在咫尺的，是泳泽书院。

书院在宋代颇为兴盛。两宋三百多年的历史中，书院达到了七百二十所之多。重文掖学的氛围浓厚，私人创办的书院，也便如雨后春笋般兴起。或读书，或研修，或讲学，或藏书刻书。"有宋一代，学校之设遍天下，而海内文质彬彬矣。"前人之言并非虚誉。

泳泽书院，就是他创建的。青山绿水之间，参天樟树之下，一座雅致的深阔庭院，青舍密密，屋宇麻麻。人在屋中坐，手持书卷，提笔，落墨，百年留香，一翻页，就是地老天荒。

他有一首诗，写的就是这个书院。名作"创泳泽书院初成"。

万古湖山一望央，紫阳道脉壮宫墙。

佳朋鳞集互联榻，多士云从相共堂。
地有金罍非福瑞，天将玉汝任纲常。
要知学问无他术，只在工夫不怠荒。

晨诵暮读，手不释卷，赵友直在这里度过了少年时光。咸淳元年，他抱着试一试的想法，进京赴考。

以他的身份，若在其他朝代，即便不封王赏地，也会有祖辈的恩荫，食俸终生。但在宋朝，封王只对用功之臣，且只及自身，不能世袭，想要在朝廷中获得官职，就得像庶民子弟一样，参加科举考试。

同行的，有他的祖父必蒸，父亲良坡。不是担心他年少，路上缺少人照应，而是和他一样，奔的是同一个目标。

考试的规矩也定得严格。考卷开头填写的考生的姓名、籍贯、年龄，交卷后要统统密封订死，称为"糊名"。考完后，还要专门找人用标准的字体把所有的试卷抄写一遍。考官评阅试卷时，不仅不知道考生的姓名，连考生的字迹也无从辨认。

看起来公平公正，其实也是暗藏了私心。戎马征战建立的宋朝政权，只怕哪天也为他人效仿，再凭借武力夺去，因此崇文抑武，大力提倡读书，不问出身，不分年龄，只要有真才实学，通过了科举考试，就直接授予官职。即便是武举，也不只重武艺，还要识文章，通晓经书大义。

书中虽有千钟粟、黄金屋，但书中更有坎坷路。舍了儿女情长，闭门苦读，一读就是好多年。守得住寒窗的寂寞，读破了手中厚厚的书卷，学得个经纶满腹，却不一定就能遂了心愿。苦苦坚持着，纵然青衫落魄，青丝染了白霜，还是舍不得放手，也是因为这个不一定。春去秋来，不一定什么时候，就有了峰回路转。

祖孙三代，就这样，怀着一样的心思，坐在同一个考场上。

轻松的是他，考中了，自然欢喜，考不中，就权当是历练。试卷发下来，援笔立就，洋洋洒洒落纸千言。

忐忑的是他们。那一年，他的祖父已年近六十岁。他的父亲，也是人到中年，连年赴考，连年落榜，这一次是否能够如愿，谁都不能预料。

皇榜发下来，三人围过去看。出人意料的是，祖孙三代，同登进士榜。一门三进士，不仅让三人欢喜，更让世人惊讶，一时传为佳话。

小时候，听人讲故事，讲到一段，故意卖关子，端了茶缸子去续水，或者挥挥手说，明天再讲，心里放不下，忍不住追着问："后来呢？"

所有的故事，开头可能有千千万万，但结局无非两种：喜，或者悲。而在人生的大棋局里，不至死，就永远不会知道命运诡谲的反转。

其时，已是南宋末年。蒙古铁骑南下，一寸山河一寸血，鲜花铺就的锦绣前程，在国家的动荡不安里，多了一份悲壮和悲凉。

他的父亲赵良坡，任广州知府。元兵来攻，赵良坡指挥将士全力守御广州。只是宋朝气数已尽，孤军奋战独木难支，城池沦陷，赵良坡亦被元兵所捕。任凭元将如何威逼利诱软硬兼施，赵良坡始终把名节看得比生命更重，誓死不降，元将恼羞成怒，令左右刃之，赵良坡毫不畏惧，伸颈受戮，求了一个玉石俱焚，大呼："我死得其所！"

世人评价文人，多是文弱书生，说起贡献，也是诗词风月，文学艺术，其实是误读，金戈铁马的纵横里，也不乏文人的身影，除了男儿豪情，也有铮铮不屈的铁骨。

扯进战争这样宏大的主题，是因为朝代的交替更迭，终究不容许谁只做一个旁观者。它所涉及的不仅仅是一个人的命运。一将功成万骨枯。回头望去，谁不是一路的血迹斑斑？

听闻父亲被害的噩耗，赵友直如雷轰顶。他不顾家人的劝阻，冒死前往元兵阵营，找到父亲的尸首，在兵荒马乱中颠沛游离，东躲西藏，避过元兵的耳目，千里奔波，运回故里，葬于西溪牛眠山。

那一路，是怎么走回来的，他回忆起来，都是茫然。从杭州到广州，泪水与汗水一起洒落的路上，只有脚上的燎泡和瘦削的脸，知道他曾有过的曲折和艰难。

从读书，入仕，荣耀门楣，到父子死别，这意外的波折和不幸，让他走得步步惊心。读了那么多书，用那么漫长的时间，做出那么多的努力，毁坏它却只要迈出一步，一瞬之间，不费吹灰。他没有眼泪，不是不悲伤，只是心中所存更多的是茫然。

此后，他隐居于牛眠山，自号牛山子。

他的人生，在父亲去世后，来了个大逆转。有人说他痴傻，有人赞他重孝，可是他心里清楚自己什么都不是，只是正视了自己的心。

世事变故，是措不能及的突然，却也能叫人彻底沉静下来，想要的是什么，图的是什么，人活着为了什么。

人心都是有牵绊的，或名誉，或地位，或金钱，或念想的人，或某种放不下的情绪，心有贪痴念，才生出这许多不能取舍。若能权衡轻重，勇敢割舍，心性自明。

这一首《立夏》，是赵友直隐居后所作。他是赵氏家族里传世诗词最多的，清代人编撰的《历朝上虞诗集》中他的作品就单列为一卷。

在远离扰攘的山间，住下一处悠闲，他看见的，是另外一个世界：

骄阳下，田野里，翠绿的麦穗开始微微泛黄，新雨后，园林里，黄梅也快熟透了。黄莺在枝头啼鸣，似有哀愁千缕，粉蝶在凋零的花间驻留回旋，像是幽怨未消。不管，不听，只睡眼惺忪，独倚窗前，闲看槐荫遮掩下的亭台。

花事盛大。这四个字，只适合用来形容槐花。它是乡野间的花，开起来却自有盛大气势。的确让人惊心动魄。那雪白从眼前铺开，铺展得一望无际，成一片素白的汪洋。门外无人问落花，绿色冉冉遍天涯。

这是节气里的良辰美景。用文人的感觉来描绘，有平淡出尘的意味，又有很多与节气相对应的人间烟火。一目了然。

立夏这一天，古也称春尽日。春日短，才见桃红李白，谷雨斗芳菲，还没来得及停下来细细打量，槛外春事已是结局。花开到荼蘼，风一吹，就是绿肥红瘦，落花满径。远远看过去，惊艳，更有一点惊心。

春光逝，不舍，或是感伤，到最后，总是也免不了一个分离。留不住，便不留。摆了菜肴和酒，约上三五好友，到山野郊外，像相送远行的友人一样，来一场郑重的送别，名为饯春筵。

菜肴有讲究，地三鲜，水三鲜，树三鲜，都是应季的新鲜，酒也早有准备，是家酿的李子酒，瓶口密封了窖藏着，只等着这时节拿出来。李子是夏天的水果，味甘、酸，又能清肝热，生津液，酿成了酒，有浓郁的果香，喝多了也不上头，且有同等的药效，可以调理身体。

更难得的，是这一个"饯"字。

节气里的礼仪，有自身的特点与规律性，且都有具体的出处，二十四节气里，常见的是"迎"。春夏秋冬，每逢季节转换，都要有浩浩荡荡的的仪仗队伍，举行盛大的迎接仪式。立夏这一天，帝王要率文武百官到京城南郊，举行迎夏仪式。君臣一律穿朱色礼服，配朱色玉佩，连马匹、车旗都要朱红色的，并指令司徒等官去各地勉励农民抓紧耕作。

设宴饯别的，却只有春，且无史据可考，民间的流传里，也只有一句：可避痒夏之疫。所以，立夏又称为痒夏日。

《红楼梦》第二十七回，有饯春筵的描述。大观园里的女子，个个锦心绣口，结诗社，吟诗作对，品茶煮酒，凭栏酬唱，有了既定的风俗做由头，更不能简单了事，吃罢饯春筵，还要用五彩丝线穿了落花，绫锦纱罗挽成旗子，挂在园子里的树上，饯一饯花神。

"花神"之说，也是民间的流传。每年十二个月，每个月冠一个花名，每一个花名，对一个司花的花神。南北差异，个人喜好不同，对应的花神说法不一，有多个版本。

苏州定园，有一座花神庙，影壁上拓有十二位花神，是清一色的女子。

正月梅花，花神寿阳公主；二月杏花，花神杨贵妃；三月桃花，花神息夫人；四月牡丹花，花神丽娟；五月石榴花，花神卫氏；六月莲花，花神西施；七月蜀葵，花神李夫人；八月桂花，花神徐惠；九月菊花，花神左贵嫔；十月木芙蓉，花神花蕊夫人；十一月山茶花，花神王昭君；腊月水仙花，花神为洛神。

女子与花，从来就有不解的缘分。花喻人，说的是倾国倾城的貌，人拟花，叹的是韶光易逝的薄凉和无奈。花开花落，朝如青丝暮成雪，一个顾盼，就是解不开的凌乱。

不以物喜，不以己悲，是圣贤的境界，凡夫俗子做不到，说起来也是敬慕。但总觉得，这样的超脱和淡然，更多的是心里的隐忍和克制，是一句说给自己的告诫，或者一场自己和自己的战争。因为现实中的种种制约、牵绊，不能爱恨无惧，悲喜随意。那些不为人知的挣扎和暗流涌动，可以化干戈为玉帛，但终不能相忘于江湖。

"纷纷纷纷纷纷纷，唯落花委地无言兮，化作泥尘；寂寂寂寂寂寂寂，何春光长逝不归兮，永绝消息。"这是弘一法师的《落花》词。是他在滚滚红尘里的辗转和向往。他曾奋然一刀斩断尘缘，决绝而去。他曾笑傲这尘世悲欢与离合，于晨钟暮鼓中，修度余生，却在人世最后，仍然写下：悲欣交集。

从红尘到佛门，从鲜衣怒马到青灯佛卷，人生的转换，不过是一夕之间，但生命的悲喜，生活的得失，是一个延续的过程，不会因一夕的转换就一下子截然不同。该丢弃的丢弃，该相逢还会相逢。

心止如水，不是把心修炼成了红尘外的一枝莲，而是心里的看重已经放下，风动，幡动，再惹不了心动，或者，没有逢着能让心为之所动的人，或者事物，生命中的来来往往，离得再近，也不相干，也都是过客。

抑或，原本心里是波涛汹涌，寸步千里，咫尺山河，只是在一波三折的疲惫里，渐渐平息下来，抱守成山谷的一池平静，悲欢和过往都成了回忆，再看过去仍是鲜活，却没有了初时的感觉。

赵友直和弘一大师，隔了数百年的光阴，对人生的理解，以及人生转折里的决然，却有颇多的相似。

因为懂得，所以慈悲，因为圆满，所以欢欣。

恰应了弘一大师的那一句偈语——人生随缘，便会活得自在。

小满：花未全开月半圆

小满

夜莺啼绿柳，皓月醒长空。

最爱垄头麦，迎风笑落红。

——【宋】欧阳修

节气上说，今日小满。——其含义是，夏熟作物的籽粒，开始灌浆、渐见饱满。

我喜欢这样的节气。关乎泥土的芬芳，关乎爱和希望。万物生气盎然，又从容不迫。但是，所有的细节，都是轻微和寂静的。

天气也好，不冷不热，入夜后，人散去，月朗风轻，更是清净。如果不出去走走，就这样睡过去，岂不是白白辜负？

那么，就走吧。

夜莺，绿柳，皓月，长空，是欧阳修一路看到的风景，他以简练而传神的笔触，记述了那天晚上的景色，若画下来，就是一幅层次分明的乡村夜色图。很美，也很诗意。但他的脚步不停留，深一脚浅一脚，走过弯曲的小路，去往更远处的麦地。

在百姓眼里，他是朝廷官员，哪怕是被贬流放，官身也还在。白天里，走得再近，碍于身份，说话终究有几分顾忌，放不开。他也觉得不自在，没有开怀畅谈的感觉，倒不如趁四下无人，去麦地里走走。

从这一垄走到那一垄。不用找寻麦地的主人，说一个足够合理的理由，想吃麦粒了，就挑拣着扯下一支饱满的麦穗，放在手心里，轻轻搓去略有些扎手的皮，再轻轻一吹，一小把黄中带绿的麦粒就到了嘴里。

那麦粒的滋味如何，他没有说，只用了两个字：最爱。

他这一生，爱过很多。爱莲，就将湖里的杂草拔掉，种满莲花；爱牡丹，两次去洛阳寻访不遇，就遍访民间，撰写了《洛阳牡丹记》；爱山水，常常率众出游，纵情天下；爱酒，无酒不成文，无酒不成乐，到最后，也不承认是最爱，只说："醉翁之意不在酒。"

最的意思是，极，无比的，再没有什么可以超过，爱到没有了选择，没有了退路，没有了以后。此生，只爱这一个，任他弱水三千，只取这一瓢饮。

如此，要用这个"最"字，除了深情、专情，还需要一点点决绝的勇气。因为，它不是成全，而是割舍。删繁就简，割舍掉不爱的，比较爱的，甚至挚爱的深爱的，只留下这一个，最爱。

欧阳修的诗歌中，与麦子的不多，翻来翻去，也不过寥寥几首，但都是夹杂在各种叙述中，一带而过。如此潦草，似乎是不经意的一笔，连用情都谈不上。

有人解释说，这是一首单纯的节气诗。节气是小满，小满的风物是麦子，文人感性大于理智，遇见了喜欢了，哪容得文辞转圜，大笔一挥，就是最爱，也不是没有可能。

但我总觉得没这么简单。一首诗，历经千百年风霜，还能完整无缺地在世间流传，通常都不会这么狭窄。

二十四节气中，小与大总是相对而言，有小暑就有大暑，有小寒就有大寒，有小雪就有大雪，唯独小满是例外，只有"小满"，没有"大满"。这一点，不用费心去解，清人金埴早在他的《不下带编》说出了理由："扑满，器也。器满则倾，是倾满也。满苟得，则苟满而已。所以节有小满，而无大满也。"

器满则倾，小满正好。这是节气的一重意义。而第二重意义，未尝不可以理解在做人上，用作一种善意的提醒：话不可说满，事不能做绝，为自己和他人留一些回旋的余地，才能进退自如。

欧阳修的这一首五绝，名字就叫"小满"，只是，在他步入仕途时，还不曾意识到这一点。

他出生官吏之家，四岁那年，父亲病逝任上，为官清廉，且仗义疏财，未给家人留下"一瓦之覆，一垄之植"。生计所迫，母亲带着他投奔湖北随州的叔叔。寄人篱下，虽说是亲叔叔，也有卑微和拘谨，连纸笔都自觉是奢侈。教他习文练字时，母亲常常以荻草代笔。

母亲教得尽心尽责，他学得勤奋刻苦。家里没有书可读，他就近到读书人家去借书来读，有时借着进行抄写。仁宗天圣八年，他赴京赶考，参加殿试，济济学子中脱颖而出，得中进士。

金榜题名，一日看尽长安花，已是人生喜事，而婚姻大事，也在机缘笑谈中说定。

宋代有"榜下择婿"的风俗，发榜之日，王亲贵胄、高官富绅会聚到皇榜下，一不问家世，二不问人品，三不问婚否，挑选新科进士做乘龙快婿。进士寥寥，而榜下选婿者众多，锦衣夜行，你争我抢，坊间又称"捉婿"。

在当时，重文抑武，已是国家推行的政策。宋皇帝赵恒亦写有《劝学篇》：富家不用卖良田，书中自有千钟粟；安房不用架高梁，书中自有黄金屋；娶妻莫恨无良媒，书中自有颜如玉；出门莫恨无随人，书中车马多如簇；男儿欲遂平生志，六经勤向窗前读。传扬开去，更是起到推波助澜的作用。头悬梁，锥刺股，三更灯火五更鸡，寒窗苦读，成为获得另外一种生活的形式。

欧阳修也是一样。这边金榜题名，那边，翰林学士胥偃即揽他为婿，将女儿许配给他。

洞房花烛夜，金榜题名时。人生四大喜事，他顷刻得了两件。可谓喜上加喜，众人看在眼里，皆是艳羡。理学家程颐则相反，他有著名的"三不幸"之说：人有三不幸：年少登科，一不幸；席父兄之势为美官，二不幸；有高才能文章，三不幸也。原因是这三件事，容易使人志得意满，少了谦逊，伤人害己，祸患也就不远了。

也果真如此。

踏入仕途后，他上疏论事，必是慷慨激烈，寸步不让，指陈朝政阙失，推行改革新政，不惮权贵，不避群臣切齿之恨，甚至对皇帝都敢放言直谏，人称"一棚鹘"。

鹘，是鹰隼类猛禽。对这个称谓，欧阳修不反感，还颇有些自豪，专门写了一首《鹘》，贴在了自己的书房里。

依倚秋风气象豪，似欺黄雀在蓬蒿。
不知羽翼青冥上，腐鼠相随势亦高。

文人的笔可以当箭使，没有遮拦也不想拦，有什么说什么。出发点也许是好的，但太过用力，拉得太满，满到自己也遏不住的时候，那射箭的弓也一定会断掉。

景祐三年，范仲淹上章批评时政，被贬饶州。

说起来，范仲淹和欧阳修一样，也是敢于直谏的人。看到宰相吕夷简独揽朝纲、任人唯亲，朝中腐败不堪，就根据详细调查，绘制了一张"百官图"，呈给仁宗。结果，反被人指控"越职言事，荐引朋党，离间君臣"三大罪状。

一道诏书下来，有为范仲淹上朝申辩的，认为其心向正，罪不当贬，有惺惺相惜、饮宴相送的。当然，也有称心如愿，拍手称快的，变法派与保守派始终暗战交锋，立场分明，左司谏高若讷就公然表示，范仲淹任官以来为人处世多有过失，应该被贬。

以欧阳修的个性，当然不会保持沉默。除了同道相惜，更因为推行新政受到阻碍。在他看来，推行新政是强国安邦的良策，不能就此停下来。

挥笔疾书，洋洋洒洒，他给高若讷写了一封信——《与高司谏书》。

这是宋代政治史上非常有名的一封公开信。写得义愤填膺，恣意汪洋。很多人评价说，它体现了欧阳修疾恶如仇、无私无畏的凛然气节和胸怀胆识,可我读这封信总还是觉得过了。不管是寓讽于疑也好,反讽于劝也罢,"君子之贼"这样的话,实在太刺眼了。

贼是什么?《荀子修身》有一句释解:害良为贼。范仲淹是北宋良臣,但高若讷也绝非人们心目中的奸佞小人,翻开历史的书页,不难发现,高若讷也是一个有胆识的人,有一定的正义感,对大臣中的一些不法或渎职行为,屡屡提出批评,且体恤百姓,宁可田地荒芜,也不愿增加百姓的负担。

说到底,是政见不同。同一件事,不同的人有不同的看法,尽的都是自认的本分。北宋大将狄青,如今说起来也是忠勇的人物,当年也曾被欧阳修上疏弹劾,贬到陈州。理由是,军中威望太高,怕狄青灾乱中哗变。包拯,老百姓心目中的"包青天",因不畏权贵,不徇私情,大名可谓妇孺皆知,也被他以"素少学问"弹劾过。

他的个性,有遗传的成分,父亲欧阳观清廉守正,判了死刑的案子,也要挑灯展卷,替死刑犯寻找一条活路。也是社会风气使然,"文死谏,武死战"历来被奉为臣子从政的格言。文臣就该敢于直谏,不畏生死,武将就该敢于血染沙场,马革裹尸。从小灌输在骨子里的信念,使他认定,如此这般,才算作大丈夫。

算起来,欧阳修这一生,经历过三次贬谪。贬夷陵、贬滁州、贬亳州,为官四十载,他被贬在外超过二十年。

后两次被贬的理由,说起来很不堪。一是说他"盗甥",跟自己的外甥女有不干不净的关系;二是说他"帷薄不修",和长媳吴氏有私情。

无风不起浪。这浪是怎么起来的?原来,欧阳修夫人的堂弟薛宗孺当官犯事,求欧阳修救他一把。欧阳修拒绝,薛宗孺落官,自然心怀怨恨。和他有宿怨的朝廷官员,也趁机拿这事儿做起文章,连章弹劾。还有人拿出他曾经做过的词,做呈堂证供,白纸黑字,似乎哪一句都是罪证。

有句话说,剽悍的人生,不需要解释。但不解释有时候就等于默认。在宋朝,乱伦是最重的罪,一经证实,就是十恶不赦之罪,按律法,得判死刑。

但这种事往往是越解释越说不清,越说不清越遭人怀疑,授人口实。以讹传讹,一来二去,假的也就成了真的,百口莫辩,一波未平一波又起。各种版本的揣度和说辞,让欧阳修第一次感到"人言可畏"这四个字的厉害。

万般无奈,他一次又一次上书,请皇帝严加彻查,还自己一个清白。最后虽以"查无实据"了事,但多年的绯闻缠身,他的声名也大受影响。

读历史,我们经常慨叹,小人当道,奸佞之徒蒙蔽皇帝,忠臣良将总是受伤。但世间事皆有因果,擦去风烟与真相的模糊,细细探究,种下这结局的人,有时候竟是自己——

庆历三年,新政改革拉开序幕。欧阳修上疏,要求整顿吏治,纠察"不材之人",老迈昏庸,年纪大了的,不堪;年老体衰,反应迟缓的,不可用;贪赃枉法的,不能用;碌碌无为的,更是要直接拿下。并在奏章里边公开点名,从地方一溜点到中央。

嘉祐二年,欧阳修出任贡举考试的主考官。当时流行"太学体"文风,词句华丽,生涩难懂。他对此深为不满,凡作这类文章的考生,概不录用,引起众多落第考生的不满,在路上群起而攻之,对他辱骂诋毁,甚至投以纸笔砂石。更有举子将祭文送到他家中,咒他早死。

只要是他认定的事，再得罪人，也要坚持，没商量。这不光让众多官员恨之入骨，也让皇帝皱眉嫌烦。英宗皇帝在世时评价他"语无回避"，"人皆不喜。"

其实，他怎会不明白自己的处境？尽忠职守罢了。那一句修身治国平天下，不是写在纸上的空言。

《宋史》说他："天资刚劲，见义勇为，虽构陷在前，触发之而不顾，放逐流离，至于再三，志气自若，不悔也。"

我现在写着他，也对他充满了敬佩。他这样的人在今天，是少而又少了。人们学会了隐忍、圆滑，是非曲直明明地摆在那，也极少有人直言了。更谈不上冒着得罪人的危险，对谁提出反对意见了。

三次被贬官流放，有人替他抱不平，他却想得开——与其羁绊于尘世之是非，陷己于忧愁痛苦之中，倒不如垂杨紫陌洛城东，把酒祝东风，且共从容。做不到报效朝廷，达济天下，就回归田园，寻一处居所，远离喧嚣的人群，让心安静下来，好好的享受生活。

城郊的一间小屋中，有书有茶，有门掩黄昏的散淡，也有行人更在春山外的飘逸。光阴把虚妄写成过往，把懵懂读出了清醒，把夙愿变得坚定，他伏案窗下，将在京为官时期所见、所闻、所历、所感信笔记下来，写成《归田录》，作了这一段仕途的收梢。

不再咄咄逼人。王安石来看他，他备了酒菜，出门相迎。两人曾因变法，针锋相对，这一次，相逢一笑泯恩仇了。

酒也喝得少了。不再醉到酩酊插花归，连天下公认的"醉翁"名号，也改成了"六一居士"——金石遗文一千卷，藏书一万卷，琴一张，棋一局，酒一壶，再加上已是老翁的他，世间风景千般万般熙攘，他与它们晨昏相伴，相对悠然。

犹还记得他的《醉翁亭记》，是他谪职滁州时所写。造亭子的，是山上的和尚智仙；亭子的名字，是他用自己的别号来称呼——喝一点点就醉了，而且年纪又最大，自己起个别号就叫醉翁。

文人解愁的办法，除举杯醑酒，就是寄情山水。酒入愁肠愁更愁，而山野清溪，清风明月，放旷逍遥，终至能神游八方，忘记半生的荣辱沉浮，功名尘土笑谈，勾勒出快意人生，文思泉涌，妙笔生花，翻覆出锦绣文章。

一起笔，仅用"环滁皆山也"五字，简洁到没有一个多余的字，作为亭的背景，却是恰到好处，历来被誉为锤炼字句的典范，至今还能背上几句。而他自己，也成了文坛上的一座巍巍高山——北宋卓越的文学家、史学家。唐宋散文八大家，北宋占六席。他是其中之一，三苏父子，王安石，曾巩，全是他的学生。

最爱垄上麦，迎风笑落红。他落笔时，大概也是笑着写下的吧。

那是繁华落尽后，他给自己收拾的一片静好。水流花落，那么多的恩怨和纷争成了回忆，捧一把麦粒在手心，自有一种岁月悠长，踏实温暖的幸福感。

在描写小满时节农家生活情状的古诗中，他还有一首《归田园四时乐春夏二首（其二）》：

南风原头吹百草，草木丛深茅舍小。
麦穗初齐稚子娇，桑叶正肥蚕食饱。
老翁但喜岁年熟，饷妇安知时节好。

野棠梨密啼晚莺，海石榴红啭山鸟。
田家此乐知者谁？我独知之归不早。
乞身当及强健时，顾我蹉跎已衰老。

归隐田园是这么令人神往，然而我自个知道归隐得太晚了，当身体强健之时就应该隐退的，可是看看现在，岁月蹉跎，自己已经老了。

这，该是一份悔意吧？

年少时，爱武侠，看《射雕英雄传》，降龙十八掌有一招：亢龙有悔。出自《易经》，说的是掌法精要不在亢字，而在悔字。打出去的力道有十分，留在自身的力道，却还有二分。若不知谦退，则盛极而衰，不免有败亡之悔。

老子一生游历讲学，对此早已是洞若观火："持而盈之，不如其已，揣而锐之，不可长保。金玉满堂，莫之能守，富贵而骄，自遗其咎。"翻译一下，大致的意思是：执持盈满，不如适时停止；显露锋芒，锐势难以保持长久。金玉满堂，无法守藏；如果富贵到了骄横的程度，那是自己留下了祸根。一件事情做的圆满了，就要含藏收敛，这是符合自然规律的道理。

小满即安。

功名利禄青山隐，不如，多养一枝花，多灌一亩田。

芒种：箪食壶浆田晌忙

观刈麦

田家少闲月，五月人倍忙。

夜来南风起，小麦覆陇黄。

妇姑荷箪食，童稚携壶浆。

相随饷田去，丁壮在南冈。

足蒸暑土气，背灼炎天光。

力尽不知热，但惜夏日长。

——【唐】白居易

一粒花种，从埋进泥土，到发芽，需要多长时间？

无法给出答案。两个星期过去了，花种依然沉寂如故。就在刚才，去楼下拿书的工夫，又看了一眼，还是没有发芽的迹象。

种下的，是牵牛花的种子。是冬天的时候，从槐林里采来的。槐林里，草很多。茅草，苇草，拉拉藤，还有一些草，叫不出名字。牵牛最是俏皮，伸着细细的蔓，攀着树向上，缠了一圈又一圈，有的甚至达一人多高。

印象里，牵牛花是好种易活的植物。迟迟不发芽，是温度不够，还是时间不够长？请教擅长农事的婆婆。她说，种子不一样，发芽时间的长短也不一样。小白菜种子发芽最快，三两天就能冒芽，芫荽种子时间最长，十天半月是常有的事。

不知道，还要等多久。却愿意等下去。等待，是一个美丽的词。美在过程，而不在结局。

芒种，最早出自《周礼》："泽草所生，种之芒种。"

这个"芒"，指的是有芒作物的收获。

在北方，常见的是麦子。一株麦穗上，有多少麦粒，就有多少根细刺一般的麦芒。当麦粒渐渐丰盈，麦芒也变得锋芒毕露。仿佛一个坚定的守护者。一场麦收下来，若不穿长袖衬衫和裤子，胳膊和大腿上一准儿会有一道道红血印，汗水一浸，又疼又痒。民间有一句俗语，针尖对麦芒，形容的就是它的尖硬。

种，指的是谷黍类作物的播种。大江南北气候不同，风俗不同，但节气里的归属却是一脉相承。种谷，种豆，种稻，种黍，种稷，种山芋，种花生，种小白菜，能种的，都筛选了饱实的种子，在翻耕耙匀的泥土里种了。那些纷纷落下的种子，带着微小或者盛大的愿望，深埋在光阴里，预约了下一个轮回的春暖花开。

芒和种，连在一起，颗粒归仓的收获，和绵密有序的播种连在一起，注定了这个节气的底色——忙。

所以，芒种，又叫忙种。

春种一粒粟，秋收一担粮。每年看到麦粒归仓后，人们的心才像个大石头一样落了地，一年的收成总算被收获，一年的辛苦总算没有白忙活。

年少时，每年这个时候，学校都会放假。不是避暑，不是纯粹的休息，而是放麦假，回家帮着父母收麦子。

人小力薄，能使出的力气甚微。到地里拾麦穗，往田间地头送水送饭，把场院里的杂草除净，到麦场去看场，等捆好的麦子一车车从地里运来，或者拖着长长的木锨，扬起麦粒，让风吹去碾碎的麦芒。这是一年中最忙碌和劳累的劳作，每次放假，总有一种如临大敌的心怵与紧张，却也因此学会珍惜每一粒麦，李绅《悯农》里的"粒粒皆辛苦"，也不再是课本上读诗释义的刻板了。

诗歌来源于生活。没有真切的体验和感受，便没有拨动人心的力量。

如今的芒种，已不像过去那样忙碌了。耕地有拖拉机，收麦有脱粒机，工效是人工的数十倍。地里早已不种谷子了，连蚕豆、油菜也很少种了。"芒种芒种，忙收忙种"的情景，已经成为一种记忆。

翻阅古诗词，有关芒种的记述寥寥无几，以芒种命名的，更是找不到。它是与农事紧密相关的节气。文人纵有锦心绣口，没有面朝黄土背朝天的经历，劳作的艰辛和丰收的欢喜，终究是隔了一层，落在纸上的情绪，也轻飘了一层。

白居易有一首诗，叫《观刈麦》。写的是麦收农忙季节，一家老少抢收小麦的情景——妇姑荷箪食，童稚携壶浆，给在田里劳动的人送去饭食,收割小麦的男子都在南冈。脚下暑气熏蒸,背上烈日烘烤,已经累得筋疲力尽还不觉得炎热,只是珍惜夏天昼长,能够多干点活。

截取了这一部分,只因它与年少时的感受相近,与节气里的那份忙碌也是丝丝入扣,但不可否认的是,省略掉的后半部分,才是这首诗的精华所在。

复有贫妇人,抱子在其旁,
右手秉遗穗,左臂悬敝筐。
听其相顾言,闻者为悲伤。
家田输税尽,拾此充饥肠。
今我何功德,曾不事农桑。
吏禄三百石,岁晏有余粮。
念此私自愧,尽日不能忘。

一个贫妇人怀里抱着孩子,手里提着破篮子,在割麦者旁边拾麦。为什么要来拾麦呢?因为她家的田地已经"输税尽"——为缴纳官税而卖光了,如今无田可种,无麦可收,只好靠拾麦充饥。

在陕西周至那片覆陇黄的田野上,他是视察督看的县尉。身份相殊,不可能走到一起。难得的是,放了心进去。想到自己,没有"功德",又"不事农桑",却拿着"三百石"俸禄,到年终还"有余粮",因而感到惭愧,心里久久不能平静。

翻看他的诗,像这样感叹时事,悯念民生疾苦的,着实不少。《卖炭翁》里,老翁伐薪烧炭南山中,"可怜身上衣正单,心忧炭贱愿天寒。"《买花》里,长安城中有钱人竞买牡丹,"一丛深色花,十户中人赋。"《红线毯》里,痛陈官吏不顾惜织工,"地不知寒人要暖,少夺人衣做地衣。"等等,不藏不掖,一首接着一首,一击连着一击,就那么直愣愣的揭露时弊,戳人心窝子。

这一类诗,被他称作讽喻诗。多是他任职左拾遗时所作。左拾遗其实就是谏官,主要负责拾补国家遗漏,对朝政、朝官不当的地方提出意见。在这个位子上,他可谓尽职尽责。有阙必规,有违必谏,甚至当面指出皇帝的错误,直言"陛下错",唐宪宗曾大为恼火,恨恨地说他是"小臣不逊"。对丞相李绛抱怨说:"白居易小子,是朕拔擢致名位,而无礼于朕,朕实难奈!"

难奈,不是不能奈。皇帝是一国之君,掌握生杀大权,恩宠,杀头,或者流放千里,都是一句话一个点头的事,易如反掌。但为一句顶撞就下旨治罪,只怕以后没人敢说真话了,更会授人心胸狭隘的口实。顺理成章,总要有一个合适的理由。

左拾遗一职任满,白居易即被改任京兆府户曹参军。期间,他的母亲故去,按照当时的规矩,他回故乡守孝三年。光阴流水过,再回长安,他的官职又有了改变——太子左善赞大夫。

这是一个专门陪太子读书的闲职,活动范围仅限于东宫,且不得过问朝政,这一条,对应的是他的犯颜直谏。他怎会看不穿,只是性格的耿直,注定着他的人生一路滑向了另外一个故事。

元和十年,宰相武元衡因主张向藩镇用兵,在早朝的路上被刺杀。慑于藩镇势力,满朝文武都保持沉默,不敢上报朝廷。白居易和武元衡同朝为官,也同为诗人,平日里,也有诗词唱酬。都说文人相轻,但也有相敬相惜。他率先向宪宗上了奏章,要求通缉凶手。

这一来,自然是犯了不得过问朝政的大忌,宪宗令他闭门思过。而被他弹劾过的朝官,也趁机落井下石,说他对母亲照顾不周,致使老人家栽到井里淹死。他不以此为戒,反有诗名曰"赏花"和"新井",实为大逆不孝,不宜再陪太子读书,宪宗于是顺水推舟,把他逐出长安,贬为江州司马。

尘土飞扬的驿路上,回望宫阙绵延,繁华恢弘,他想起初入长安时,携诗作拜谒顾况,顾况闻他名居易,曾调侃他说:"长安米贵,居大不易。"

一语成谶。

从入仕长安,到逐出长安,这一程,他走得疲惫,且伤感。

座中泣下谁最多,江州司马青衫湿。

那是秋天的夜晚,枫叶荻花掩不住一江萧瑟,送客归行的船上,人寂酒冷,萍水相逢的女子抱着琵琶,低眉信手续续弹,诉说着经年的过往,如同橹桨摇开的冷冷清波,绵绵不绝,一波盖过一波。凉风起,意如霜,同是天涯沦落人,走了一路,听了一路,醉了一路,一曲终了,仍是光阴里的余音不绝。

有些命运看似偶然,其实是必然。所做的每一件事,所走的每一步,都有意义,都是为以后埋下的一个伏笔。或早或晚,让人在某一个回首的瞬间,醍醐恍然。当局者迷,看不清,起落浮沉,悲欢辗转,有人会丢了自己,有人则会横练出不死身,坚毅如松,笑看青山远黛暖融烟雨微凉。

乱世纷纭里,朝代更迭频繁。他的仕途,也时有起伏。从沉湎,到失望,再到消磨,他断了兼济天下的念头,辞去官职,栖居香山,一琴,一枕,一诗，一酒，抱琴引酌，枕席赋诗，独善其身，号香山居士。

其实，在人们的印象中，他也有不那么光彩的一面。纵酒狎妓，经常出没于妓馆青楼，还不惜花重金，蓄养众多家妓。

有人说他蓄养家妓过百，还有人说他，每过三年，嫌家妓们老了丑了，就打发出去，换一批年轻貌美的进来。众口不一。不过，他家妓众多倒是真的，而他本身对此也不忌讳，还写了不少诗句。

《小庭亦有月》中写："菱角执笙簧，谷儿抹琵琶。红绡信手舞，紫绡随意歌……"并在诗下自注：菱角，谷儿，红绡，紫绡，都是家妓的名字。还有"樱桃樊素口，杨柳小蛮腰"，樊素，小蛮，是他家妓中最有名的两个，"素口蛮腰"这个香艳的说法，就来自于他。

后世人因此诟病他有文品无人品。但这淫乱奢靡的行为，放在他那个时代，也是社会风气使然。太宗李世民敢杀兄夺嫂嫂，高宗李治暗偷父皇妃子，女皇武则天与女儿太平公主"共夫"张昌宗，上梁不正则下梁歪，皇家都在乱来，臣子们又能好到哪儿去。否则，如此堂而皇之地写，他的政敌们早该拿他当做攻击的把柄了，只弹劾他不孝，对母亲照顾不周，可见狎妓和蓄妓在唐代根本就不算丑事。

倒是他写给关盼盼的诗，看来看去我始终不能释怀。

黄金不惜买娥眉，拣得如花四五枚；
歌舞教成心力尽，一朝身去不相随。

说到关盼盼，这里要插一个故事。

关盼盼原是徐州名妓，精通诗文，更兼有一副清丽动人的歌喉和高超的舞技，被徐州守帅张愔以重礼纳为妾。张愔是一介武官，但性喜儒雅，两人情投意合，闲时拈诗论词，日子里也有恩爱。

张愔病逝后，树倒猢狲散，妻妾纷纷自寻出路，但关盼盼决心守节。她与一位年迈的仆人住在徐州城郊的燕子楼里，过着清寂简朴的生活。偶尔，也写诗。不说凄凉孤单，只说相思，云中雁，最是难寄。

红颜未老恩先断，孑然一人，空对罗帐，埋葬了多少女子的青春年华，她们是孤独忧戚的，乱字流水轻舟渡，时间并非就是良药。即使是良药，也会有苦口的味道。

这诗落在他眼里，没有怜惜，他依韵和诗三首，讥讽揶揄：既如此情深义重，何不化作灰尘，追随夫君，到九泉之下，留下贞节烈妇的好名声，立下贞节牌坊？

一片痴心，却不被世人所理解。关盼盼自此绝食，一死表明心迹。

君不杀伯仁，伯仁却因君而死。大约是觉得自己有难以推卸的责任，内疚之情油然而生。他托人相助，将关盼盼和张愔合葬一处，让她永远陪伴在张愔身边，算是他对关盼盼的一点补偿。

人生在世，总要面对两个世界，一是身外的大千世界，一是自我的内心世界。

这两个世界，不是非黑即白的选择，生活，道德，价值，欲望，想要的，不想要的，都交织在里面，这心与身的关系，白居易在他的《自戏三绝句》中写了出来：

【心问身】

心问身云何泰然？严冬暖被日高眠；放君快活知恩否，不早朝来十一年。

【身报心】

心是身王身是宫，君今居在我宫中；是君家舍君须爱，何事论思自说功？

【心重答身】

固我疏慵休罢早，遣君安乐岁时多；世间老苦人何限，不放君闲奈我何？

身不定，则心不定。反过来，心不定，身也不会定。身与心，两两相安，是彼此的成全，更多的时候，是不得不面对和衡量，各有所得，各有所失，怎样的选择，都不为过，都是自己的意愿和坚持，有了这个坚持，才有一个更好的姿态，面对世界，面对人生，更重要的是，面对自己。

芒种和端午，相隔不远。

城市里没有麦子可收，没有土地可种，芒种这个节气便也淡出了生活，只在日历间一闪而过，端午却是每年都不错过。不是人有多厚待，刻意记挂着，只是到了时候，会有三天假期，还有琳琅满目风味各异的粽子，算是一个善意的提醒。

端午的由来，向来说法纷纭。纪念屈原，纪念伍子胥，纪念孝女曹娥，驱避瘟疫，祭古越民族图腾等等，各本其源，又衍生出不同的风俗，插艾草，佩香囊，赛龙舟，挂钟馗，迎鬼船、浸雄黄，躲午，备牲醴，一种风俗，一脉文化，伴随着民间旺盛的流传，构成了一幕幕生动鲜活的热闹，与古老的历史融合在一起。

真实的来历，史书已无从查考。但有一个颇有深意的释解，值得一记：

端午的端是端正，人是天地之心、五行之端，所以，端为始。午是正中，"一纵一横为午。"纵横交错才正中，交错为阴阳争，所以，午时三刻推出午门斩首，是为整肃，端正。由此，阴阳交错立正，才是端午节的原意。

夏夜长。

明月半墙，花影敲窗。

这样的时光，更适合用一种懒散的心情来过。读一些喜欢的书，写一点喜欢的文字，听一支喜欢的曲子，或者清杯素手，学一学芒种里那个风雅的习俗——煮梅。

做法其实也简单。新鲜干净的梅子，放在锅里，加清水没过一半，大火沸腾，再细火慢煮。汤色浓稠时，关火，晾凉。

这习俗，早在夏朝就有。黄梅时节雨，此时节，阴雨连绵，天气潮热，于是，古人就发明了各种煮梅的方法。加果汁，加苏打，加刨冰，加冰糖，加米酒，甚至白酒，随性情，随材料，随各人喜好，勾兑调配，可作清凉饮，亦可解肠胃腹泻之苦。

想起《三国演义》中"青梅煮酒"的掌故。不惊愕曹操"今天下英雄，唯使君与操耳"的霸气，不敬慕刘备俯首拾箸的从容，只心仪那一句"盘置青梅，一樽煮酒。二人对坐，开怀畅饮"。

置一盘青梅，不论英雄，不敲棋子，只就着一壶清浅的茶，敛一敛心事，想一想过往，润一润光阴，或者，邀一邀故人，就像白居易《问刘十九》：能饮一杯无？

夏至：芳草脉脉亦未歇

夏至
长养功已极，大运忽云迁。
人间漫未知，微阴生九原。
杀生忽更柄，寒暑将成年。
崔巍干云树，安得保芳鲜。
几微物所忽，渐进理必然。
题哉观化子，默坐付忘言。

——【宋】张耒

夏至。

若不是桌角日历上，以朱笔作了醒目的标注，一定会视若无睹，浑然不觉。遗落了初相识的温度，只觉得眼前的光阴越来越快，脚步一赶再赶，辗转匆忙，仍然不能剥离芜杂，锁得一个风波定。

每个节气都有其存在的昭示。夏至要安放的，正是天地洪荒里这一颗躁动的心。

宋代《文昌杂录》里记载，夏至之日始，文武百官放假三天，回家与亲人团聚，因当时丝织业兴盛，还着意颁发诏令，民间不得曝晒布匹，染布，烧炭。这举国休憩的静好时光，名曰歇夏。

一个歇字，道尽真意。

在已尽的春种和未至的秋收之间，它是一个短暂的停顿。花开到荼蘼，经了风雨，经了沧桑，经了百转千回的磨砺，用一份安宁和懂得，将自我与周遭隔开，听一听心底朦胧的热切。该做些什么，能做些什么，给繁漪日子一个最明了的方向。

人生的停顿，有时比前行更重要。它以一纸明确的钦定来对抗这日常中的沉浮，用这样一种方式，提醒滚滚红尘中的芸芸众生。

歇，是闲适和自在的开始。可以由着心意，去做自己想做的事。做彩扇，送香囊，喝凉茶，吃荔枝，尝新麦，祭夏神，数一数夏九九——

一九至二九，扇子不离手；三九二十七，汗水湿了衣；四九三十六，房顶晒个透；五九四十五，乘凉不入屋；六九五十四，早晚凉丝丝；七九六十三，夹被替被单；八九七十二，盖上薄棉被；九九八十一，准备过冬衣。

闲余时光，与传统的风俗相对，有的是乐趣和消遣，拔一棵草，也能玩出花样来，比比谁采的草多，或者用草名对对子，这是所谓的文斗。还有武斗，选一棵草，与对方手里的草交叉，用力拉扯，谁的草先被扯断，谁就算输。说是斗，其实就是玩，图个热闹，怎么开心怎么来。

当然，也可以什么都不做，像张耒一样，回到自己家里，坐在树阴

夏至：芳草脉脉亦未歇

里发会儿呆。

张耒的名字，如今看起来有些陌生，但在才子云集的宋朝，他也是让人仰慕的人物。十三岁就写得一手好文，十七岁作《函关赋》，名声远播，游学陈州时，得到苏轼的器重。苏轼在密州修超然台，张耒应约写了《超然台赋》，苏轼赞之"汪洋淡泊，有一唱三叹之声，而其秀杰之气终不可没"。遂收入门下，与黄庭坚、秦观、晁补之并称"苏门四学士"。

吟诗，赋词，抚琴，作画，论禅，宴游，挥毫泼墨，文采洒然，人们争相传抄，是北宋文坛上的盛事。宋代画家李公麟将这一文坛盛事画成了《西园雅集图》。西园，是北宋驸马都尉王诜之第，当时文人墨客多雅集于此。

轻轻一推，把热闹关在门外。

煮水，泡茶，然后，懒懒地坐下来，任心思如水一般蔓延。从人间漫未知，到微阴生九原，从杀生忽更柄，到安得保芳鲜，天马行空，想到哪里，就信手荡开一笔。人生的酸涩忧欢，却是不着一言。只敷衍着笼一句，趑哉观化子，默坐付忘言。

也许，他内心的翻涌，无法用言语恰如其分的表达，也或许，他根本不期许别人来读，便也无须着力描得太清楚。自说自话，懂的人自然会懂，不懂的，也没有解释的必要。

在前半句上，我纠结了再纠结，始终懵懂不明。却又不能像张耒一样，潦草一笔带过去。蓬山万重，胡笳声喧。这烟消云不散的迷蒙，仅仅才是开始。

和友人谈及,单是"化子",就生出了两种歧义。一说,是行乞的路人,一说,是化缘的僧人。

翻开历史的长卷,那样的春风得意,在他的人生里,不过是昙花一现,更多的时候,他过的是不安定的生活。

北宋重文轻武,倡导文治,似乎是天下文人的幸事,但因为朋党纷争严重,他们的诗文,也常被政敌拿作把柄。著名的乌台诗案,就是如此,让苏轼下了大狱。

作为苏门弟子的他,也因此受到株连,遭到贬谪。他没有怨言,相反,为着这一份器重和知遇之恩,他不计福祸安危,始终与苏轼同进同退。政治动荡之年,漂泊流离皆为常事。苏轼贬谪外放,他置酒送别,苏轼自海南迁内地,他赋诗相迎,得知苏轼死讯,他穿孝服居丧,以示沉痛和哀悼。言官劾奏他徇私背公,他又一次被贬。

按朝廷规矩,身为逐臣的他,不能住官舍,连佛寺也不准,只能在柯山旁租屋而居。郡守瞿汝文怜他家贫,欲为他购买一份公田,以种植豆粟蔬菜等,贴补家用,他恐生连累,敬谢不取。自号"柯山",守着山林野岭,艰难度日。

祸不单行,厄运频至,父母、妻子相继去世,三个儿子,两个死于沙场,一个死在盗贼刀下。

他,成了真正的孤家寡人。

独坐歇夏,自吹炉火自斟茶。到底是目睹乞者的窘迫,有感如身受的无奈,还是临渊羡鱼,起了空门之心?

想来想去,终是没有答案。

有一首歌叫《猜心》,张宇曾无比伤感地唱过,你在墙角独坐,心情的起落,我无法猜透。

心和心之间,总是有距离的。知音难觅,知心更难。即使是面对面,也有隔岸听琴的渺远,对方想什么,要什么,会说什么样的话,有什么样的波折,都是隐隐约约的不真切。

世间最难,莫过于猜心。若刘漱奴在世,也一定会有这样的感叹。

她是宋代的官妓。

一个官字,点明了身份。由官府注籍登记,特为官员而设。遇有官场应酬会宴,就派人把她们召过来,琴棋书画歌舞,以各自擅长的才艺,给酒宴助兴。

烛影摇红,弦歌不辍,缭绕迂回在楼榭画舫。阔壶深杯斟满了酒,伴着弥散的酒香,醉了红颜,也摇荡了一颗诗心——

含羞倚醉不成歌,纤手掩香罗。
偎花映烛,偷传深意,酒思入横波。
看朱成碧心迷乱,翻脉脉、敛双蛾。
相见时稀隔别多,又春尽、奈愁何?

这,是张耒的《少年游》。

这一首,显然不副其实。看过去,多是香艳绮丽。不拘格式,不吝浓墨丽词,写尽了缠绵,描足了风月,好像还嫌不够,末了,还要满怀深情地问一句:"又春尽,奈愁何?"

刘漱奴久经风月，阅人无数，男男女女之间逢场作戏的情事，看得分明。但最后这一句问，看来看去，还是入了她的心，风起云涌，百转柔肠，醒是它，梦也是它。

她的身世，我找不到一个字的交代。但官妓的来源，大多是没落官家的小姐，或者被抄家流放的罪家女眷。柔弱的肩膀，担不起家国天下的重任，却和家族的命运息息相关。一荣俱荣，一损俱损，人生的来去，从来由不得她们做主。

红颜弹指老，刹那芳华。会有怎样的际遇？会遇到什么样的人？是否能遇到一个懂得欣赏和珍惜自己的人？

想不出来，也不敢想。宋朝律法上，白纸黑字写得分明：一旦身为官妓，一生不得落籍从良。

这一日，照例是笙歌妖娆的热闹。人来人往，觥筹交错，有人猜拳行令，有人怡情歌舞，有人醉笑倚脂粉中，风流旖旎浓得化不开。

她坐在人群中，脸上笑意盈盈，心里浮光掠影。说不清自己在期待什么。日子在静寂的辗转中，昼夜相承，抬头又见一年春，时间可以过得惊心动魄，却不着痕迹。

忽然一阵哄笑声起。却原来，有人嫌酒喝得单调，张罗着写诗调侃。调侃的是一个人。一个说他"张侯便然腹如鼓，雷为饥声汗如雨"。另一个说他"六月火云蒸肉山"。绿酒一杯，诗一篇，说到促狭处，众人哈哈大笑。

她抬起头，打量那个人。确实身材魁梧，是个不折不扣的胖子。他倒也不恼，不卑不亢，咧嘴笑一下，不做反驳。

她猜想他的身份，官场应酬，迎来送往，设宴和赴宴的，不是各州各郡的官员,就是地方富绅望族。人称张侯,想来也是官员吧。

他也在注视着她。纤纤玉手,捏着一角罗帕,寥寥的三两枝花,掩住脸颊上羞涩的红晕,轻歌曼舞,浅笑婉约。酒不醉人人自醉。手中的酒,一杯接一杯喝下去,佳人衣服的颜色是红色还是绿色,也辨不清了。

因仪观甚伟,魁梧逾常,人称张耒"肥仙"。

有研究说,胖一点的男人有宽厚的胸膛和肩膀,女人看到就有安全感。不知道对不对,但和他在一起,她觉得很踏实,很安详,可以天南海北,天马行空。酒宴应酬,逢有遇见,微微一笑,相顾寒暄,说着今日,想的都是当年。

宋律严格,官妓可以侍酒、唱曲或者歌舞添兴,但不能私荐枕席,违反者不论官员还是官妓,都要受到司法追究。

长相厮守,太难,太难。只有借了杯中的酒,偷传心里疯长的情意。盼着再相见。害怕会失去。有时候面对面坐着,竟也能生出无边的惆怅来。

又春尽、奈愁何?

是情之所至,还是兴之所至?

她在深夜里辗转,想了又想,终是没有十分的把握。

一个单身女友抱怨,朋友一大堆,平时说话慷慨,有事临头,多为缩头乌龟。另一个朋友教她做减法,群发一短信:"明早八点送我去高铁站,可否?"那些不回信或找各种理由不能来者基本可以弃掉了。

看一个人,要看他做什么,而不是听他说什么。因为,说,是可以骗人的,而做,哪怕是在骗,也比说要难,要麻烦,要付出的多。那些心心念念的,苦苦得不到答案的事,也许一件事就可以道破。

长袖翻飞阶前舞,倚着三分薄醉,她说出了心里的愿——请张耒向太守陈情，准她落籍从良。

她要以这样的方式，探一个真假虚实。

倒不是刻意刁难。这事在各朝各代有例子。远了不说，近在身边的，就有张耒的老师苏轼，以一首《减字木兰花》，向润州太守陈情，还了两位官妓的自由身。

既是官妓，来往的都是官员，未必没有太守的身影。但她自知，人微言轻，就算是她开口相求，太守也不会答应。同样的话，有不同的结果，得看是谁去说。

在这条路上，她没有选择。无路可退，也无法逃避。不说，就只有强颜欢笑，坐等三千青丝换白发。说出来，也许会心神俱伤，但也有可能展开一片新生活。

这一场试探，很快就有了结果——张耒赴任他乡，刘漱奴留在原地。流水各西东，才子佳人两不相干。

我本将心照明月，奈何明月照沟渠。

她没有去送，只目送着他的背影走远。除了凄婉的道个万福，珍藏那一滴心底的泪，低首轻叹，还能说什么呢？

看到这里，我很是不忿。卿卿我我，缠缠绵绵，惹了相思，又不管不顾，一走了之。这算什么啊！

《诗经》里有一首《王风大车》，"岂不尔思，畏子不敢。"翻译过来就是，我怎么可能不思念你，但我害怕"子"，也就是城邦掌管礼法的大夫，所以不敢啊。

换作张耒，也是一样。未必不想替她求一个自由之身，哪怕不能长相守，也算是不辜负这一场相逢。只是怕太守开口追问。为什么替她求情？

单这一句，就不好回答。说浅了，不足以打动太守，说深了，又怕遭人猜忌，以为有私情在先。

人的本性，是趋利避害。我一直觉得，爱情是个例外。冲冠一怒为红颜，不爱江山爱美人，都是有爱作支撑，什么都愿意付出，不问值不值得。但是，那样纯粹执著的爱情，毕竟少之又少。更多的是，撇不开红尘纷纷，世故人心。身份、门第、贫富、年龄，掂量来权衡去，爱情就成了天涯海角的遥远。

这一点，李碧华看得最清楚。她说，万事都在"衡量"二字，没有所谓矢志不渝——只因找不到更好的；没有所谓难舍难离——是外界诱惑不够大，若真大到足够让你离去，便统统拨归于"缘尽"。

抑或，根本就没有缘，有的只是索取的心思。她想借他之力脱离风尘，他贪的是她这里的安稳。听檀板，赏花落，笑谈浮生流年，谈不下去，就一拍两散，走为上策。

在这世上，难的是遇见，比遇见更难的，是勇敢。既见良人，仍会有遗憾，或许只因为承托一生原本就没那么简单。

世上有太多人，惊鸿一面，彼此错过。最是伤怀，执子之手，不能偕老。

故事的开始，亦是故事的结局。这一阕《少年游》终要休。

只是，到底意难平。

他还有一阕《秋蕊香》，写的也是她。

帘幕疏疏风透，一线香飘金兽。
朱栏倚遍黄昏后，廊上月华如昼。
别离滋味浓于酒，著人瘦。

此情不及墙东柳，春色年年如旧。

流年荏苒，倏忽多少年。他以为终有一天，他会彻底将她忘记，将往事忘记，可是，暮色四合里，他拖着清瘦憔悴的身影，走到东墙下，看到帘幕风起，柳色如从前时，还是情不自禁，念起她燃起香炉，一起并肩倚栏，携手赏月的情景。

翻看后人整理他的《柯山集》《柯山诗余》，多是诗赋，对诗赋创作，他亦有自己的观点，以理为主，辞情翼之。反对雕琢，提倡平易；词仅有十阕，且写的都是离别的滋味。或深或浅，或浓或淡。

春色如旧，人已走远。

柳树枯萎过后，来年仍可吐出新芽，然而他与刘漱奴别离后，注定是永生无法重聚了。

在他孤单动荡的人生里，她不做主角，只是擦肩的一个过客，雨过天晴，各自散去，而与她相处的那些美好时光，却细细密密铺在了他的人生里。

她是否曾经看过这一阕词，是否恨过、叹过、怨过他的懦弱？这些，已经无从考证了。从头到尾，爱了谁？又负了谁？挣扎也罢，沉吟也罢，统统在平淡的时光中静默成褪色的墨痕。

忘记一个人，需要多长时间？

科学家说，七年。世界上最值得珍惜的情感不管多么深刻的伤痛，只需七年都会痊愈，因为，七年的时间，可以把我们全身的细胞都更换一遍，一个旧细胞都没有。

那么，拼了命要刻在心上的人，也会在时间里慢慢被磨平，最终忘记了他本来的模样。

纵然情深,奈何缘浅。

当爱,注定不能牵手,不如就这样,只隔着,一壶月光,两三行文字,四五分牵念,任轻风淡漠,却终是,细碎而温暖。

小暑：凉风起于青萍末

> 小暑
> 倏忽温风至，因循小暑来。
> 竹喧先觉雨，山暗已闻雷。
> 户牖深青霭，阶庭长绿苔。
> 鹰鹯新习学，蟋蟀莫相催。
> ——【唐】元稹

夏夜的雨，总是不期而至。

才有三两点拂面，一个犹豫间，便是大珠小珠落玉盘，呼啦啦倾落下来。没有带伞，更没有雨衣。急匆匆折回家，不过十分钟，却已是长发滴水，衣裙湿透。

换衣，落座，翻书，心思却不在书上。窗外雨势渐缓，声声、点点，笃定自如，宛若女子倾尽柔情成就的锦年心事。不说话，只倚着靠枕听。

灯影迷离，心思渺远，端看那瓷杯上氤氲的烟气，眼前，恍然飘过一句话：时光缱绻，只道一声长相守。

是小暑了。

暑，行者头上一轮日。在春天，犹可作负暄之乐，暖意浓浓，筋骨舒畅，如白居易所说："初似饮醇醪，又如蛰者舒。"入了夏，则成了一种煎熬。市人如炊汗如雨，无论如何，都不是一件让人愉悦的事。

好在，有个"小"字，一声轻叹，一个低眉，宛如夜雨扫过潋滟荷塘，让暑收了几分燥，连风也温和下来。

古人将小暑分为三候：一候温风至，二候蟋蟀居宇，三候鹰始鸷。

一候比一候深，一候比一候热。光阴分明，眼见得日子从眼前打马而过，消失在拐角转弯处。来如疾风，迅如泼墨，连痕迹，也一并淹没了。

世间千转百回，每个日子都写着无尽可能，说不定哪一朝就有了遇见，无法预知，也由不得人来安排。也许，就在你低头的这一刻，一场命中注定的遇见，已经于岁月的茗烟中悄然上演。

翻开书，找关于小暑的古诗词。

武士论剑，文人论文，水平高下，有时一眼便可看个分明。几首诗看下来，还是觉得元稹这一首最好。你看，竹喧、户牖、青霭、绿苔，字字解心，大有遍地轻阴绿满枝的清凉意境，且契合了节气的物候，鹰鹯习飞，蟋蟀声声叫得欢快，不但有立体感，还有归去来兮的分寸感。

也难怪，世人送他"元才子"的雅号，连人名鼎鼎的白居易，也被排在他的后面，只称"元白"。

有才子，就有佳人。一纸文采风流有了落脚之处，这故事，也才算圆满。

戏台上，紧锣密鼓开场，姹紫嫣红的深深庭院，佳人月下焚香，暗许心愿，书生躲在后花园假山后偷看，一见倾心，再见倾情，三见，已经爱得病如膏肓。宜嗔宜喜的春风面，惊得读书人忘了斯文，翻墙头，隐身藏在棋盘下，待月西厢。更兼有善解人意的小丫鬟，一颗玲珑心，左右逢源，终成就了一场花好月圆。

二十四节气歌里，小暑对应的是"白罗衫着体"。白，是最干净的颜色，罗衫，是最飘逸的质地。放在一起，单名字就惊了心，更不用提那让人心折的故事，总是和情有牵连。

那水袖乍舞起来的时候，整个天地间，只剩下一抹飘逸的白色。故事的起伏，伴着笙箫的低回婉转，留在多年以前的记忆里，至今仍是清晰。

这一折戏，是《西厢记》。

它在王实甫的名下，在泛黄的旧书里，在敲锣打鼓，纷纷攘攘的戏台上，偏偏不在才子的薄情浅意里。

据史学家考证，这是元稹的亲身经历。最早见于他的自传体小说《会真记》。

那一年，他二十三岁，进京考试，途径蒲州。蒲州城东六里，有寺，名普救寺。他寄住在那里，趁得一方清静，早晚温习经史。恰表妹双文一家为了躲避兵乱，也来到了寺中。一个玉树临风，文采风流，一个清婉秀美，才艺双绝，才子佳人相逢，一见钟情，说不尽的缠绵，道不尽的缱绻。

戏如人生，人生却不尽如戏。戏可以彩排，重演，由着人的心意去修改，去敲定，人生却不能，序幕拉开，该演什么角色，就演什么，无法不是自己。相逢也好，离别也罢，只能是面对和承受。

贞元十九年，元稹赴京赶考。长亭送别后，双文差人给他捎去心意。

汗衫一领，裹肚一条，袜儿一双，瑶琴一张，玉簪一枚，斑管一支。都是旧物，一桩桩一件件细收留，又千里迢迢送过去，盼的是念旧人，不忘旧情，此去经年，求的是且行且珍惜。

如果没有意外，这段姻缘，也会像戏文一样，有情人终成眷属。但现实的书写，比起戏文，总是有些残酷。日子照旧依着节气走，只是说不准哪一天就节外生了枝。

归期约定九月九，过了归期他还不回。不是名落孙山，无颜见佳人，而是金榜题名，富贵庭院里，另娶了娇妻。不仅美貌，而且有权势，是太子少保韦夏卿的女儿。

故事其实一点也不新鲜，跟陈世美与秦香莲的经历如出一辙。对比分明的是，两个人的态度。秦香莲千里寻夫，要陈世美相认，不认，就跪地挡轿，一纸诉状将陈世美告上公堂。双文却是不埋怨，不纠缠，不声不响地，嫁了一户不知名的人家。

也许送他走的那一刻，她已经想到，有这一天是早晚的事情。感情是最不能勉强的。不是不爱了，也不是不眷恋，只是，爱情里还有尊严，求不来，也争不到，要获得，只能用真心相换。

不甘心的，反倒是他。

就像张爱玲那一句经典的话：娶了红玫瑰，久而久之，红玫瑰变了墙上的一抹蚊子血，白玫瑰还是"床前明月光"。得不到的，永远是心头的挂念和美好。

叫人想得牙痒痒，心戚戚。

他一路辗转，找到双文嫁的人家，以表兄的身份求见。

使君有妇，罗敷有夫。世俗规则里，爱情没有立足之地，只有深深浅浅的暧昧，这一点她看得分明，任凭他坐在外面等，自始至终也没出来，只写了一首诗交他：

弃置今何道，当时且自亲。
还将旧时意，怜取眼前人。

想要表达的态度，都从容地表达出来了。以前抛弃，现在又何必再说，还是把那些旧时的情意，放在眼前人身上吧。

对"会真"二字的理解，陈寅恪在《元白诗笺证稿》中做过解释——道教中，"真"与"仙"同义，会真即遇仙。而在唐代，"仙"这个字，多用作妖艳妇人，或风流放诞之女道士的代称，也有以之指娼妓。

看来看去，总觉得是曲解。即便是他始乱终弃，也不至于连爱过的女子也一并诋毁。

会的是娼妓，还是神仙一样的女子，只有个中人才有体会。隔花荫人远天涯近。外人再怎么解，也不过是由着自己的心意穿凿附会。

倒是元稹在文章里为自己的开脱，让我看得心里一空。

"大凡天之所命尤物也，不妖其身，必妖于人。"他把她比作尤物，说她不祸害自己，定祸害别人。还把她比做祸害商纣和周幽的祸水。"昔殷之辛，周之幽，据百万之国，其势甚厚。然而一女子败之，溃其众，屠其身，至今为天下僇笑。"他自认为德行不够，只有克服自己的感情，跟她断绝关系。

不知道，他为什么会这么说。是被拒绝，因恼生恨，还是因为她的美好，担心他人有非分之想，刻意诋毁？

曲终人散，各自找到安稳的归宿，相忘江湖，各自安好，没有怨，也没有念，守着冷暖交织的光阴，慢慢变老，未尝不是最好的结局。他却不，越是远离，越是放不下，借着小说的虚构，将那些不能忘怀的往事一笔一笔写出来。

当然，他用的化名，这一段话，也是托张生的口说出。但欲盖弥彰，适得其反，一段儿女私情，成为天下众所周知的秘密，他也为自己赢了一个风流薄幸的名。

撇开品行操守不谈，他确实是真才子，是个有写文章天赋的人。和许多人一样，我对他最早的认识来自那首《离思》：

曾经沧海难为水，除却巫山不是云。
取次花丛懒回顾，半缘修道半缘君。

是他写给亡妻韦丛的。说起来，这也是个重情的女子。嫁给他时，他尚无官身俸禄，生活清贫，她不嫌不弃，看到元稹衣服单薄，就搜荩箧找衣料为他缝制衣服，有客人来，元稹囊中羞涩，她卖了金钗给他换酒。贫富相守，只愿做一生一世一双人。只是可惜，天意弄人。她只和元稹做了六年夫妻便香消玉殒。

在古人的悼亡诗词中，苏东坡《江城子》，与元稹的《离思》，堪称经典中的经典，流传最广，也最感人肺腑。"曾经沧海"也由此成为一个含义颇深，流传百代的典故。

就诗论诗，诗确是好诗，语言精练，意境深远。人却不是诗中所写，取次花丛懒回顾。关于他的绯闻,江湖上从未间断。薛涛,安仙嫔,玲珑,裴淑,刘采春……

青衫红袖,在最深的红尘里相逢,他对每个女人都是用情的,都是欣赏的,就像赏花,看过了,喜欢过了,抬脚就走,不觉着不妥,也没有太多的留恋。偏是这些女子,都愿意为着他,蛾眉婉转年华憔悴。

那一年,他自越州出发。本是去四川接薛涛。合该是劫数,在渡口,遇到刘采春。

临时搭就的舞台上,刘采春轻启朱唇,水袖一甩,便似是风乍起、吹皱一湖春水。一声声,一更更,如泣如诉,绵绵不绝地流淌出来。

不喜秦淮水,生憎江上船。载儿夫婿去,经岁又经年。
借问东园柳,枯来得几年。自无枝叶分,莫恐太阳偏。
莫作商人妇,金钗当卜钱。朝朝江口望,错认几人船。
那年离别日,只道住桐庐。桐庐人不见,今得广州书。
日胜今昨日,今年老去年。黄河清有日,白发黑无缘。
昨日北风寒,牵船浦里安。潮来打缆断,摇橹始知难。

说起来,刘采春也非一般的女子。她与鱼玄机、薛涛、李冶,并称唐朝四大女诗人。《全唐诗》虽收罗宏富,可女子的作品很少,录存她的作品却达六首之多。或许因为身份低微,《全唐诗》中介绍她,仅有一句:刘采春,越州妓也。

妓,这个词,现在看来,似乎具有许多的贬义。其实,在古时,"妓"

实为"技"。琴、棋、书、画、戏、乐,皆为一技之长。刘采春擅长参军戏,又会唱歌。她能将所作之诗声情并茂地唱出来。遥远的,期待的,猖狂的,无可奈何的,不经意间,就唱到人心扉里,惹人动了情。

这是她最有名的《望夫歌》。又名《啰唝曲》。方以智《通雅》卷二十九《乐曲》云:"啰唝犹来罗。""来罗"有盼望远行人回来之意。一曲幽凉,将尘世捻破。她唱的是秦淮水、东园柳、广州书,恼的是水,是船,诉的却是盼夫不归的怨。

刘采春当时二十五岁,年轻貌美,而薛涛大他十一岁,比起薛涛的徐娘半老,刘采春对他当然更有吸引力。

这段情事,当代人范摅在他的《云溪友议》一书中做了记载:"有俳优周季南、季崇,及妻刘采春自淮甸而来,善弄陆参军,歌声彻云。篇咏虽不及(薛)涛,而华容莫之比也。"元稹也毫不掩饰自己为刘采春的美貌所倾倒,"诗才虽不如涛,但容貌佚丽,非涛所能比也。"

更使元稹迷恋而为之心醉的,不止是刘采春的"新妆巧样",而是听她轻摇檀板,唱一曲"恼人肠断"的《望夫歌》。于是,元稹改变了主意,弃舟登岸。

他写了一首诗《赠刘采春》:

新妆巧样画双蛾,谩里常州透额罗。
正面偷匀光滑笏,缓行轻踏破纹波。
言辞雅措风流足,举止低回秀媚多。

比起《离思》,这首诗差了十万八千里。辞藻奢华,且极尽溢美之词,

岁时记——古诗词里的节气之美

求欢之意昭然若揭。

刘采春走南闯北，见多识广，也听得赞美无数。元稹的心思，她一眼便知。她指着墙上吴道子的一幅画《农家新婚合欢图》，回了几句诗：缔得三生石上缘，双双并立翠溪前。谈情月下无穷夜，合坠花间不计年。束发樵郎松作笠，垂发村女葛披肩。意思是，她要做那个农家女，和丈夫举案齐眉。

遭到拒绝，元稹并不气馁。他依然写诗给她，与她谈诗，谈文学，谈人生。当然，也谈到了爱。

爱，一个字，轻轻巧巧，却能四两拨千斤。

元稹给了刘采春丈夫一笔钱，把刘采春带回了家。元稹时任越州刺史、浙东观察使，有人说，他是仗势欺人，但我想，最主要的还是两情相悦，否则，大可以一走了之，江湖天大地大，何处不能为家。

对于这段情，刘采春是认真的，是要结果的。然而，对元稹来说，不过是一场艳遇，一场风花雪月风云际会的露水姻缘而已。刘采春虽然美貌，虽然有才，可是她的身份是妓，与他们不当，户不对。

古时婚姻讲究门当户对，可以风流多情，可以眠花宿柳，但婚姻一定要门当户对。一般百姓自不必说，就连一国之君的皇帝也不能免俗。

唐文宗时，皇帝向宰相郑覃求婚，郑氏是当时长安的著名世家大族。文宗皇帝希望郑覃能把孙女嫁给皇太子，但郑覃宁可把孙女嫁给时为九品官的崔某，也不愿让孙女成为皇太子妃或未来的皇后，因为崔姓是长安的另一大著名家族。

文宗结不成亲家，只好在宫中郁闷地自问自答："民间修婚姻，不计官品而上阀阅。我家二百年天子，顾不及崔、卢耶？"言下之意说，我一个至高无上的皇帝，都赶不上一个九品的世族小官？

可在宰相郑覃的眼里，还真就比不上，他认为，李家皇帝就是个少数民族的暴发户，所以，宁可把孙女送到九品小官的崔家，也不当皇帝家的母仪天下。

爱情的起点错了，便难达到自己想要的终点——当刘采春明白这句话时，为时已晚。

七年后，元稹升了官，去京城赴任。打点行囊，金银细软、丫鬟书童，一应带走，独把刘采春留在了越州。

她看着他一步步走出家门。于眩晕中伸手去拉他，却只抓到一把寒凉的空气。他就这样仓促地逃离她的生活，而她那颗爱着的心，也就这样交了出去，再也没有收回。

关于刘采春的去处，有两种说法。一说她回返家乡，寂寂终老，一说她悲愤交加，投湖自尽。

挚情之人，也最决绝，一旦顿悟，前尘往事都成云烟了。

在世人眼里，这不过是一场冗长的暧昧和偏执。可是对于一个爱着的女子，这就是全部的未来。硕大，模糊，像是透过繁盛树木纷纷砸落的亮烈阳光。

有时候想想，如此薄情不忠的男子，实实不配得到她们的芳心。可转念想想，感情的事，当局者都泛着迷糊，我一个旁观者，又哪里猜得透呢？那些独白的芬芳，那些冷寂的苍凉，那些不为人知的咏叹，也总不过一个情字。

若,红尘是一场清梦,相遇就是一种禅意。而当人间的大幕拉开,在这光阴的倾照之下,多少痴男怨女们,十指合一,企愿在锦素流华中遇见,在遇见中相守。

然而,红尘中,谁又负了谁的心事,于流年中,不能相濡以沫。

所以,只道一句:此生珍惜。

大暑：看朱成碧思纷纷

大暑

赤日几时过，清风无处寻。
经书聊枕籍，瓜李漫浮沉。
兰若静复静，茅茨深又深。
炎蒸乃如许，那更惜分阴。

——【宋】曾几

窗外，骄阳似火，蝉声四起。

这是一年中最热的节气——大暑。古书中说，大者，乃炎热之极也。

庄子的《逍遥游》里，有不怕热的姑射仙子，肌肤若冰雪，绰约若处子，被誉为掌雪之神。她吸风饮露，乘云气，御飞龙，游乎四海之外。即使金石都要熔化了，大山和土地都要烧焦了，她也不觉得热。

而对于我们凡常之人，大暑，其实就是一段煎熬。太阳出得早，凌晨四点多便露了面，且一时比一时威猛，热浪灼人，恨不得一步并作三步走，寻一处阴凉，或者找个冷气十足的地方，再加一杯冰水，从身到心都凉透。偶有雨，也是伴着雷和风，倏忽而过，空气里的热散之不尽，倒更添一份潮。

大暑正值"中伏"。冬练三九，夏练三伏，说的是对事物的执著与毅力，也道出了伏天的苦。每一寸阳光，都是炙热的。高温、潮热，吃不香、睡不好。稍微一动，就是大汗淋漓，仿佛蒸桑拿。

这样的感受，宋人曾几也一定是深有体会。你看，他的《大暑》诗，起笔第一句就是：赤日几时过，清风无处寻。

唐诗重意，宋诗重理。以物见理，言尽句中，倾向日常化，散文化，且诗派繁多。理学派、江西派、永嘉派、江湖派……

若按诗派划分，曾几是江西派。它的开创者，是黄庭坚。北宋后期，黄庭坚在诗坛上影响很大，追随和效法他的诗人很多。黄庭坚也好为人师，乐于指点后学，风气所及，渐成一派，因黄庭坚籍贯江西，人称"江西派"。

生在北方，长在北方，至今没去过江西，但知道那是一片人杰地灵的土地。

唐宋八大家中有三人是江西人：王安石、曾巩、欧阳修。宋朝时江西出了两位著名的宰相：一是变法的王安石，二是南宋民族英雄文天祥。科举考试中更是了得，每年中举者络绎不绝，永乐二年，从第一名至第七名的进士全是江西人，十里五状元，甚至"一门五进士"都不少见。

天下读书人闻江西人色变，就连朝廷官员也有了忌惮，科举是士子进入官场最主要的路径，哪个省科举成绩好，哪个省在官场的势力就会更大。景德二年，十四岁的晏殊以神童召试，皇帝赐晏殊进士出身，寇准反对，理由只是晏殊是江西人；大明正德年间，大学士焦芳奏请皇帝批准，减少江西乡试名额，并停止向江西人授予京官。

江西诗派是我国文学史上第一个有正式名称的诗文派别，影响遍及整个南宋诗坛，但在当时也是颇受讥弹。认为偏重知性，过分注重修辞和用字，生硬过甚，晦涩难懂等等。

这一点不难理解。黄庭坚是苏门弟子，但诗学观念也有不同，黄庭坚主张以学问为诗，提倡多用典故，"点铁成金"、"夺胎换骨"、"无一字无来处"。苏轼写诗以豪放为主，纵横恣肆，黄庭坚不赞同，宣扬"温柔敦厚"，并教导外甥："东坡文章妙天下，其短处在好骂，慎勿袭其轨也。"

说起来，也是不得已的苦衷。乌台诗案，苏轼被人指控讽刺朝政，锒铛入狱，黄庭坚也受到牵连。绍圣元年，黄庭坚编修《神宗实录》，又被以"诬毁先帝"、"修实录不实"加罪，被贬外放六年。晚年又因一篇《承天院塔记》，被人告发涉嫌诽谤，流放宜州。文字之祸，防不胜防，他不得不谨慎小心。

曾几和黄庭坚，两人相差近四十岁，江西诗派蓬勃发展的时候，他尚年少青涩。所以，吕本中作《江西诗社宗派图》，叙江西诗派黄庭坚二十五人，没有曾几。但身为江西人，他对黄庭坚亦是推崇。熟读黄庭坚的《山谷集》，有"案上黄诗屡绝编"之句，后人将他补入江西诗派。

因文采出众，吏部应试中，他被选为优等，入朝为官。历任江西、浙西提刑、秘书少监、礼部侍郎。勤于政事，且刚正清廉。道士林灵素以神仙方术谄媚，深得徽宗宠信，满朝文武争先恐后登门结交，他称病不予理会。金兵犯境，秦桧主张议和，他与秦桧唇枪舌剑，数次上书进谏朝廷，终被罢官。

关于他的故事，其实并没有多少流传，使他名垂青史的是他的文学创作。《宋史·曾几传》评价他"为文雅正纯粹，诗尤工"。

这九个字，出自陆游所撰《曾文清公墓志铭》。

乾道二年（1166年），八十三岁的曾几病逝于平江府（今江苏省苏州市）官舍，谥号文清。

文清，这两个字确也与他相配。他是文人，在两宋文学史中占有重要地位。清，是清廉，清明，说的是他的为官为人。死者已矣，入土的是骨肉，留下的是声名。流芳百世，是一种，遗臭万年，也是一种。

作为曾几的学生，陆游写这篇墓志铭的时候，也是花了心思动了感情。洋洋洒洒，从曾几的祖辈，到曾几的一生经历和成就，到后人的建树学识，都写得坦然清纯，细致明朗。

他师从曾几，一跟就跟了十几年，学了诗文，还熏陶了爱国情怀。"见必闻忧国之言。先生时年过七十，聚族百口，未尝以为忧，忧国而已。"对曾几，陆游心里有感激，更有敬重，直到八十二岁作《跋曾文清公奏议稿》时，署款还用"门生"字样，毫不含糊。

据史料记载，曾几著有《经说》二十卷、《文集》三十卷，做诗近千首。他寓居江西上饶茶山，自号茶山居士，其诗集为《茶山集》，被收入于《四库全书》。

读他的诗，多属抒情遣兴、唱酬题赠之作。五、七言律诗讲究对仗自然，气韵疏畅。他除去了江西诗派的弊病，没有那么多典故来处，也就没有了艰深拗硬的格调,又加入了一份闲适情怀,更显示出自然、流畅、清淡。

这一首《大暑》,即是如此。没有任何难懂的地方,入乎其内,又出乎其外。不惊不乍,调子更是带有静气。烈日炎炎怕什么,清风无处寻也没关系,不狂不躁,我自有我的消暑方式。

这方式不繁琐。自家庭院里,铺开一领竹席,再到屋里抱出一摞书,不看,只当枕头。收拾妥当,再将地里摘的瓜,树上摘的李子,放进竹篮,用绳子吊在井里冰一冰。隔半个时辰提出来,咬一口,又凉又甜。吃完了,再拥着一枕书香入梦,要多惬意,就有多惬意。

瓜李漫浮沉。这一句,能看出江西诗派的影响,是用了典故的。出自魏曹丕《与朝歌令吴质书》:"浮甘瓜于清泉,沉朱李于寒水。"后人常以"浮瓜沉李",为消夏乐事之称。

李子性寒,可清热,生津,但吃多了,会伤人脾胃。瓜不然,在这个时节,堪称"济世良药"。

在我的老家栾城,有一句俗语:"盛夏常吃瓜,药物不用抓。"至于吃什么瓜,就说法不一了。苦瓜,黄瓜,丝瓜,西瓜,都是应季的食材。苦瓜开胃,增食欲,西瓜利尿,解暑热,黄瓜清热,解干渴,丝瓜凉血,化痰淤,功效不一,各有各的好。

最喜欢吃的,是西瓜。村里人不富裕,舍不得拿钱买,就用麦子换。家家都有地,不缺麦子,一次起码换几十斤。除了换西瓜,还可以换苹果,换油条,换雪糕,以物易物,很原始的交易,但也最容易满足童年单纯的欲望。如今,西瓜四季都有上市,但那种兴奋感再也没有出现过了。

曾经,是个惧怕时光的人。以为手里握着的,是大把大把的光阴,所以,不畏惧,不惦念,不吝惜,只一味挥霍着,交付给虚无缥缈的梦想,交付给柴米油盐的琐碎，交付给无休无止的欲望，几番春来秋往，几番锦瑟无端，再回首，握在手中的，只是一叠年华的影子。

所以，读到最后一句，"那更惜分阴。"心有戚戚。一个惜字，说的是不复来的光阴。再热，再难熬，也不能烦躁，也还是要珍惜。曾经沧海难为水，除却巫山不是云，通常是用来形容感情，想一想，用在岁月光阴上，也真是很合适。

那么，且珍惜这一刻的安宁，读一读文人墨客笔下的夏。

炎蒸如许，但也有不少好景致。不在其境，不知其中妙处。看看唐诗宋词里的那些诗句就可略知一二。

是周邦彦的《苏幕遮》，燎沉香，消溽暑。六个字，声韵相叠，言简意深。多一个字都是多余。一燎，一消，仿佛凉风起于青萍之末，驻足喧嚣之外，开成旧时的江南，今朝的明月。

也是唐朝高骈的《山亭夏日》：绿树荫浓夏日长，楼台倒影入池塘，水晶帘动微风起，满架蔷薇一院香。这么好的时节，怎么舍得辜负呢。持箭射雕的武将也有了温柔的情怀。山亭上，看日落，看花开，看楼台倒影，与山川草木，同度浮生清欢。

或者，是王维的《竹里馆》。独坐幽篁里，弹琴复长啸。那琴声，当是一曲阳关三叠。一叠竹林深远，二叠明月相照，三叠心意潺潺。半仕半隐，幽居辋川，抚一把七弦琴，啸一声心中愿，人情冷暖，荣辱沉浮，都放逐到那山水迢遥的阳关之外。

是宋朝秦观的《纳凉》：携杖来追柳外凉，画桥南畔倚胡床。月明船笛参差起，风定莲池自在香。携竹杖出门，桥廊河畔，挑拣柳树下一处阴凉，打开折叠轻便的椅子，坐下来，沐着明月清风，池中莲花香，河的深处，那参差响起的船笛声，也不觉得是聒噪了。

更惬意的，是在南北朝。不携杖追凉，不独隐深山，就是徐陵的《内园逐凉》：纳凉高树下，直坐落花中。提琴就竹筱，酌酒劝梧桐。不理会蝉鸣震天响，不在意落花簌簌满衣襟，只倾杯酌酒，怀揣着婉转心事，细细哼唱一曲《懒画眉》。爱，或者不爱，一生，也就这么过去了。

古诗词里，像这样美好的字句，还有很多。寥寥几笔，便能即景生情，即心生凉。漫长的夏日和夏夜，慢慢翻阅，细细品读，读到会心处，也会有一些字句，袭着凉意，落到心里。心静自然凉。这，也算是一个消暑的法子吧。

当物质文明的铁骑碾碎了历史的风尘，当时间慢慢沉淀了一切浮华，我们终究渴望的，不过是回到那个温润的时代，找到生活最本真的质地。万丈红尘里，染一身清风明月，握一把俗世烟火，时光走过，风走过，两两相知。

我们一再丢弃的，往往是古人爱惜的。

鉴，是古人日常使用的冷藏器具。早期是陶质，春秋中期以后流行青铜鉴，又称冰鉴。使用时，将盛满饮料或食物的器皿放进去，四周围满冰块，合上盖子，不多时"冷饮"就可制成。1978年发掘的战国时期曾侯乙墓中，就曾出土了一件精美的"原始冰柜"蟠螭铜方鉴。

据《周礼》记载，为保证有足够的冰块使用，周王专门成立了相应的机构管理"冰政"，负责人称"凌人"。八十余名"凌人"，从每年冬天的十二月起，采取天然冰块，然后运至名叫"凌阴"的冰窖中储存。

家有储冰室是古人地位和身份的象征。西汉梁孝王刘武,死后葬于今河南永城县境内的芒砀山。其墓相当豪华,除了带"卫生间"外,还有一冰窖。大概刘武怕热,生前享受惯了,死后也要"吃冷饮"。

周王室还会将冰块赏赐给身边人,但也不是什么人都能享受的,据《左传·昭公四年》记载,只有相当于今高级干部的人才能分到,所谓"食肉之禄,冰皆与焉",没有资格吃肉的官员,也没有资格在夏天使用冰块。

街头卖冰,在唐之后成了夏天最常见的一景。南宋诗人杨万里记述了小贩沿街叫卖冰块的情形:"帝城六月日停午,市人如炊汗如雨。卖冰一声隔水来,行人未吃心眼开。"

宋代人把冷饮叫"凉水",但这种凉水并不真是水,属于果汁类饮品。宋人孟元老在《东京梦华录》中,曾记述了北宋都城开封州桥夜市的热闹场面,文中便提到了"甘草冰雪凉水"、"荔枝膏"等多种冷饮。每到夏天,夜市冷饮生意很好做,常要营业到半夜三更才结束。

据《事林广记》记载,到南宋时,冷饮的品种更加丰富,市面上出售的多达数十种:沈香水、江茶水、杏酥饮、紫苏饮、香薷饮、皂儿水、沉瀣浆、漉梨浆、卤梅水等等。

我在夜里看,为这些名字惊叹不已。我们有空调,有电脑,有网络,有汽车,有冰箱,有太多可以解暑的工具,却唯独少了一份逍遥无羁的夏日韵致和情趣。

看电视,关于大暑的纪录片。浙江椒江区数千名群众在"五圣庙"参加传统民俗送"大暑船"活动,以此迎接七月二十三日农历"大暑"节气。船上桌椅俨然,杯盏俱全。再把纸扎的"五圣"请上船。五圣,其实是五位凶神。然后用木筏载着,敲锣打鼓,护送到出海口,一把火烧掉。

场面极其壮观。

除此之外，还有很多。鲁南百姓"喝暑羊"，台州椒江人吃姜汁调蛋，莆田人家吃荔枝、羊肉和米糟，广东则流传一句谚语：大暑吃仙草，活如神仙不会老。

我所在的北方，通常用绿豆解暑。经常煮的是香米绿豆粥。香米和绿豆淘净，倒入锅中，加入清水，猛火烧滚，再文火慢煮。每一颗绿豆，都有着铮铮硬骨。从坚硬到温柔，从排斥到交融，得气定神闲，急不得。熬到一定火候，揭开锅盖再看，一锅粥，黄中透绿，香气可鉴。绿豆煮开了花，与香米和水，不分彼此，相互渗透，相互成全，仿佛陌上花开，春光无限。

粥煮好了，少不了要佐以小菜。最简单的，莫过于黄瓜凉皮，或者萝卜咸菜丝。喝一勺粥，就一箸小菜。一口香软绵长，一口清脆有声，恰如明代诗人张方贤所说：莫言淡薄少滋味，淡薄之中滋味长。

天南地北，民俗各不相同。或有愚昧，但蕴含的，却是世间最朴素的念想：消暑。养身。保平安。这念想，或许缥缈，或许无望，却是能支撑人活下去的东西，即便活得孤独，活得卑微，活得艰难。

此时节，荷开满塘。

坐在塘边赭石上，只觉得花香溢远，清气扑面。

世间每一朵荷，都是娴静雅言的女子。人不解花语，花却知人心意。

你来，我不在的日子，且留一朵花，相伴，度红尘。

AUTUMN 秋卷

古代五行之说，秋属金，其色白，故称素秋。删繁就简，随遇而安，素心对素秋，刚刚好。

立秋：梦里花落几人惊

立秋

乱鸦啼散玉屏空，一枕新凉一扇风。
睡起秋声无觅处，满阶梧桐月明中。

——【宋】刘翰

此刻，日历翻开的是八月，是秋天的第一个节气——立秋。

秋，是寓意丰收的字。

三秋桂子，十里荷塘，瓜果飘香，大豆、玉米、红薯、棉花、水稻，一天一个样，可着劲儿长。潋滟春华，走到了秋实，《月令七十二候集解》：秋，揪也。物于此而揪敛也。

落在心上，却成了愁。

文人心思细腻，化溅泪，鸟惊心，一片落叶飘零，半夜三更听到外边风吹梧桐叶，也能勾起离别之情。英雄气短，儿女情长。望穿秋水，识尽愁滋味,纵芭蕉不雨也飕飕。

"无语独上西楼,月如钩,寂寞梧桐深院锁清秋。"这是南唐后主李煜的词句,是他在亡国后过着囚禁生活时,孤寂地踯躅于夜色庭院中,触景伤情,望着落叶梧桐发出的伤心哀叹。

"一声梧叶一声秋,一点芭蕉一点愁,三更归梦三更后。"是元人徐再思的《双调水仙子·夜雨》。一声梧叶落地,加重一夜的凄凉,一点雨水滴在芭蕉叶上,增多了一份游子的乡愁,夜已三更,仍未入眠,过了三更才梦回江南。

即便豪放如李白,貂裘换酒,天子呼来不上船,在秋风乍起的时候,也会掷笔慨叹:人烟寒橘柚,秋色老梧桐。

梧桐,是作为秋天的象征出现的。

梧桐一叶落,天下尽知秋。

《花镜》上说:梧桐能知岁。每枝有十二片叶子,对应一年里的十二个月,从下数一叶为一月。如果遇到闰月,树枝会多生出一片小叶,只要看看小叶的位置,就可以知道当年闰的是哪一个月。

远古时代没有历书,人们通过观察落叶来推算时间,看到树上的叶子落了,便知道秋天来了。

据记载,立秋一早,尽职尽责的太史官,便守在了宫殿外面。文武百官上朝后,分排两列,屏息静气候着。等到"立秋"时辰一到,太史官便高声报奏。梧桐会应声落下一两片叶子。文武百官便额手相庆,齐呼:"秋来了。"

其实,节气的更替,远不像泱泱历史中的朝代更迭,一个君临天下,满朝堂里都换了新鲜的面孔。立秋了,我看到的梧桐,和盛夏没有什么区别。团扇大的叶片，密密层层，绿得不留一线空隙。

也因此认为，梧桐报秋，并不是有多么灵验。那也许是树木缺水导致叶片发脆，也许是太史官的高声振动，落下几片原属正常。只是，季节更替，交互而行，这样的简洁而凝重的仪式，叫人顿觉古雅，心生感叹。

这一首《立秋》中，也提到了梧桐：满阶梧桐月明中。

乌鸦的聒噪声散去，空留下床前的玉色屏风。躺在床上，睡意蒙眬，枕边有凉风徐来，知道是秋天了，醒来去找，却什么也找不到，只看到一树梧桐，沐浴在明朗月光中。

春花秋月。说的是一个宜字。春宜赏花，花开繁盛，一花一世界，秋宜看月，秋风素，秋夜凉，才有空旷清简。

梧桐树叶阔大，风致，放在秋天月色中看，该是更添幽意。但唐诗宋词，甚至元曲中，梧桐逢秋月，多是愁的基调。

愁由心生，心由境变。

境，是身外的环境，也是人生的境遇。

境遇平，则心平，若境遇跌宕多变，那心，便也是如流水，一波三折了。

刘翰，是南宋诗人。原本我以为他是医官，经师友勘误，加以考证，才知道张冠李戴，谬之千里。

史书上关于他的记载很少，生平经历仅留下一笔，"曾为高宗宪圣吴皇后侄吴益子琚门客，有诗词投呈张孝祥、范成大。久客临安，迄以布衣终身"。

《春晚呈范石湖》，是他拜见范成大时所作。范成大晚年去职，归隐石湖，自号石湖居士。曾以《春晚》为题，作诗数首。

呈，有恭敬之意。他的恭敬，是发自内心的认同，其一，范成大出使金国，不辱使命，职责范围内，亦是兴利除弊，不遗余力。其二，范成大的诗词成就，在当时享有盛名，是南宋"中兴四大诗人"之一，有自己的诗歌风格，人称"范石湖体"。

"年来事事心情懒，惟有归耕策最嘉"。对于范成大辞官回乡，刘翰表示赞同和欣赏，藉此也表达了自己的一份思乡之情，"客怀何日不思家"。

他是湖南长沙人，久客临安。秋风起兮，归心也翩翩，念桑梓，忆故里，只是路途遥远，往返不易。隔着山重水复，也曾以诗之名，写下内心的一往情深，"我所思兮天一方，共明月兮隔秋水"。

他为人本兮，嘉言善行，诗文著作也是小有声名。《两宋名贤小集》，收录两宋诗人诗集，其中就有他的《小山集》。

生前事，身后名。千秋功过，任后人评说，留下来的诗词，也有说不尽的观点态度。论述唐宋诸家诗词，有人认为他作诗追随"四灵"，气象小矣。

"四灵"是徐照、徐玑、翁卷、赵师秀的合称。因字号中都有一个"灵"字，又聚于浙江永嘉一带，志趣相投，诗格相类，也称"永嘉四灵"。是继"江西诗派"之后，南宋诗坛上兴起的诗歌流派。

我读"四灵"的诗，虽有诟病中的"创作局限"，但也不乏高逸情怀。比如，赵师秀《约客》，"有约不来过夜半，闲敲棋子落灯花"，翁卷《野望》，"闲上山来看野火，忽于水底见青山"，都是来源日常生活，不加藻饰，纯用白描手法，乘兴而作，兴去意尽而止，见景，见人，见性情，不失语言文字之"灵"气。

大约是因为"布衣终身",刘翰的笔下,更多了一份闲适,《江南曲》中,与村夫野老,"半亩幽畦种香草,清风满袖读离骚";《小宴》中,酹酒听曲,与诸友以诗词相互赠答,"小窗细嚼梅花蕊,吐出新诗字字香";送客归来,看明月满檐,梅花隔疏帘,作诗《客去》,"酒醒今夜银屏冷,沉水熏炉旋旋添"……

笔底明珠,闲抛闲掷野藤中,逐一检点,有醉倚飞天,有东风吹恨,有绿窗幽梦,也有满地秋声。呼儿洗杓醉明月,酒酣更作商声讴,读来洒脱,又意味深长。

人生若只如初见。说的是人心,经不起岁月熬煮。读诗词其实也一样。太多的经典句子,因为广为流传,反复诵读,已失去了原有的力量。花不溅泪,鸟不惊心,当初的怦然心动,逐渐失落,变得麻木,变得无感,甚至厌倦。反倒是这些沉默在故纸堆的字句,有乍见之惊艳,就像草尖上的小露珠,盈盈有光,让人看得眼前一亮。

生活在宋朝,他无疑是幸运的。

人生平稳,一点小涟漪,也是轻飘飘散去。也因此,他的诗里,少了怨,少了嗔,少了大襟怀,有的,只是秋夜里的那一点新凉。

于无声处听秋声。

偌大的院子,他独自一人,闲负手,立中宵,赏庭院阶前梧桐之幽色。枝叶娑娑,风一来就落,像是约好了一样,一片,一片飘落下来,覆着月影,落满台阶。

一叶落而知秋。叶子一落,那秋,就有了落脚的地方。

一枕新凉一扇风。也是叫人心生赞叹的句子。"新凉"二字,起落有度,尤为美好,要意境有意境,要想象有想象,床榻上,小扇轻摇,燥热渐湿淡下去，清透的质地露出来。浅浅，淡淡，与节气有着抽丝剥茧的相连。

立秋有三候：一候凉风至，二候白露生，三候寒蝉鸣。

那凉，是新的，是又一秋重新来过，撩拨了人，再一点一点往深处走。一候接着一候，有股不由分说的霸气。让人无力抵抗，无法逃脱，唯有一寸寸凉下去，入骨，入心，就成了寒。

关于这首诗，还有另外一个版本：

乳鸦啼散玉屏空，一枕新凉一扇风。
睡起秋色无觅处，满阶梧桐月明中。

一个乱鸦，一个乳鸦，一个秋声，一个秋色，一个梧桐，一个桐叶。仿佛是花开两枝，各有各的情致，教人一时难以取舍。

有朋友指点，若以七绝论，秋色的色，梧桐的桐，都出律。应为后人以讹传讹，造成出律的错误版本。

不懂格律，一抬眼就能识辨原伪，读诗通常凭感觉。总觉得，一首好诗不仅仅在于格律，平仄，还要有意境和气场。读了，叫人有心动的感觉。

单从字面上看，我更倾向我选的这一首。乳鸦啼散，是从乱到静，睡起秋声，是从无声到有声。满阶桐叶，虽不如满阶梧桐好，但毕竟是有格律的局限，千百年来，就那么固守着，不能随便改动。

他没有富贵头衔，也没有所谓的野心欲望。行从容，坐也自在，笔下触景生情，情随事迁，写红窗怨，写桂殿秋，写吴门行，写石头城，离离芳草间，看一江烟水冷，夜半醒来，阶前月下觅一觅秋声……

立秋：梦里花落几人惊

他的诗,留存的不多。但有一首就有一首的好。

凄凉池馆欲栖鸦,采笔无心赋落霞。
惆怅后庭风味薄,自锄明月种梅花。

这是他的《种梅》。信手写来,没有刻意的感诱众生,却像一颗落入平静湖面的石子,带来一层涟漪,让读者的心情,随着这样的光景有了起伏,有了念想,有了抑制不住的想要"自锄明月种梅花"的冲动。

赵复《自遣》诗云:"老去空山秋寂寞,自锄明月种梅花。"

元代人萨天锡曰:"今日归来如昨梦,自锄明月种梅花。"

明代人卓敬曰:"雪冷江深无梦到,自锄明月种梅花。"

这一句,实在是清淡静美,逸趣横生。不可拆,不可解,即便光阴老去,时隔经年,读到这一句时,也惹出我的一番欢喜来。

试想,一地清朗的月色中,扛着锄头,在自家的后院,种下几株梅花,待寒来花开时,三五雅客闲坐,煮茶,酌酒,清谈,对弈,泼墨,闲里光阴相对酬,总有一种情致,可以融掉疲累,给心一个柔软的慰藉。也适合独坐,一个人,沏一杯空山新雨后的茶,听一曲《阳关三叠》,或者,以书卷消遣春光与流年。没有人陪伴,也不觉得孤独。

立秋,是夏的结束,亦是秋的开始。

若是在周朝,逢立秋,天子会亲率三公九卿诸侯大夫,到西郊迎秋,举行祭祀仪式。

帝王家的迎秋仪式,可谓正式而隆重。夜漏未尽,迎秋的队伍就准备停当，整装待发。因为要祭白帝薅收，所以，车上插的旗子，身上穿的衣服，都换成了白色。领乐官四人，领女乐二十四名合奏《西皓》，舞是八佾，纵横各八列六十四人，长袖翩飞以《育命》，并有天子入囿射牲，以荐宗庙之礼。

数千年光阴倥偬而过，我删繁就简，只以三分菊花黄，二分山桂香，加一颗清闲的心，去读秋，去寻觅遗落在山水中的一段传说。

天河山，有"中国爱情山"之称。

青山，绿水，风物人家，让古老的牛郎织女的传说，有了妥帖的归处，也将滚滚红尘中漂泊不定的爱情，镌刻在了目之能及的崖石上，海枯石不烂。

立秋过后，即是七夕节。古老的传说，历经千年不变，守护着爱情的天荒地老。——于爱情而言，这是一生一世的誓言，却也是往事中用来书写的一笔。

牛郎庄旁，有两座天然石峰。西峰为织女头像，东峰为牛郎头像，细看，肩上还有一双儿女。两峰遥遥相对，仿佛隔着一条银河，在疾走的光阴里，两两相望。

牛郎庄里，却是烟火人家。茅草门扉，樊篱小院，院中央，木头桌子、长条板凳随意摆开，搁着茶壶茶碗，有妇人，坐在树阴下，择菜，煮饭，摊晾竹匾里的豆荚。恰若陶渊明的归田园居。

一夕之间，竟生出几许眷恋来。

或许，可以租下一间老房子。看山，听水，晴耕，雨读。把姹紫嫣红交给碎光流年，把心事交与明月清风，世间红尘万丈，我只寻这一处清凉道场，忘却时光流离，不惧生死。——如果有爱情，也是世俗的，一茶,一粥,一菜,无关地老天荒,无关海誓山盟,只珍重这咫尺之悦,是孤意在眉,深情在睫。

山水清风里寻往昔,那往昔,是说不出的,想不尽的,静美的旧光阴。有往事可怀,有故人可念,总还不负了秋日。

提笔,落墨,在洒满月影的纸上,轻轻写下一行字:

明月斜,秋风凉,今夜故人来不来?

处暑：也无风雨也无晴

山居秋暝

空山新雨后，天气晚来秋。

明月松间照，清泉石上流。

竹喧归浣女，莲动下渔舟。

随意春芳歇，王孙自可留。

——【唐】王维

秋天有六个节气，分别为立秋，处暑，白露，秋分，寒露，霜降。

除了处暑，每一个都浸着秋天的凉。怡然独立，却又彼此相互辉映，是光阴底色上泛开的耐人寻味的深意。处暑落在其中，像一枚石子，带着温度和力度，轻易打破了一池寂静。

明明已是入秋，为什么还要以"暑"字来命名？

想当然地认为，处暑就是仍处在夏天。你看，暑气未消，真正的秋凉还没到。白日里,阳光依旧强烈,人们仍感暑热难耐,伏热的余威尚在,闷热,潮热,炎热,热起来,堪比盛夏。因此,民间素有"秋老虎"之说。

没想到,处暑的处字,竟是隐蔽、躲藏的意思。

《月令七十二候集解》,——处,去也,暑气至此而止矣。意思是处暑一过,夏天的暑气就消退了。处暑,是反映气温由暖变凉的一个节气。

每一个节气的命名,都不是妄断。有出处,有讲究,也有道理,以及各自的昭示。有时是水到渠成,有时是思而不得,茶余饭后,故纸堆里,低眉寻觅,偶尔也会拾得一丝吉光片羽。

你看,诗人王维身临其境,深有感悟,已在《山居秋暝》中写下这样的句子:

空山新雨后,天气晚来秋。

驱走暑热的,是雨。雨不大,不像夏天的雨有气势,但绵长,每一滴里,都沁着凉意,身上的衣衫,总要加了又加,才会体悟到节气的深意。

山里的温度更低一些。只一场新雨,就凉下来了。

夜宿山脚下。房,依山而建,木檐,花窗,下有流水汤汤。夜色静谧,月光铺了满地,只听得虫声轻寂,一窗水声,若雨打芭蕉。这时候,再来读王维的《山居秋暝》,书中的文字,与现实的景象交织在一起,一时间,竟是虚实不辨了。

喜欢王维的诗,胜过李杜。他的诗里,有画意,有禅意,静,寂,风日洒然,且有穿透力。

或许,骨子里和他一样,也是偏爱山水的人。他的许多诗,都是熟读且背过的。《送元二使安西》、《竹里馆》、《山中送别》、《鸟鸣涧》,

更多的是一些清淡闲适,极富寂静之趣的句子。

不是贾岛的推与敲,不是杜甫的"语不惊人死不休",也不是欧阳修的"求得一字稳,耐褥五更寒",但一字落下,就是一个字的好,如板上锤钉,那精准的劲儿,别人学也学不来。

《红楼梦》里,有香菱学诗一节。学的是他的诗。

"大漠孤烟直,长河落日圆。烟如何直?日自然是圆的。这'直'字似无理,'圆'字似太俗。合上书一想,倒像是见了这景的。若说再找两个字换这两个,竟再找不出两个字来。再还有'日落江湖白,潮来天地青':这'白''青'两个字也似无理。想来,必得这两个字才形容得尽,念在嘴里倒像有几千斤重的一个橄榄。还有:'渡头余落日,墟里上孤烟:这'余'字和'上'字,难为他怎么想来!"

才华于他,仿佛天成。头不悬梁,锥不刺骨,轻轻松松,便通读了诗书,七岁能写诗,九岁做文章。还学了画,学了篆刻,通音律,还弹得一手好琵琶。多才多艺,小小年纪,就有了过人的声名。

十五岁,他策马上路,长安赶考。

唐朝诗文鼎盛,才子也多。长安城里,风云际会,一代推着一代,哪一个说出来都是不凡。

少年行,未知肝胆向谁,一支笔,写春秋;一张纸,泼墨山水;一曲琵琶,大珠小珠落玉盘。不经意间,便惊动了长安。

岐王带了他,引荐给公主。众人喧哗里,他稳稳坐定,抱起琵琶独奏一曲《郁轮袍》,复献上诗词文稿,公主折服于他的才华,亲点解元。

这一段,在《集异记》里有记载,未必属实。但他入仕后,做的第一个官确实与音乐有关——太乐丞,掌管朝廷礼乐事宜。正五品。

那一年，他二十一岁。

少年得名，春风得意，但仕途一路，他走得不平坦。

没过多久，祸就从天降。礼乐部的伶工，受大臣所邀，为家宴助兴。不知怎么心血来潮，演了一场舞黄狮。五色之中，黄是帝王之色，按定制，黄狮只能为帝王舞。皇帝不在场，任何人不得私自观看黄狮舞。

意外，是人生的一部分。它要来了，想躲也躲不过。他以管理失察之罪，被贬往济州，看管粮仓。

身居异乡，只一个小童相伴。掌了灯，研了墨，枯坐半晌还是空无一字。端起杯中的沉沉夜色，一饮而尽，心中不免茫然和悲凉。

开元二十二年，张九龄任宰相。他写诗自荐，起用为右拾遗，掌供奉讽谏，兼荐举人才。正当他雄心勃勃，准备大展才干之机，风云一夜诡变，给了他一个措手不及，张九龄罢相，他被贬塞上。

人生，总有不如愿，总有些渴望不能实现。愿，是心上原本的期许，但世事多变，有时候，是有心无力，有时候，是力不从心，有时候，是无能为力，再多的坚持不懈，到头来，终还是成了一枕黄粱。

他走得倦了。不再求柳暗花明，从塞上再回长安，心里也是平静。尽人事，听天命，不争，不求。闲时，邀了好友一起，清风明月，松林山泉，三杯两盏淡酒，不为醉，只为懂。

辋川。因川流环凑，好像古代马车辐轮的框子而得名。

或许也可以写作"忘川"。

他第一次见，就是说不出的喜欢。原是和友人同去的，山里十八弯里，走着走着，就是物我两忘，有了留下的心思。

苍茫浮沉，谁比谁更清醒？

桂花落了，蝉声远了，倚杖柴门外，临风听暮蝉，秋风乍起处，半生浮沉浑如脚下的草，青了黄，黄了又枯，一腔宏愿还是无从寄。

找借口，说理由，住着不肯走。白天看山水，晚上听雨眠，山中的寺庙，更是经常去的地方。坐禅，论道，和僧人一起吃饭，卸下喧嚣和纷繁，只愿山光水色中，无事过这一生。

心里的喜欢，放不下，春潮一样，越涨越高。那是他理想中的桃花源。

是出仕，还是归隐？归隐与出仕相对，在野和入朝两分。路分两向，有了犹豫和纠结。

大凡文人，没有谁不想做官。寒窗展卷，读诗书，研经史，为的就是一朝金榜题名。衣锦还乡，封妻荫子，光耀门楣，政治抱负的背后，原也是人间烟火。若非穷途末路，英雄无用武之处，很少有人走归隐这一条路。

《唐书》有"隐逸传"。排在第一位的王绩。好酒。有用酒来请他的人，不论身份高低他都前往，而且必定喝醉，喝醉了，也不挑选地方倒地便睡，酒醒后又起来继续喝酒，自号"五斗先生"。因不喜官场束缚，遂一纸辞呈，托疾去官，轻舟夜遁，转身之间，把自己送归故乡，耕作、著书、弹琴、自作《墓志铭》……

桃，是逃。

逃离世俗，不用讨好别人，去做不喜欢做的事，逃离纷争，不用委屈自己，去做一个自己也不喜欢的人。寻一处桃花源，归去，做个闲人，对一张琴、一壶酒、一溪云。如果说这是软弱的逃避，大概也是对内心呼唤最勇敢的追寻。

他也想像王绩一样，一叶轻舟，逃离政治风云是非，只是逃不掉。

桃花源，说起来很美，采菊东篱下，悠然见南山。但生活不是诗，开门七件事，柴米油盐酱醋茶，件件费筹谋。不说良田千顷，腰缠万贯，但至少也要衣食无忧，才有闲情逸致，琴棋诗酒花。

连王绩自己也说，酒瓮比阮籍多，田产比陶渊明广。家有田十六顷，奴婢数人，他和家人种粮食酿酒，养家畜、采草药，过着自给自足的生活。有时兴起，还到田间做点小活，帮着村人占占卜，算算卦……

功名可以放下，荣华可以放下，但家庭的责任，思来想去，还是放不下。小妹日成长，兄弟未有娶。放弃了仕途，没有了官位俸禄，非但不能养家，归隐后的生活，也会成为问题。肩不能扛，手不能挑，为生活奔波，为生计困扰，就算是归隐，身心也不会安宁。

人到中年，没有了少年的莽撞和勇敢，一颗心，总要衡量再三，才敢做决定。他的《偶然作六首》，是一个男人的沉重，哪一首都不是偶然。

大隐隐于朝，中隐隐于市，小隐隐于野。

大隐享名禄之实，不问政事，有枉道误国之嫌，小隐能洁身自好，却又太清苦困窘，中隐隐于市，则是这夹缝中安身立命的双全之法。

他喜欢辋川，一方面是因为山水秀美，古书上早就说过，终南之秀钟蓝田，茁其英者为辋川，意思是在秦岭北麓终南山一脉中，辋川是最美的地方。一方面是辋川离长安，不过一百余里，若是骑马，一天就可以往返。

他在辋川买了一座宅院。

进则朝廷庙堂，跬步市朝之上，退而江湖山野，俯仰山林之下。既未弃政事不顾，又有清风明月作陪，鱼和熊掌兼得，来去自如，内外相安，显然，这是他在小隐与大隐间找到的一条折中之路。

岁时记——古诗词里的节气之美　　　　　　　　　　147

宅院的主人，原是宋之问。也是唐朝写诗的才子，善五言绝句，锦绣成文，只是声名狼藉。卖友求荣，媚附权贵，营营役役多贪求，终误了卿卿性命，被玄宗下令赐死。

年年岁岁花相似，岁岁年年人不同。宅院里的花还在，看花的，已不再是原来的人。

雅士闲居之处，一方庭院，也能得山水之乐。他在这里栽竹、种树，辟湖，修馆舍，添造了二十处风景。柳浪、欹湖、漆园、椒园、文杏馆、竹里馆、辛夷坞等等，各有特色，且走且流连，一景一首诗，五言绝句，得二十首，结成《辋川集》。

写下来已是美，还要画。画史上，他以南宗画派开创者的身份名垂青史，米芾癫狂，对他的画却不吝一分赞美；苏东坡也这样赞他：观摩诘的画，画中有诗，吟摩诘的诗，诗里有画。他的画虽存世稀少，屈指可数，被历代奉为至宝。

他的《辋川图》，不知几代之后，传入南唐宫廷中，后主李煜，原也是工书善画的人，看了喜欢，便下令画师临摹。一幅幅"辋川图"相继问世，出现大量的摹临本，到了宋代，仍是不绝。

有一年夏天，天气暑热，秦观患了病。请了当地名医诊治，吃了无数汤药，不见好转。友人携《辋川图》来访。秦观慕名已久，卷轴打开，心中大喜，一边卧床调养，一边细细欣赏，数日后，疾病居然痊愈。为此，秦观写了《摩诘辋川图跋》，收在他编纂的《淮海集》中。

看图疗病，有些神奇，像是民间传说。但想一想，也不是没有可能。看宋人临摹的《辋川图》，群山环抱，树林掩映，亭台楼榭，古朴端庄。

处暑：也无风雨也无晴

寒山远火，明灭林外。临池清流，舟楫过往，画面清寒，静寂，淡远而又空灵，人看到这些，心神总是要清爽一些，病也容易治愈和康复。

思无邪僻是一药，起居有度是一药，近德远色是一药，心静意空也是一药。

有人将明清两代书画家、高僧和帝王的寿命进行比较，结果是：书画家的平均寿命不足八十岁，高僧为六十六岁，帝王不足四十岁。究其原因，帝王是一国之君，锦衣玉食，起居无度，高僧思无邪僻，但三餐茹素，生活清苦，书画家恣情舒意，又深得静中之趣，所以最长寿。

明月松间照，清泉石上流。这世外桃源一般的静，让他心里格外安宁。坐下来，看山，看水，看竹喧归浣女，莲动下渔舟。日长如小年，唯有一肩清风，满目苍山。

有时候，是独坐幽篁里。后院屋舍旁，他栽下的竹子，春生秋长，已是青葱茂密的竹林，他取名竹里馆，或弹琴，或长啸，怡然自得，也有一丝浅浅的孤独，左右无人相伴，唯有明月似解人意，夜夜来相照。

自古才子配佳人。才子的身边，总有一个红袖添香的女子。灯下读书，夜深人倦时，拨一拨灯花，适时递过一杯茶，纵使世情凉薄，荒芜相欺，也有一个人温情相对。

曾经是有过的。举案齐眉，半盏清茶，闲闲淡淡，细说花好月圆。只是红颜薄命，早早就一命归西。剩他一人，青灯独对，想象她的眉目，她的笑容，她的低声私语，相思如夜长，漫了沧海桑田，不思量，自难忘。

他很少写相思的诗。男人的孤独，是山石。隐忍，克制，风风雨雨，都化在石里，山崩石裂，水滴石穿，也是一块石，不会轻易说出口，但一说出来，就是惊艳：

红豆生南国，春来发几枝。愿君多采撷，此物最相思。——《相思》

二十个字，简单单单，却流淌着百转千回的爱，不泯的深情。从此，红豆成了相思的代称，入了唐诗宋词，入了民间，就连清代的曹雪芹也不能绕过，借贾宝玉一段唱词：滴不尽相思血泪抛红豆……

红豆种到心里，长成了相思树，枝繁叶茂，掩了心门。三十一岁丧妻后，他终身不再续娶，禁肉食，绝彩衣，独居三十年。人生之秋，世事早已看得清楚，争名的，因名丧体；夺利的，为利亡身；受爵的，抱虎而眠；承恩的，袖蛇而去。不如水秀山青，逍遥自在，甘淡薄，随缘而过。

也有客来。文朋，诗友，寺里的僧人，都是性情相投的人，来者不拒，备下酒宴，荤素随意。这边丝竹，那厢弦歌；这边赋诗，那厢弹琴，这边丝竹未落，那厢琴声又起。到夜半，人散去，还有一钩新月天如水。

他说，随意春芳歇，王孙自可留。

我也想留。

人依着山，便成了仙。晴欢喜，雨也不愁。可以耕种，可以垂钓，可以闲坐，可以散步，可以安放躁动的心情，以及对于这个世界疲惫之后依然可以被妥当安放的一点寄托。

或者，仙还不够，世人还要许他以"诗佛"的称号。

他表字摩诘。据说，出自于一本叫做《维摩诘经》的佛教经典。维摩诘，译以洁净、没有染污，是佛教一位大乘居士。在唐代，这部经书的影响仅次于《金刚经》，在人们手中广为流传。

他的山居岁月恬淡安详。左手诗篇，右手画卷。以为找到了一条自我解脱的途径，却不知开元时代盛极而衰，随之而来的是一场大乱。

是历史上的"安史之乱"。长安陷落,玄宗出逃。文武大臣,也各作鸟兽散,他来不及逃出,被安禄山俘获。

安禄山知他声名,看重他的才华,许他官职。他不愿做贰臣,服泻药装成痢疾,又假装得哑病,安禄山派人把他送到洛阳,关押在普施寺内。

要么死,要么做官。

他的人生,又面临选择。避重就轻,是人的本能,不是以死明志的那种凌厉性格,他思来想去,到底还是选择了做官。

乱军平定后,洛阳收复,他被解救。按规定,从前在安禄山手下当过官的人都要治罪,罪分六等,经核查,他定为死罪。

手足情深,他的弟弟王缙冒死请求,愿自己削官为他赎罪。王缙那时留守太原立了大功,新皇帝肃宗对他的文学才华也是赞佩有加,使得他仅被降阶一级,免于一死。

光阴有情,陪着孤单的人,共一轮明月,酌一杯清茶。却又无情,任谁千般不舍,万般不愿,只怆怆然往前走,一转眼,就是满头的青丝染了霜。

峰回路转处,听人拆解"隐"字,觉得颇有新意,一只耳朵听着,心上压着一座山,一口刀插在山上。隐是不得已而为之,留着一只耳朵探听外界。细细琢磨,又感觉不是太妥帖,那一只耳朵不是向外,而是朝向心的方向,任他世事纷繁光阴更迭,出世与入世,都在心念间。

何必丝与竹,山水有清音。

且沏一壶山中的杜仲茶。茶倒七分满,留得三分人情在。一杯去燥,两杯明心,三杯已忘归。

白露：一壶清露酗浮生

　　　　　　　　　醉花阴

　　　薄雾浓云愁永昼，瑞脑销金兽。

　　　佳节又重阳，玉枕纱橱，半夜凉初透。

　　　东篱把酒黄昏后，有暗香盈袖。

　　　莫道不消魂，帘卷西风，人比黄花瘦。

　　　　　　　　　　　——【宋】李清照

　　给白露命名的，一定是诗人，或者读过《诗经》里耳熟能详的那一句：蒹葭苍苍，白露为霜。

　　一个诗意的名字，理应用诗一般的意象来解。白露，当是《诗经》里独自行走的女子，采采卷耳，于沅水的岸，十五国风，轻拂着素色的裙裾，一骑翩若惊鸿，驰过秋天的阡陌。

　　节气走到白露，天气真的凉下来。走在街上，或者坐在窗下垂头读诗，都会有丝丝凉意温柔地撞过来。此前徘徊不去的热,安静地退到时光的暗处,和一切喧嚣都没有瓜葛了。

写白露的古诗词,不多。偶有提起,也是寥寥带过的一笔。想来,是《诗经》里的那一句,已成经典之势,有气场,有格局,有飘逸感和穿透力,和着秋风,施施然,走了上千年,让人望尘莫及,兀自叹喟。

就连被誉为"词国皇后","词压江南,文盖塞北"的李清照,也没有写过。四季伴她情怀如水。春日,卖花担上,买得一枝春欲放;夏暮,兴尽晚回舟,误入藕花深处;秋夜,东篱把酒黄昏后;冬天雪落,常插梅花醉。在白露这一节,也是空白。

越是美好的事物,越是留不住,壶里茶,梦中人,草上露。仅说一个"爱"字,也显得单薄。不如,留取一颗清赏的心,说一说这女子。

后世人称她是爱国词人,把她和辛弃疾相提并论,是因为她在战乱动荡中,写下了关于爱国精神和民族气节的词,说她兼有豪放之长,有大丈夫气,有巾帼不让须眉的慷慨。

欲将血泪寄山河,去洒青州一抔土。——直抒胸臆,怀念故国、热望收复中原失地。

南渡衣冠思王导,北来消息少刘琨。——忧国忧民,道出破家之灾,亡国之痛。

生当作人杰,死亦为鬼雄。至今思项羽,不肯过江东。——慷慨激昂,正义凛然,以宁死不肯渡乌江的项羽,讽刺仓皇南逃的朝廷。

她不是辛弃疾,率众起义,夜袭金军兵营,活捉叛徒张安国,连夜驰送建康,斩首示众。不能像陆游一样,立身朝堂,只要有机会,就上书言事，力陈抗金的主张，甚至也不能像花木兰一样，替父从军，身着盔甲，关山度若飞，驰骋在沙场。

她只是一个女子，手中，只有一支笔。蘸过风花雪月，又染剑气如霜。心里的爱憎分明，落在笔墨里，借由山河浩荡，汤汤而下，虽来得霸气，但终敌不过金戈铁马，换不来一个岁月安稳。

青州，地处山东，是一座小城，安静朴素。

这里是赵明诚的故乡。

她和赵明诚，一个是宋徽宗崇宁年间宰相赵挺之的公子，一个是礼部员外郎的千金，是世人眼里的门当户对。少年羞涩，爱慕的情愫说不出口，就托了梦来许。修得秦晋之好，也是水到渠成的事。

她嫁过去时，赵明诚尚在太学读书。官家子弟，生活安逸，吃穿用度不愁，入仕的功名心，也就没有那么盛。丝竹，歌舞，弈棋，饮酒，词曲，梨园，大把的闲情，总要有个寄托之处。后来，又喜欢上了金石收藏。登山，访寺，走民间，孜孜不倦，到处收集。有时看到喜欢的，没带足够的钱，就拿衣物上的佩饰来换。

家里的十余间大屋，都被他当作了收藏室。书册卷轴，器物古玩，碑刻拓片，别人眼里的残破，在他那里都成了宝贝。从太学回来，就钻到屋子里，鉴赏，考证，出土时间和地点，或者款识，然后定名，痴痴迷迷，连吃饭都要人一催再催。

起初，她有些看不惯，大丈夫不患无物，但患无志。私下里也劝过，当以家国天下为己任，只是都做了耳旁风。甲之砒霜，乙之蜜糖。没有对错，只有适合不适合。

所谓幽怨，皆是强求。爱屋及乌。连聒噪的鸦都能容忍，何况金石。又不是什么见不得人的爱好，想通了倒也无所谓。陪他一起修补，勘校，帮他摹写文字，一笔一笔，秀气工整，一支红烛燃尽，又燃一支，常写到深夜。爱慕起来，比赵明诚更热烈三分。

人在家中坐，祸从天上来。

深宅内院，这一段金石良缘，才起了开头，那一端，金銮殿上，元祐党争已席卷而来。两个亲家反目成仇，变成了对立的两派。互相攻击，互相排挤，争来争去，她的父亲被罢官，逐出京城。

她写诗给赵明诚的父亲，请求施以援手。言辞恳切，却是枉然，罪名反株连到她身上。

党争风暴，一霎风，一霎雨，终落了一个两败俱伤。赵家也没能躲过这一场祸。赵明诚的父亲被罢免宰相，五日后，在悲愤中死去。

父辈的恩怨，化解不开。世事缭乱，凉薄，她看得心寒，好在，还有他在身边，一个情字，抵了世间的凉薄。

别了爹娘，从京城一路风尘来到青州。

官位俸禄不在，日子一落千丈。绫罗珠翠，摘脱下来，换了荆钗布裙。钟鼎玉盏，一一撤掉，摆了家常碗筷，心里的喜欢，却还是不减。

家中的积蓄，除了衣食所需之外，几乎全用于搜求书画古器。发现谁家有亡诗逸史或稀见之书，就借回家来，两人共同抄写，遇到心仪的古器，也不惜重金购买。钱不够，就典当家里的衣物。

一次，有人拿来一幅南唐画家徐熙的《牡丹图》，索价二十万钱。两人得画心切，又一时拿不出钱来，费尽口舌，让卖主先把画留下来，答应过两天一定给钱。筹备二十万钱，谈何容易。画留了两夜，还是筹不够钱，万般无奈,只得还给了那人。两人为此惋惜怅惘了好几天。

金石良缘,放在俗世的烟火里,总是窘迫。有闲不够,还要有钱。千金散尽不复来,守着一屋子的东西,都是喜欢,哪一件都舍不得卖。手头拮据,节衣缩食,卖了手腕上的镯,再卖头上的钗。

她出生富贵,但不娇气,两心相照,无灯无月又何妨。玲珑心思,一杯茶,也能度一段素雅清欢时光。

秋夜凉。取出红泥小火炉,瓦陶茶壶放上,一把大蒲扇,煮水烹茶。茶熟香温,却不让喝。指着书柜、几案上堆积如山的藏书,与赵明诚打赌:说出哪段文字与故事,在书上的哪一页、哪一行。谁说得准、说得快,谁胜,饮茶一杯,输了,空杯无茶。

她记性好,胜了,举杯得意,输了,有时候,也要赖,认赌不服输。你来我往,玩得兴起,说不清是故意泼,还是失手弄翻了杯子,反正一壶茶,没喝几口,都湿了衣衫。

有人说她好赌,是赌徒。

这帽子扣得有点大,有点虚张声势,博人眼球。退一步,就算是赌,不赌房子,不赌地,赢了输了,也不过一杯茶。赌书消得泼茶香。这一句,有烟火气,有书卷气,文人雅趣,现代真是不可多得了。

相敬如宾。这四个字,常用来形容夫妻恩爱。她不以为然,迂拘多礼,受不了,刻意节制,太沉闷,太无趣。不如本真心性,打个马,酹个酒,斗个草,石头剪刀布,分个输赢,笑从双脸生,偶尔也来个女扮男装,涮他一把。

那一天,她穿了长衫,头戴儒巾,让丫鬟去书房通报赵明诚,有公子求见。赵明诚赶紧出门,作揖相迎,公子贵姓。她摇摇手中折扇,故作不悦,仁兄真是健忘,只半月未见,就不认得了?赵明诚觉得声音耳熟,抬头再看,却是她女扮男装。哈哈大笑。她也高兴得眉飞色舞。

没有官场纠葛,没有恩怨是非,没有大起大落。长安多少鸡鸣声,管不到江南秋睡。便觉,此生就是这样了,真是好。

她把家里的厅堂命名为"归来堂",取自陶渊明《归去来兮辞》。其中的一句"倚南窗以寄傲,审容膝之易安",亦是喜欢,便拈了最后两个字,将居室题为"易安居",她自号易安居士。

张爱玲说,人生有三恨。一恨鲫鱼多刺,二恨海棠花无香,三恨《红楼梦》未完!

有时候想想,这未完,也许是最好的结局。高鹗续写的《红楼梦》,我是近两年才读的,贾家败落后复兴,宝玉考取功名,林妹妹咯血死,宝玉那边正成亲,后来爱上了宝姐姐,看得我真是后悔。

还不如,白茫茫大地真干净。

写到这里,我也真想停笔。她大半生孤苦,青州的这一段,虽简朴,却是幸福安稳。没有后来的颠簸流离,寻寻觅觅,冷冷清清,凄凄惨惨。她和他,相见两相欢,谈笑两不厌。

易安,她是那么容易满足的女子。梦里不知身是客。她说:"甘心老是乡矣。"

不甘心的,是赵明诚。

他离家宦游,要求一个功名。谈不上施展才华抱负,酬治国安邦之志,更多的,为的还是金石。

倒不是恶意揣测。史书上有一记:他任职建康知府的时候,守城的统制官，勾结外面的人，阴谋叛乱，以夜半纵火为信。有人密报于他，他得知后，没给出应对之策，也没调一兵一卒，反而找了绳子，趁着火起，从城墙上滑下，弃城而逃。事发后，他被朝廷革了职。

金石收藏，最是耗费钱财，每一件，都是价值不菲。坐吃山空，再大的家业，也扛不住。

彼时，已有金兵入侵的消息。兵荒马乱，她担心路上不安全，劝他留下来。日子哪怕清贫，夫妻二人在一起，相互也有个照应。

左说右说劝不住，他执意要走。

春日送别，灞桥折柳，烟水新绿中，尚有一个期待，陌上花开缓缓归。秋日送别，无边落木萧萧下，天地空旷，心里的思念，无处安放，一挥手，就染了离愁。

这一首词，是她的《醉花阴》。词牌名，格律平仄，人是真在花阴醉。东篱边饮酒，菊花的幽香，袭满衣袖。节气到了重阳，山上登高，遍插茱萸，她也少一人。

他离家在外，好不好？天气凉了，有没有添衣？西风起，秋叶落，夜半三更，凉意透了纱窗，柔肠百结，不能寐，昔日的欢愉，旖旎而来，似是前世的旧梦，剪不断，理更乱。

隔山隔水，隔不断消息。他得了功名，做了官，还纳了妾。是真，是假，她不问。山河缭乱，人心无常，劫数，还是命数，都交由时间来证。一字一泪，都是咬着牙根咽下。

一阕《醉花阴》，鸿雁传书，到了他的身边。

展开来读，自是深情叹惋。

佳人不在身边，赌不了书，泼不得茶香，斗的心性也不消减。闭门谢客，废寝忘食，三日三夜，他填了五十阕《醉花阴》，要和她分个高下。

他把这五十阕《醉花阴》，和她的放在一起，拿给友人看。一阕一阕，细细看完，友人说，这三句最好：莫道不消魂，帘卷西风，人比黄花瘦。

他哑然失笑。

不是辜负，也不是薄情。一上路就是仓皇。人逢乱世，有了官职，也是不稳定。建康，莱州，湖州，从一地到另一地，混沌懵懂着向前，如一叶小舟，出没风波里，靠不了岸。

天大地大，总有一个地方，容得下心里的牵挂。

稍有安顿，他回到青州。两千卷金石刻词，整理成帙，书画古籍，麻绳打捆，装车。交通不便，家里的收藏又实在太多。狠下心，国子监刻印的书本，舍掉；品相不好的字画，舍掉；没有款识的古器，去掉；太重的古器，也舍掉。饶是这样，减了又减，还装了十五车。还有十几屋子收藏，一时带不走，只得留在青州。

一开始，她还跟着，后来，就不想跟了。每搬一地，就得丢掉一些。桩桩件件，都是心血，他舍不得，她更舍不得。

建炎戊申秋九月，他复任建康知府。

路途遥远。打点了行囊，酉春三月，两人便上路。夏五月，走到池阳，一道诏书下来，又变了行程，改任湖州。

她驻家池阳，让他一个人赴任。

送他到河边，看他坐在船上，葛衣岸巾，目光炯然，看旁边的人，悲悲戚戚道别。不知道为什么，她心里咯噔一下，忽然乱了方寸，有种不好的预感,涌上来。

她问:"你走后,万一金兵来犯,城池危急,我怎么办?"

他答:"从众吧。万不得已,先弃辎重,次衣被,次书册卷轴,次古器,宗器千万不能丢,随身带着,与身共存亡。"

狼烟起,檐橹灭。家国天下,铁蹄踏处,一片狼藉动荡。那样的场景,只想想,就让她心惊。

船缓缓离岸,消失在渺渺烟水中。她再也忍不住,珠泪纷纷,一行一行擦不干。她的身家性命,和他的诸多宗器连在一起,唯独,不和他在一起。

这一别,不知道哪年哪月,才能再相见。

她心里有念,也有悔。金石再贵重,也是身外之物。不如,珍惜眼前人。清贫也好,富贵也罢,只求一个平安喜乐。

却是悔之不及。

七月末,有消息来。他在途中,中了暑热,病倒在客栈。

她又惊又忧,知他向来性急,一热,必服寒凉之药。连夜找了船家,一日夜行三百里。到了客栈,果然,寒凉入身,转为疟疾,已是病入膏肓。

写到这里,已是泪眼婆娑。起身,到客厅倒一杯水,窗前,怔怔站了一会儿,又回来。她的故事,还没完。

赵明诚死后,她带着那些金石收藏,避乱江南。背井离乡,一路辗转,悉心尽力,却难以周全。浮萍一般的人,风餐露宿,自身尚且难保,哪有能力护佑那么多的东西。大量古书石刻,在战乱中散不知处,珍爱的书画铭器,屡遭盗窃。金兵攻入青州城,十几屋子的金石古籍,也在一场大火中，化为灰烬。

夜深人静，她清点屋子里的残余，欲哭无泪，大病一场。没多久，雪上加霜。有流言传出来，说她曾送玉壶给金人，有通敌的嫌疑。

这捕风捉影的话，搁在从前，她根本不予理会，一笑了之。只是，眼下战乱频仍，风雨飘摇，不知道什么时候是个尽头。她带着这些东西，不怕负累，只怕越失越多。倒不如，交给朝廷，一来，保住金石收藏，二来，也可以证自己清白。

她转了行程，北上，去往朝廷所在的汴梁。可叹的是，朝廷都保不了自己，徽、钦二帝同时被金人掳去，妃嫔为奴为娼，古器珍玩掳掠一空，百姓死伤不计其数，谁还顾得上她，过问一个流言。

国破，家亡。

双溪舴艋舟，载不动乱世女子的愁。

她嫁了人。

孤守终身，一个贞节牌坊，不是她想要的。居无定所，身无归处，相较于国家的不安定，小家的安定，在她看来，更为重要。找个可托付的男人，也许，是最好的选择。

嫁的这个人，叫张汝舟。

不是达官，也不是贵族，顶着不贞的声名，嫁到张家，是病中，他对她的嘘寒问暖，关怀备至。一个人，流离在路上，吃过多少苦，流过多少泪，多少担惊受怕，多少无助和茫然，只有她自己知道。真的是累了。人生山长水远，她只要一个安稳。

我本将心托明月，奈何明月照沟渠。

进了张家,她才发现,那样的殷勤关心,竟是精心策划,想要得到的,不是她,而是她的金石书画,更卑劣的是,他本来没什么才学,所任的官职,是通过谎报考试次数骗来的。

金石书画,是她和赵明诚半生的心血,她视之如命,怎么舍得相让。哄骗不成,索要不成,威逼不成,张汝舟恼羞成怒,对她拳脚相加,大打出手。

她不是逆来顺受的人。宁为玉碎,不为瓦全。一纸诉状,递到衙门,告张汝舟舞弊入官。经查实,张汝舟被贬到柳州编管。

按宋时律法,女子告夫,即便成功,也有两年牢狱之灾。幸好,有人出面营救,才得出狱。

《月令七十二候集解》:"八月节,秋属金,金色白,阴气渐重,露凝而白,故名白露也。"

夜里来,日里归。露的存在是最短的。一道阳光,一个碰触,甚至轻轻一个呼吸,也能让它破碎和消散。人常将它譬作人生,慨叹人生如寄光阴迅疾。殊不知,它也是一味药,藉草木之身,治病医人,医这一尘一世的苦痛。

它的医用,早在南北朝时期就成风俗。有露的清晨,人们会早早起床,收集露水做眼明囊,馈赠亲友。南朝梁宗懔在《荆楚岁时记》:"以锦彩为眼明囊,递相饷遗。盛取百草头露洗眼,令眼明也。"

根据露的落处,古人还研方制剂,一笔一笔写下它的用途:水稻头上的露水,能够养胃生津;菖蒲上的露水,可以清心明目;韭菜叶上的露水,可以凉血止噎;荷花上的露水,可以清暑怡神;菊花上的露水,可以养血息风。

这一段,我反反复复读了三遍。不是存疑,而是为着那时光流转里的慈悲和温情。这是岁月的婆娑,是婆娑世界里善意的因果。

晚年的她,孑然一身,在远离京城的一座小院,写诗,写词,写《金石录后序》。

秋天,是菊花开的季节。黄的,白的,红的,每一朵菊,都有特立独行的姿势。秋天里,最不肯俯就的,是菊。待到秋风萧瑟,待到草木枯疏,满目空旷里,还有一朵菊。

独立寒秋,不畏风霜,这品质,落在花语里,是高洁。而看到菊,我想到的,只是她的那一句:人比黄花瘦。

她的诗词里,三次写到瘦,被人誉为"三瘦"。

知否知否,应是绿肥红瘦。

新来瘦,非干病酒,不是悲秋。

莫道不消魂,帘卷西风,人比黄花瘦。

瘦得有风骨。也瘦得让人心疼。

秋分：风清月朗桂香远

秋分

遇节思吾子，吟诗对夕曛。

燕将明日去，秋向此时分。

逆旅空弹铗，生涯只卖文。

归帆宜早挂，莫待雪纷纷。

——【清】柴静仪

陌上晚归，一轮圆月升起在石桥上方。

人会老，花会落。而天上的月，千百年来都是一轮清辉，抚过把酒守候的古人，又轻笼低头匆匆行走的今人。世事苍茫，多少前尘旧事都化成了烟，漫卷天涯，只有它年年岁岁踏着夜色，如约而来。

秋分，是传统的祭月节，曾作为祭祀仪式列入皇家祀典。

翻读二十四节气，一个"祭"字，伴随着春夏秋冬四季流转，形成了各种岁时节日。每到节令月份，人们便要虔心祭祀——感念上天的恩赐，表达对天地和祖先的敬意。

秋分祭月，始自周朝。周朝礼制完备，严整，也最为壮观。春分祭日、夏至祭地、秋分祭月、冬至祭天，其间，还有祭神，祭祖，祭五帝等等，除此之外，皇家举行重大政治活动时，也要昭告天下，焚香祭礼，一年的光阴，单与祭祀有关的活动，推算起来，就有八十多次。

祭月的仪式，也确实隆重。马车龙辇，都罩上了一层白绫，马匹，也是精挑细选的白马，文武百官随行侍从的衣服，一律换成白色，甚至皇帝身上的龙袍，也一改平时彰显尊贵的黄色，换成了月牙白，以对应天上的月色。一路浩浩荡荡前往北门。

月上中天，皇宫北门处鼓乐齐鸣，珪璧祭月，声势浩大，民间没有这个概念，月缺月满，只对应着手头的农事。祭月，是属于皇家的专权，与红尘烟火隔着距离，再隆重盛大，也是一个人的狂欢。

历史的册页上，浸满烽火狼烟。此一时，高高在上，威仪天下，下一刻也许就是身陷囹圄，命若琴弦。一期一会里，朝代就有了更迭。

一朝君王一朝新令，曾经不可僭越的礼制，也被打破，像厚重的玻璃樽，干脆利落地掉在地上，瞬刻碎裂，丢在蔓烟荒草中，从此淡出了视线，为数不多的留存，经过光阴一层层打磨，也不复锋芒，再也串不出当初的绮丽华彩。

到了唐朝，祭月的礼制仍在，但远没了那份隆重和谨慎。或者根本算不上礼，只是一种风俗。将繁文缛节抛至一边，由着心意，拜月，赏月，望月，甚至玩月。

若推算起来，唐朝应该是最自由开放的朝代。科举不以出身门第取人，女子可以自由择偶，离异后可以再嫁，可以穿男人的衣服招摇过市，诗人们更是个性张扬，李白敢天子呼来不上船，骆宾王敢起草檄文讨伐武则天，杜甫写"三吏"、"三别"，写《茅屋为秋风所破歌》，怨怒直抵当朝帝王。若放到别的朝代，即便言论属实，也是欺君的死罪，但生在唐朝，他照样畅所欲言，口诛笔伐，赢得"诗圣"的名号。

玩月，这两个字读起来，只觉得分外美妙，有点孩子气，又含着诗意盎然，好似清水里加了一片柠檬，回味无穷。

最关键的，还是在这个"玩"字。人人都会玩，但玩中自有乾坤在。有人玩出了花样名堂，有人玩出了个性境界，也有人玩丢了性命，玩得亡了家国天下。

说到底，玩的是物，付出的却是人的心。

在网上，见过一组"玩月"的照片。

照片上的人，或一手油桶，一手刷子，刷月亮；或举着长杆的网，捕月亮；或摆了桌椅碗筷，让月亮恰好落在碗口，人倾身张口，吃月亮；或手持一把张开的剪子，剪月亮……

一张照片，一种视角，看得出来，是花了心思的。咔嚓一下，定格在这一秒，留住这匪夷所思的一瞬，再印上时间的痕迹，哪怕褪了色，泛了黄，再打开来，还是当年的那一轮月。

唐朝国泰民安，人心闲适。会玩，玩的花样也多。打球，斗鸡，蹴鞠，射覆，绳技。只有你想不到的，没有他们做不到的。玩月，也是合着当时的社会风气，由心随性，雅俗同好，各有各的玩法。

一千多年前，也是这样的月夜，大唐的天空下。钟鼎人家在自己庭院里搭起了彩楼，平民百姓则摆香饼，陈榴果，守着一院子的月光，给膝下的儿孙讲嫦娥奔月吴刚伐桂。爱喝酒的人，也不再羞涩遮掩，皓月当空，这个理由足能让他扬眉坦然，坐到酒楼上，烫上一壶酒，开怀畅饮。爱游山玩水的人，乐得逍遥，备了美酒佳肴，泛舟而下，把酒临风，载得满船明月归。

从严肃的祭祀，变成了轻松的欢娱，皆因心少了束缚。

真是喜欢。够尽兴，也够风雅。无需为月所累，用心谋划，有没有月都没关系。清风，流水，浓酒，清茶，亲友，知己，都可以相陪相伴。人生天地间，都是匆匆过客。难得的是这样身心坦然，八百里忘川。

宋朝的中秋夜亦有这样的世俗热闹。但经历了重重战火，和家破人亡的苦痛后，面对天上月圆，人们歌舞欢庆之余，更多了一份渴望——团圆。

那一夜，"家人团圆"是必不可少的主题。民间有烙"团圆"的习俗，即烙一种象征团圆、类似月饼的小饼子，饼内包糖、芝麻、桂花和蔬菜等，外压月亮、桂树、兔子等图案。祭月之后，由家中长者将饼按人数分切成块，每人一块，名曰"吃团圆饼"。如有人不在家，即为其留下一份，取"但愿人长久，千里共婵娟"之意。

月还是那一轮月，但一经定义，就有了凭栏半日独无言的思和盼。哪怕千里迢迢，奔波劳苦，也要聚一份花好月圆，若不能团聚，心头的牵念，似乎都变成了岁月的负累，担不起，也放不下。感物伤怀，有了每逢佳节必思亲的遗憾。

秋分的月，在清朝诗人柴静仪的眼里，是孤单而落寞的。一怀愁绪，痴守着柔肠。持一支素笔,把满笺的落花,勾勒出淡淡的愁意。

史书上说她,能鼓琴,善工笔,能诗善文。她的父亲柴绍柄,是康熙朝著名的"西泠十子"之一,为天下学子敬重。她耳濡目染,也拈得了旖旎的才情。与徐灿、林以宁、朱柔则、钱凤纶结"蕉园诗社",时称"蕉园五子"。

"蕉园诗社"是中国历史上第一个女子诗社,在杭州西溪至今还有留存。现在说起来,这些名字有些陌生,很多人可能根本没有听过,不过在当年也是一时才俊,出诗集,结诗社,她们以自己的方式留下了绚丽的人生轨迹,成就了当时诗坛的一段美谈。柴静仪雅号为"凝香室",著有《凝香诗抄》。

人生的路上,总有波折。丈夫意外亡故,留下她和儿子沈用济相依为命。她让儿子师从剧作家洪昇,希望儿子博取功名,撑起一个家的安稳。只是天不遂人愿,沈用济饱读诗书,一身才华,却屡试不第。心灰意冷后,沈用济把所谓的功名抛开,浪迹天下,以幕僚身份谋生,久客南汉、大梁、京师等地不归,与一众文朋诗友浅斟低唱,用手中的一管瘦笔把诗写得风生水起。柴静仪倚门盼归,望穿秋水,孤独寂寞中,写了不少诗,《秋分日忆用济》就是其中之一。

月满天心,一期一会。

一年里十二次月圆,只有这一轮,能顾盼生情,让心底蛰伏的悲欢启程。斟一壶桂花酒,千般浩荡都归结成一个守候,再覆上一个祈愿,直抵月光深处。

秋分夜,她想起了羁旅的儿子,希望儿子早日踏上归途,别等到大雪纷飞才动归思。一念起，便如江河日下，不经意就淹没了心。放不下，终究是放不下。哪怕，孤独终老，哪怕，以命相还。因思成疾的她，终于在望而不得的遗憾中一命归天。

明月本无心，行人自回首。

张爱玲的《金锁记》，从月亮开始，以月亮结束。其中七次写到月亮。沧桑的、朦胧的、伤感的、仁慈的，带着凄凉的。她说，她是和月亮共进退的人，她看月亮的次数比世上所有的人都多。李碧华评她，善写月亮，但不团圆。

说到底，月亮是心情的底色。用什么样的心情看，月亮就是什么样的。你所聆听的，你所描述的，其实就是你自己的喜怒哀乐，以及悲欢离合。花好，月圆，还要对上一个人团圆，才不算辜负，才是心里的圆满。

仓央嘉措有一首诗《问佛》，写得真是绝妙。

我问佛：世间为何有那么多遗憾？

佛曰：这是一个婆娑世界，婆娑即遗憾。没有遗憾，给你再多幸福也不会体会快乐。

我问佛：如何让人们的心不再感到孤单？

佛曰：每一颗心生来就是孤单而残缺的，多数带着这种残缺度过一生，只因与能使它圆满的另一半相遇时，不是疏忽错过，就是已失去了拥有它的资格。

抬头望月，四围一片清明。岁月的风声越去越远，只余下一些若有若无的痕迹，散落成一地的斑驳。循着月光的影子，一步一步往回走，

岁时记——古诗词里的节气之美　　　　　　　　　　　　　169

心里浮上一首诗：中秋木樨插鬓香，姊妹结伴走月亮。夜凉未嫌罗衫薄，路远只恨绣裙长。

诗作者不记得了，但写得真是让人倾心。一群女子，头插桂花，身着罗衫，走在月色笼罩的街巷中。环佩叮当间，香风细细，语声婉转。路，幽而长，夜凉如水，月影憧憧，一路走过去，仿佛万水千山。有尽头，或无尽头，都是圆满。

那"走"字用得贴切，随着月亮走，或者说月亮随人走，再或者沐着月辉走。或许那走当中另有一种情趣，不能体会，唯有想象，一不小心，竟也被那景致勾了进去。

这是吴地风俗。沈复的《浮生六记》中有记载：吴俗，妇女是晚不拘大家小户皆出，结队而游，名曰"走月亮"。

民间的风俗，有时候是极具人情味的。它能将平时拘囿的不可为的，变成可为甚至美好。比如，在走月亮的风俗里，我就看到了一份宽厚和善良。按照吴俗，这天晚上，无论是官宦还是庶民，都可以心无旁骛，放下手边的事，结队出来走月亮。家里那些杂七杂八的事交给男人去做，辛苦了一年，这个晚上可以借由一轮明月，走出家门，让身心得到彻底的放松。

寂寂夜幕之下，月上林梢，风生袖底。这样的时刻，邀一两知己走月亮，定然是件怡人的事。

若可以，愿一渡千年，不为相逢，只为拈花在手，走那一夜的月光。

寒露：萧疏桐叶夜色阑

破阵子·为陈同甫赋壮词以寄之

醉里挑灯看剑，梦回吹角连营。

八百里分麾下炙，五十弦翻塞外声。沙场秋点兵。

马作的卢飞快，弓如霹雳弦惊。

了却君王天下事，赢得生前身后名。可怜白发生。

——【宋】辛弃疾

寒露。如果字有温度，这两个字一定是寒凉的。泛着水色，或覆着霜意。不然，为何一念出来，唇齿之间便有了按捺不住的凉？

二十四节气里，很多是直接用小与大来命名，比如，小雪与大雪，小寒与大寒，小暑与大暑，素朴地道出事物由始至终，由小至大循序渐进的本质。替一个字，都会毁了字面与内涵上一脉相承的美好与连贯。而在关于露水的节气里，古人不再吝于大与小，而是赋予了颜色和温度。

白露，寒露，这两个名字，有着《诗经》的婉转，读起来分外曼妙。想想，若是替成"小露"与"大露"，那该是多煞风景。

谁也无法阻止一滴露的凝结，白露是"露凝而白"，至深秋，寒露已是"露气寒冷，将凝为霜"了。白露和寒露，中间隔着秋分。隔了若干个日子，却挡不住那一份凉的递进，那是滴水穿石的功力，蓦然回首，原来已是寒度千山。

唐人戴察写，月夜梧桐叶上见寒露。

梧桐是灵性之树，却也须有心人来知会。蔡邕游历吴中时，遇有人用桐木烧饭。听到木材在火中的爆裂之声，认为是造琴的良材，就问人要了来斫制成琴。琴有七弦，音色不凡，因一端已烧焦，故名焦尾琴。流传下来，成了世间罕有的珍品。

若有心，天涯海角都能成全，若无心，擦肩而过也不识。

后世以它为鉴，比喻历尽磨难的良才，或未被赏识的宝器。照此说法，辛弃疾算是一个。

大概他从小体弱，所以，名字里带了祈愿，希望他弃了疾病，一生健康平安。

又想起西汉大将军霍去病。比他早了一千多年，名字上看，却是这样的接近，一个弃疾，一个去病，仿佛花开两枝，遥遥相应。

他一定也是知道的。他表字坦夫，改字幼安，立下志愿，就是要效仿霍去病，打马红尘，驰骋沙场，为国家尽一己之力。

这志愿，是从小就许下的。

他出生的时候，金兵已经入侵中原。丰饶沃土上，掠得一席之地，屯兵驻营，驱逐百姓，堂而皇之纳为金国疆土。

他的家，就在这片土地上。

他的祖父，原是南宋朝廷的官员，靖康之变中，拖家带口，来不及逃离，被金兵捕获。因有几分才学，得金国朝廷看重，以一家老小性命相逼，称臣于金国宫阙。

寄人篱下，再多的富贵荣华，都是屈辱。他的祖父请人教他习武，拜师学艺，使枪舞剑，还常常带他到山上，指着南宋都城的方向，告诉他，那里才是归处。而他，也在一天天成长中，亲眼目睹了金兵烧杀抢掠、百般欺凌百姓的罪行，下了决心，要强身健体，为大宋江山收复失地。

英雄出少年。一出手，就是惊人。

在家乡，他拉起一支起义军。两千余人，歃血为盟，士气激昂，誓要与南宋将领一起，浴血奋战，不愧男儿本色。

他一骑快马，星夜启程，南渡黄河，见了宋高宗，又与军中将领会面，约定回去就带了起义军加入。

归心似箭，一路飞奔不停。到了驻地，却是一记晴天霹雳。起义军里，有一个叫张安国的人，做了叛徒，杀了主帅，解散了队伍，逃到金国兵营，请功邀赏去了。

功亏一篑，他又气又怒，怎肯善罢甘休。立马横刀，带领五十铁骑，风高月黑夜，冲入金兵营地，生擒张安国，又连夜送到宋营，斩首示众。

这不惧生死的少年气势，和霍去病，还真是有点像。

这一举，使他名声大震。

初战告捷，顺利归附南宋，还被委任了官职，更添壮志豪情。他作《美芹十论》献给宋孝宗,分析宋金对立形势,洋洋洒洒十篇论文,提出强兵复国的具体规划。

芹,是芹菜。

美不美,则要吃的人来评判。《列子杨朱》里有一个故事,说一个人,吃过芹菜后,觉得是世间美味,便在豪绅前大赞,如何如何好吃。豪绅听了心动,就找来吃。没想到,吃过之后,嘴肿了,还闹起了肚子。

我之蜜糖,彼之砒霜。自己的喜欢,未必是别人的适合。

他觉得殚心竭虑写下的十论,强兵复国的良策,殊不知,是犯了朝廷的大忌。

宋开国以来,就以杯酒释兵权,实行以文治国,抑武重文。强兵复国,或可以保江山社稷安稳,但也有危险,万一某个武将学太祖,哪一天来个兵变,江山照样不保。不如偏安一隅,能守得住这一份家业,已然是万幸。

对他,宋孝宗也不是完全信任。尽管他斩杀了叛将张安国,尽管他在《美芹十论》中,表明了祖父对大宋的忠心:登山指画旧山河,让他习武报国,为了刺探敌情,还两次让他参加金朝科举考试。他的祖父还在金国任官,他投诚而来的人,焉知是真是假,当然要有所防备。

有这一层顾虑,他的规划建议,自然不会被采纳。

但又不敢弃他不用。金兵不时来犯,还需要能征善战的将领,为国效力。怕他权重,只安排他做一些地方上的小官。

到湖南任地方官时,他发现治安很乱,常有民变暴动事件。他上书给孝宗,希望能组建一支队伍,关键时候,可以派上用场。孝宗当时正为此事头疼,一口准许。

组建队伍，需要钱。连年战争，国库空虚，朝廷拨的钱不够，他就自己想办法。

建营房，恰逢连日阴雨，没有办法烧瓦，他通知百姓，每户送二十片瓦，立付官银。短短两日，就全部筹足。

缺垒石，他调发狱中囚犯去城北开凿，按照数量酌情赎罪，很短时间内，垒石也凑齐。

正当他信心满满，大干一场时，各种对他的弹劾，也雪花一样飞到宋孝宗手里。说他是贪官酷吏，用钱如泥沙，杀人如草芥。

倒也不是空穴来风。下属死了，因为家里穷，买不起棺材下葬，他出手就是一笔厚礼。奉命讨捕茶寇，他马到功成，一举平定，茶寇全部诛杀，首领赖文政请降，他不允，痛打落水狗，赶尽杀绝。消息报到朝廷，连宋孝宗都看不过去了，说他"不无过当"。

还有他的"稼轩"庄园。

稼轩是他的号。稼，是庄稼，轩，是房子，按字面意思理解，是庄稼地旁边盖的房子，就像农村人为了方便看庄稼，在地头搭建的小窝棚。

其实不然。据说，庄园规模庞大。有多大？南宋理学家朱熹曾进去看过，结果大惊失色，回来告诉他的友人陈亮，说这么大的庄园，他生平还是第一次看到。陈亮写信给辛弃疾，劝他不能太奢华。

朱熹为推广朱程理学，南北讲学，也是见过世面的人，如此大惊小怪，可见辛弃疾的庄园不是一般的大了。

当年，霍去病胜利归来之后，汉武帝准备了豪华的府邸，让霍去病住进去。霍去病担心遭人嫉恨，坚辞不受，推说："匈奴未灭，无以家为也。"

这一点，他不像霍去病。做事不遮不掩，从来我行我素，想做就去做了，丝毫不顾忌别人怎么想,怎么看。

由于训练严格,纪律严明,他组建的这一支队伍,成为各地方军队中最精锐的一支,骁勇善战,斩杀金兵无数,金兵闻风丧胆,称为"虎儿军"。

他以"了却君王天下事"为己任,却不知道,他的能力越强,做得越好,朝廷就越害怕,就越要防微杜渐,不停地调动,罢官,直至剥夺所有的职务。

他在南宋四十年,有近二十年被闲置,在任的二十余年,也是走马灯似的调动,稍有政绩,便招弹劾而被贬,国有危难,便又被招而任用。几起几伏,几沉几落,有心人统计,二十余年时间,他有三十七次调动。

招之即来,挥之即去。他不计较职务高低,也不怕猜疑逸言,只因为,保家卫国的梦想,早已在心里深种,犹如一株老树,抽了枝,分了杈,再也丢不开。

只是,英雄无用武之地,吴钩看了,阑干拍遍,无人知会心意,到底是憋屈。每天在家里待着,刀枪剑戟挂在墙上,派不上用场,不知道做什么,水边转悠转悠,山上溜达溜达,闲得发慌,附庸一把风雅,写诗。

史书上,留有他的相貌:肤硕体胖,壮健如虎,红颊青眼,目光有棱。天生的英雄气概,怎么看,都不像文人,而事实上,他在文坛的声名,丝毫不逊于战场。

这一首《破阵子》,是他的代表作。

宋朝诗词瀚如烟海,简单来分,不过两派,一曰婉约,一曰豪放。

哪一派更胜一筹,不好评判。高山流水,知音暗觅,能被打动,能引起共鸣的,就是好词。但在词风上,一眼就有分明。

南宋俞文豹博闻善记，《吹剑续录》里借幕僚之口雅谑：柳郎中词，只合十七八女孩儿执红牙拍板，唱杨柳岸晓风残月。学士词，须关西大汉，执铁板，唱大江东去。

南宋以后，山河动荡，战争频繁，金兵节节紧逼，辽，蒙古，雄踞一侧，虎视眈眈，将军英雄，热血沸腾，舍生忘死，杀敌，保江山，打得那么顽强。

文人血性，不能出征沙场，亲手刃敌，就以手里的笔，为刀，为剑，为长矛，书写豪情壮志。爱国情怀，天地间激荡，悲壮慷慨之调应时而生，一大批杰出的词人，掩卷而起，将豪放词风推到极致。

读宋人的豪放词，或慷慨豪迈，或凝重叹惋，尽抒雄心壮志、爱国之情。只是，纸上得来终觉浅。没有上马打过仗，没有沙场的磨砺和深切的哀痛，身在轩辕庙堂下，画台楼阁内，纵是写得恣意磅礴，到底也是隔了一层，多半凭的是臆测，就像曹操的"水军八十万众"，有虚张声势的成分。

辛弃疾不一样。金戈铁马，兵戎相见，刀光剑影里走过，笔下有底气，一开篇，就有开阔气象，就是一江春水向东流。"男儿到死心如铁，看试手、补天裂。""天下英雄谁敌手？曹刘。生子当如孙仲谋。""乘风好去，长空万里，直下看山河。"沛然豪气，冲荡天地。

这一首《破阵子》，年少时，不知道读过多少遍，每次读，都会有赞叹，后来，读了他的晚年——被免职，返回铅山。壮志未酬，死前还大呼"杀贼"——还是有赞，但更多的是叹。

乱世出英雄，叹只叹，英雄自古难善终。

身为武将，若是非死不可，战死沙场，也算是死得荣耀，死得其所。空有力气使不出，没有死在敌人手中，却死在床榻上，死在猜疑和闲置中，他死不瞑目。

他这样解释自己姓氏的含义:"艰辛做就,悲辛滋味,总是辛酸辛苦。更十分、向人辛辣,椒桂捣残堪吐。世间应有,芳甘浓美,不到吾家门户。"

艰辛,悲辛,辛酸,辛辣,辛苦,打翻五味瓶,他只得了这一味辛。

沙场秋点兵。

何等威风,何等豪壮。却原来是,醉里挑灯看剑,梦回吹角连营。

这一梦,再冗长,天亮时,还是要醒。

也放得开。效花间体,效李易安体,于豪放中见妩媚,见绮艳,见温婉,见缠绵。

梨花风雨处,更著一杯酒,红巾翠袖,花向粉面匀,含情脉脉,一副旖旎娇羞之态。哪里有一点豪气,分明是比婉约还婉约,若是不署名,乍眼一看,还以为是秦观,或者李清照,就是放在柳永的集子里,也可以假乱真。

英雄气短,儿女情长。万般情思,化为绕指柔。豪放不羁外表下,也有三分细腻心思。

钱钱、田田、整整、卿卿、香香,据说,是他家侍女的名字。这名字起的煞是有趣,又是田,又是钱,又是香,大概是他给起的,像他的名字一样,个个都是直白。

软语温情,陪在身边,或擅歌舞,或擅丹青,或擅吹笛,或擅笔札,代他答尺牍。红巾翠袖,揾的是英雄泪。

也有散淡的心思。稻花香里,说一说丰年,池塘边,听一听蛙声,看大儿锄豆溪东,小儿溪头卧剥莲蓬。再远处,山水中走一遭,养个眼,表个情:我见青山多妩媚,料青山见我应如是。

元宵节,他去看灯。写下那一首《青玉案·元夕》:

东风夜放花千树,更吹落,星如雨。
宝马雕车香满路。凤箫声动,玉壶光转,一夜鱼龙舞。
蛾儿雪柳黄金缕,笑语盈盈暗香去。
众里寻他千百度,蓦然回首,那人却在灯火阑珊处。

"那人"是谁?

有说,是他心仪的女子。游人如织,灯火如海,他千百度寻寻觅觅,怎么也找不到,人散去,偶一回头,才发现,她就在灯火阑珊处。

有说,是他借此喻志。力主抗战,屡受排挤,仍是矢志不移,宁可过寂寞的闲居生活,也不肯与投降派同流合污。

清代王国维写《人间词话》,则看做是古今之成大事业、大学问者,经过的第三重境界。总要经过周折和磨难之后,才能有所发现,自己所追寻的东西,往往会在不经意的时候,没想到的地方出现。

或者,也可以看作人生。漫长,或者短暂里,寻找爱,寻找梦想,寻找自我,寻找一切值得珍惜的东西。寻寻觅觅,寻他千百度,能在蓦然回首时,有这么一个惊喜的遇见,不论结果如何,亦可死而无憾了吧!

寒露从叶瓣一一滚落,秋就真的深了。秋风秋雨一层一层的落,寒气也是一重接一重,仿佛一浪推着一浪。若说白露是凉夜里吹动衣袖的微风,那么寒露就是暮色里的禅院钟声,秋江上的一队雁阵,抑或院落深处的一声咳嗽,让人在些微的清冷之中有了苍凉之叹。

　　这样的日子里,最好是佐以一壶酒,把酒祝东风,对影清酌半杯醉,当醇香入口,回味甘甜时,已是双面桃花两面颊了。

　　翻看寒露风俗,果然有酒香弥漫。不禁莞尔。民间的风俗,透着对生活的热爱和欢喜,即使隔了千百年,隔了万水千山,也绝无隔膜,如山在那里,只觉着体己的知心、安稳。

　　应时应景,饮的是菊花酒。带着菊花的香,和酒的醇,还有那么一点点风雅。是隔坐香分三径露,抛书人对一枝秋。

　　七八个星天外,两三点雨山前。

　　不问谁共我,醉明月?

　　只道一声:天凉好个秋!

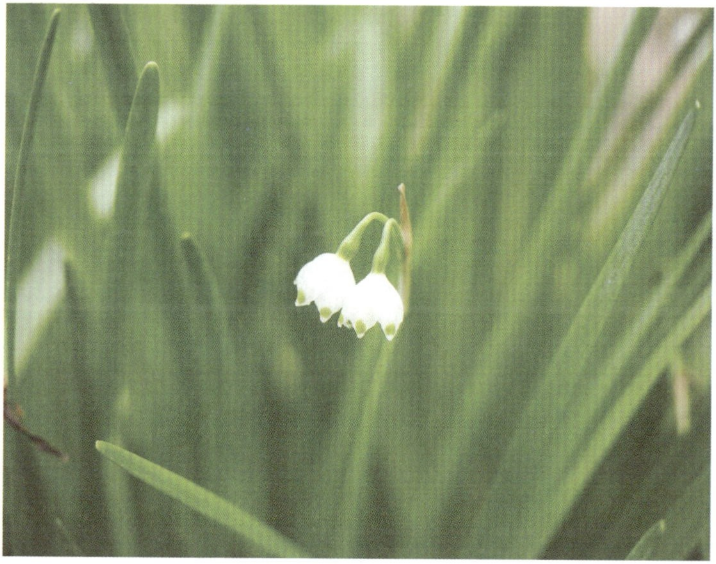

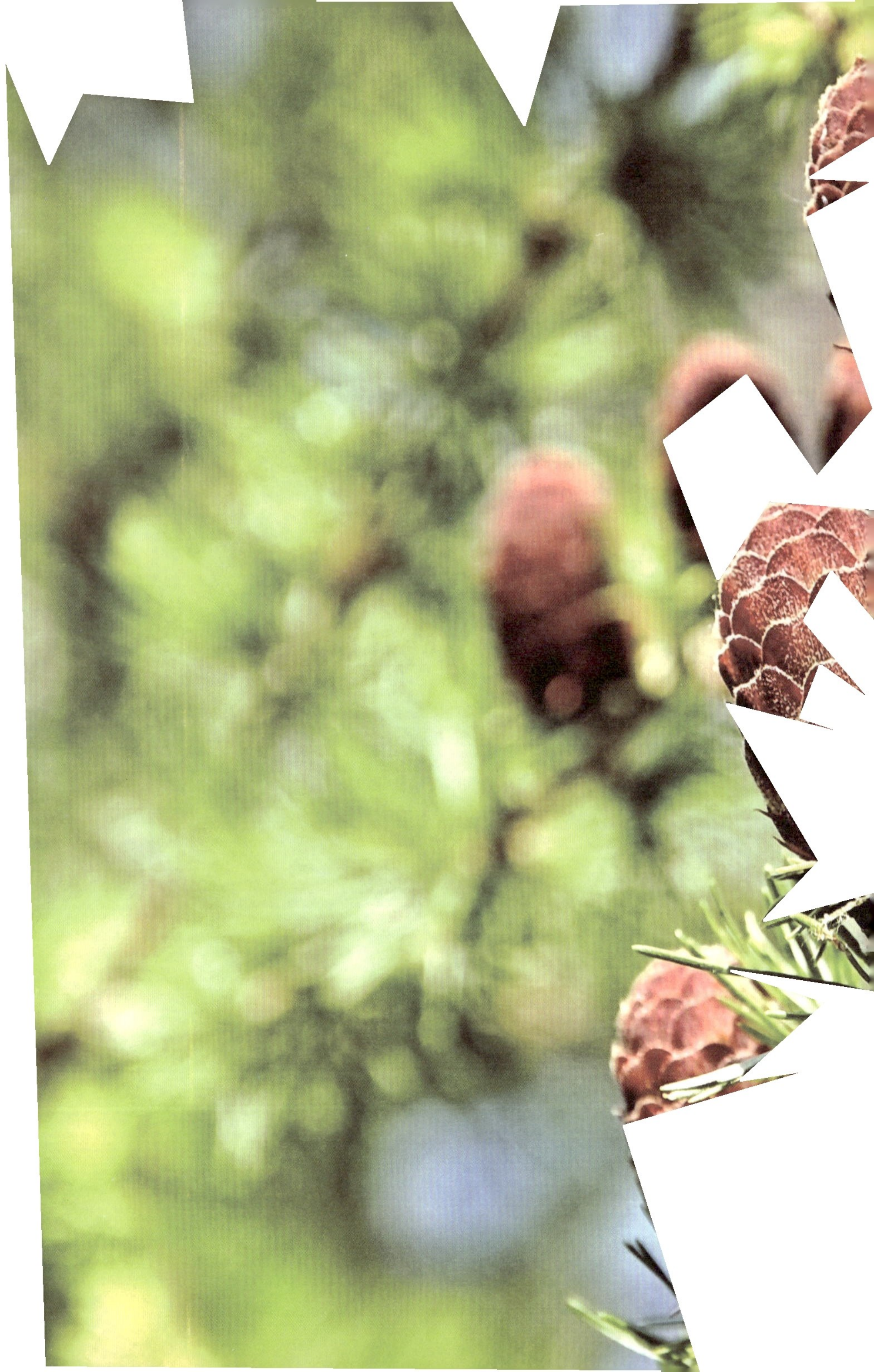

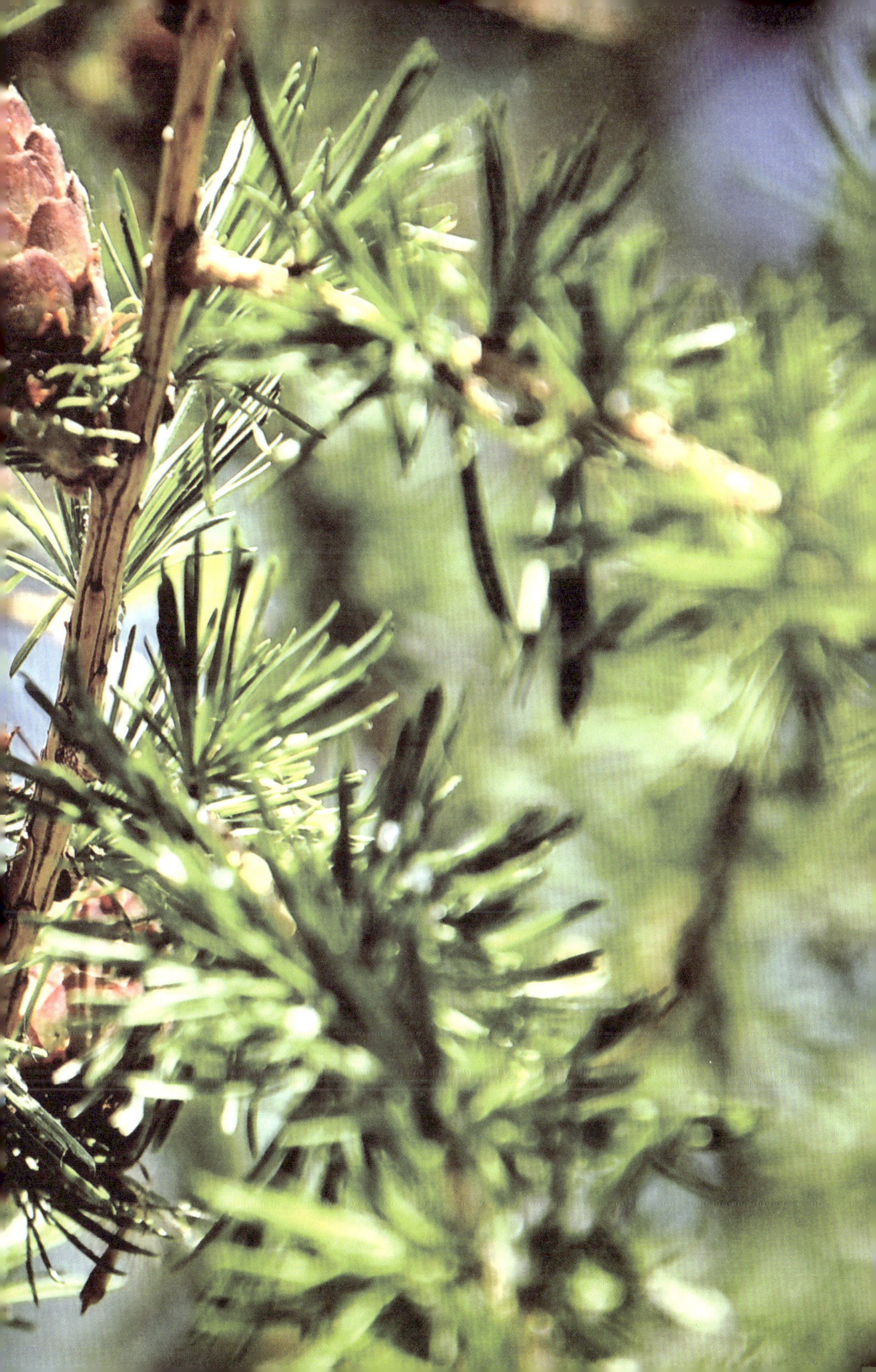

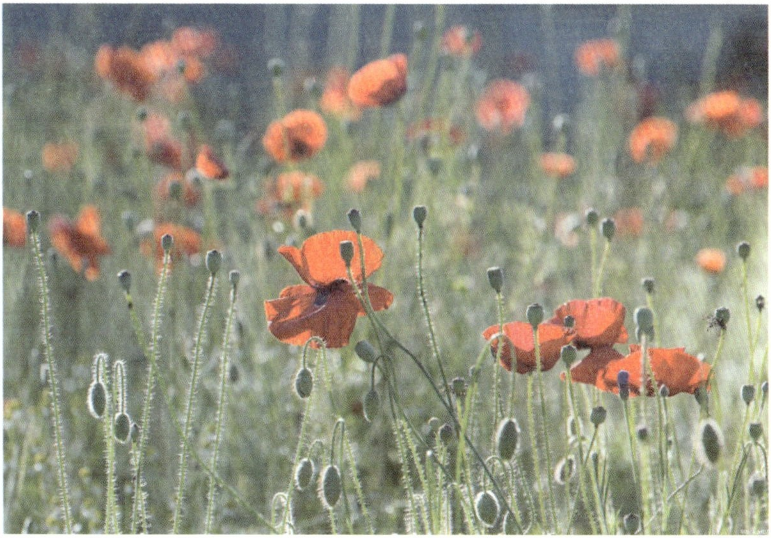

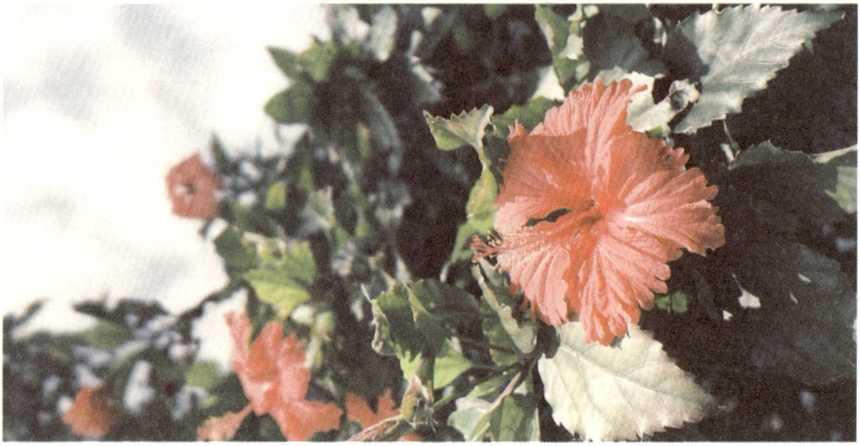

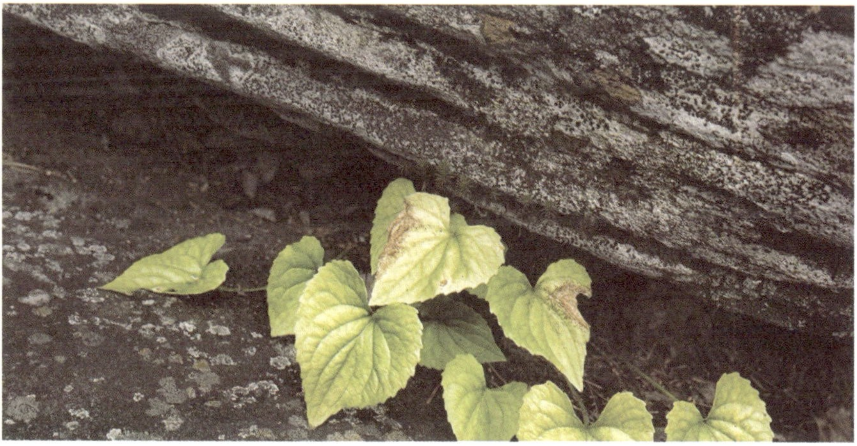

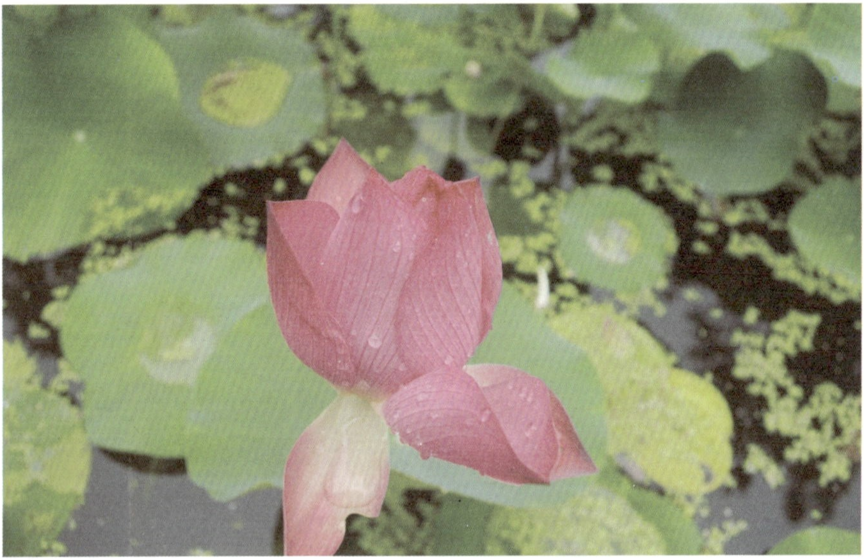

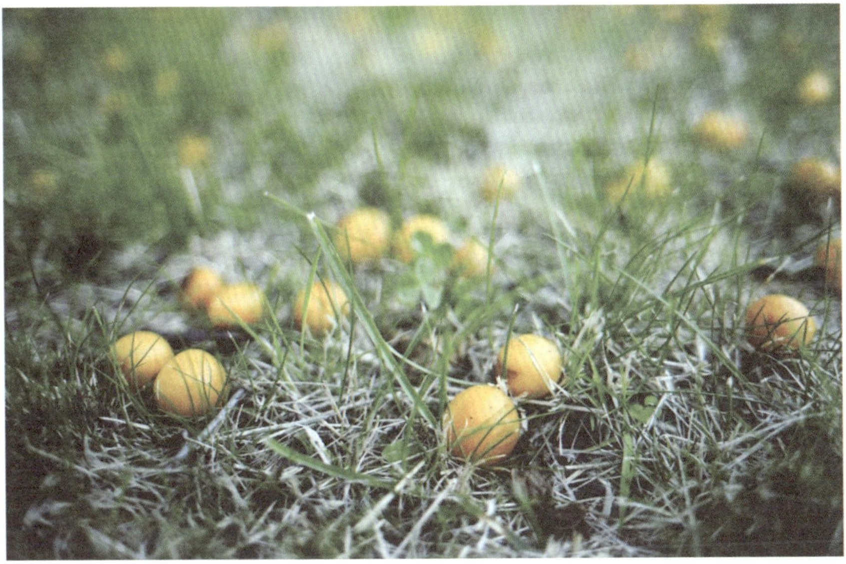

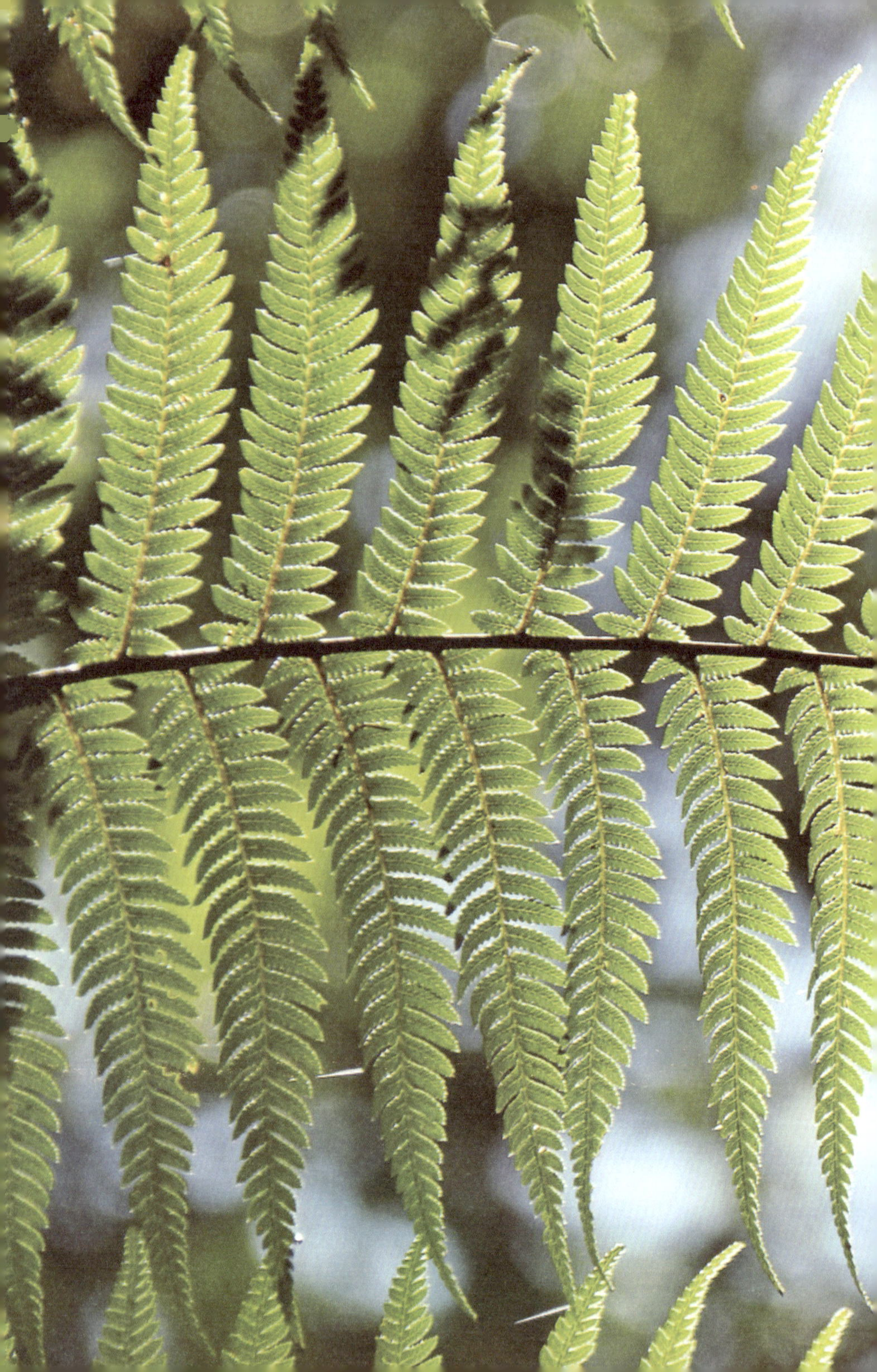

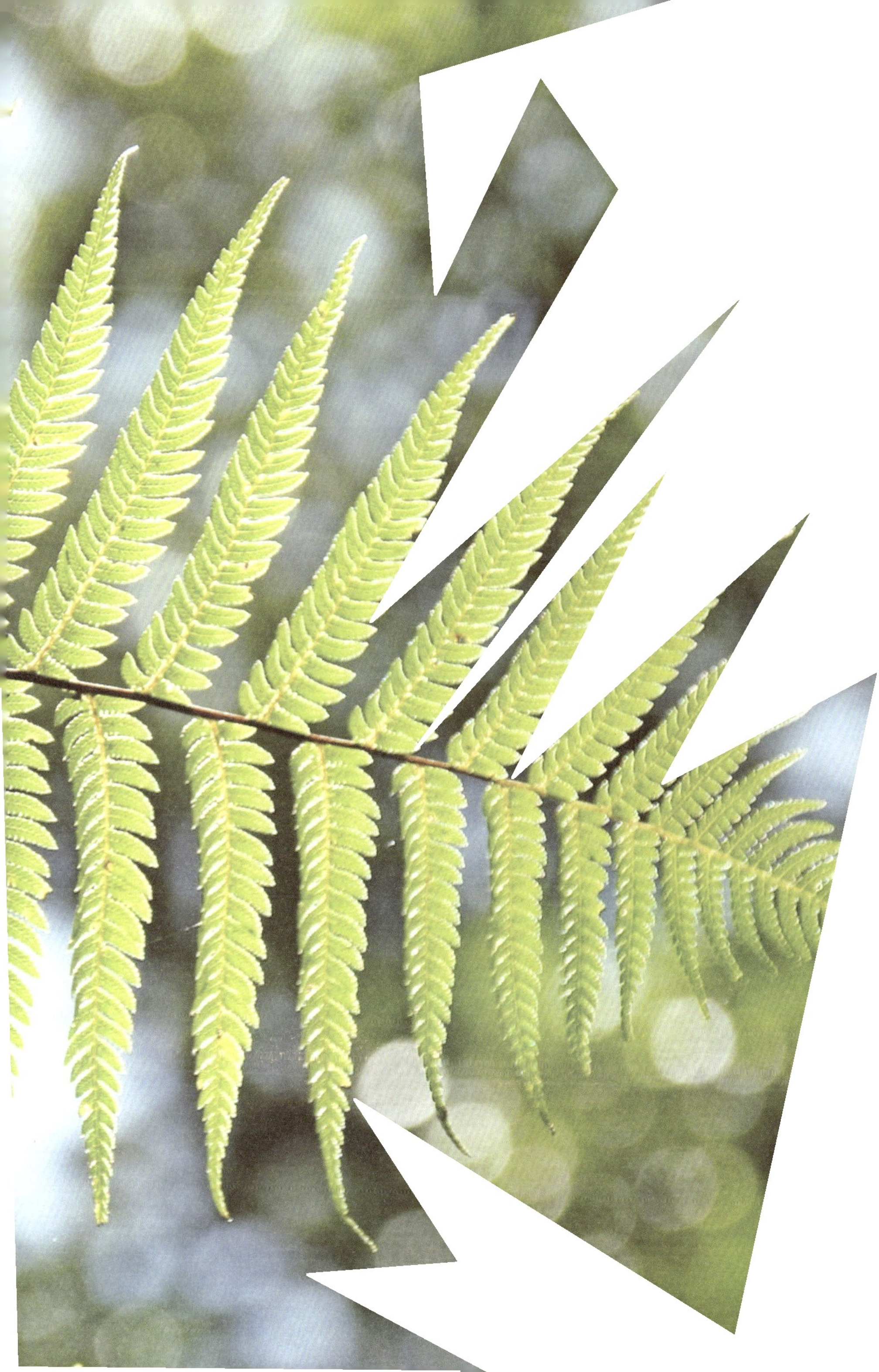

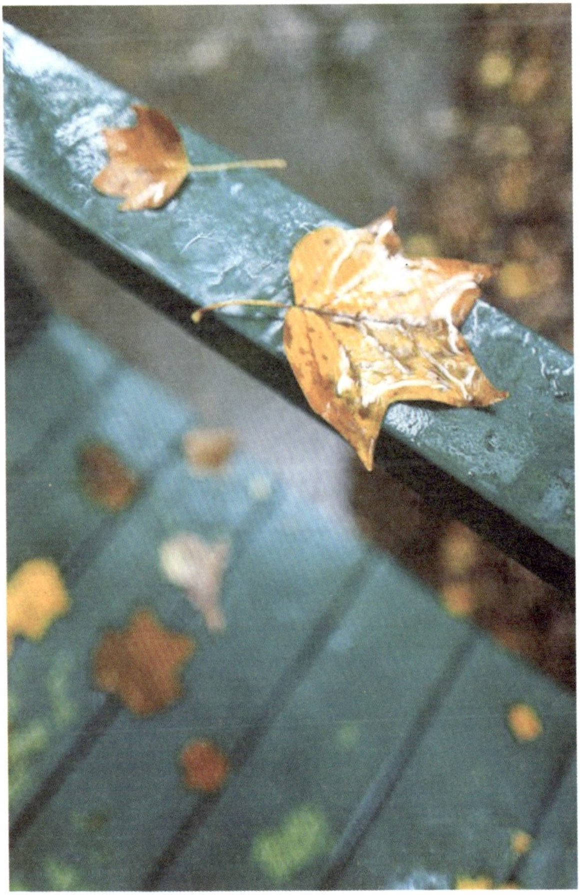

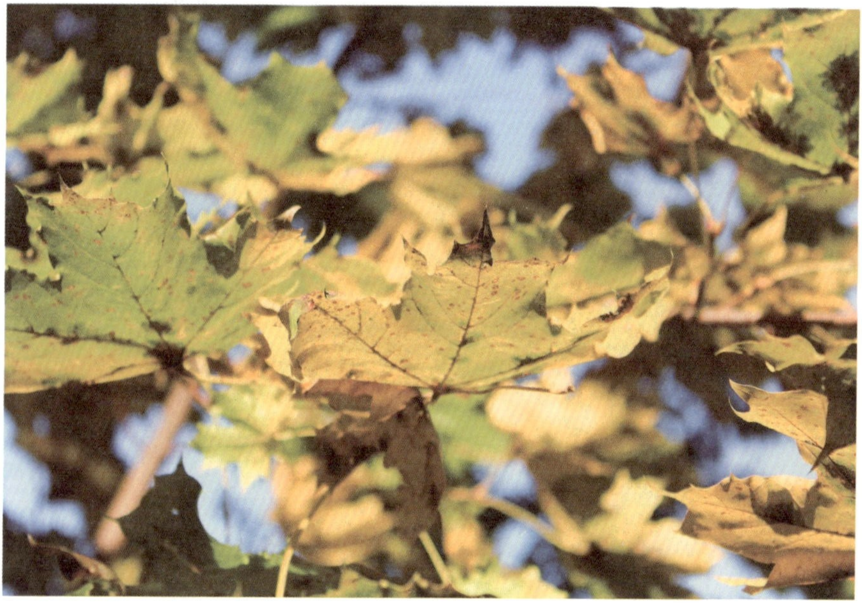

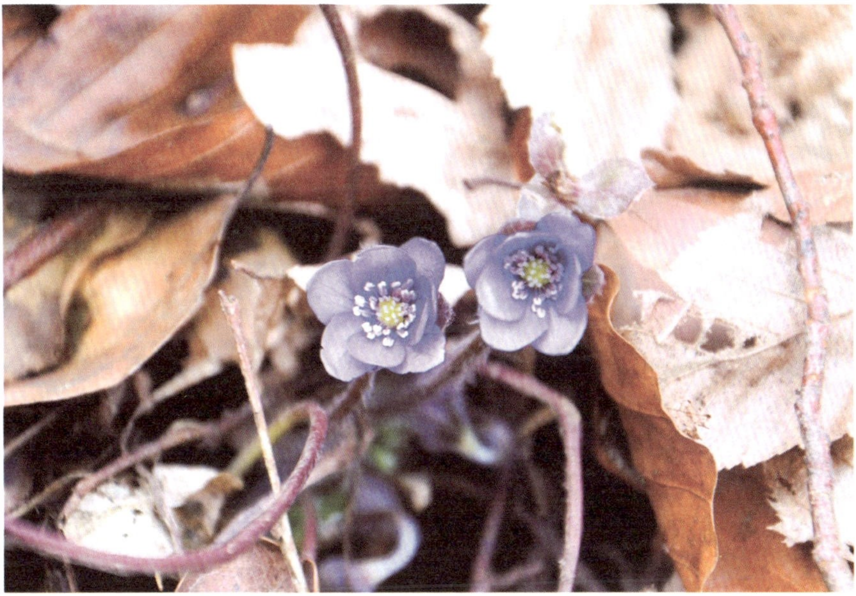

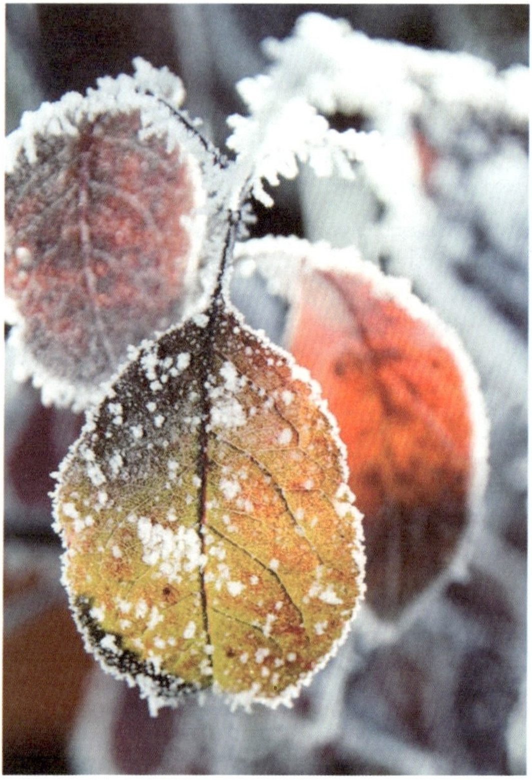

霜降：任是无情也动人

　　秋词二首
　　自古逢秋悲寂寥，我言秋日胜春朝。
　　晴空一鹤排云上，便引诗情到碧霄。

　　山明水净夜来霜，数树深红出浅黄。
　　试上高楼清入骨，岂如春色嗾人狂。

——【唐】刘禹锡

民谚曰：霜降杀百草。

一个"杀"字，透着杀机。犹如奉旨下凡的天将，身穿白色盔甲，威风凛凛，不用弹《十面埋伏》，或者谁来助阵，只需一剑寒峰出鞘，就足够让百草惊心，该枯的枯，该落的落，待到繁华落尽，就是一阕月落乌啼霜满天。

按古俗，霜降是收兵之期。每年霜降日的五更清晨，武将们便全副武装，身穿盔甲、手持刀枪弓箭，列队前往旗纛（dào）庙举行收兵仪式。卸掉身上的盔甲，将手持的刀枪弓箭收进仓库，戎马倥偬的日子，可以暂告一个段落。

旗纛庙是祭祀军旗的庙宇，里面供奉的神称作"军牙之神"、"六纛之神"。"纛"是用鸟羽或者牛尾装饰的大旗。《太白阴经》上说："大将中营建纛。天子六军，故用六纛。"

立春开兵，霜降收兵。有始有终，许的是祓除不祥、天下太平。

有人说，人类的历史，同时也是一部战争史。"皇帝"如何产生？远古祖先早就试过了，无非两种办法：一靠"选"，二靠"打"。试的结果，只有尧、舜、禹三朝天子是"选"出来的，其他都是靠战争"打"出来的。

古人建造城墙，要拿着篮子去更古的古人打过仗的战场，在那荒凉之所掘地三尺，挖出白骨带回城来，然后一层泥砖一层白骨修砌城墙。他们认为，城墙里埋入白骨，就有了万千勇士的精魂守卫，才能真正地坚不可摧，无人敢犯，千年不朽。

修得城墙坚固，却修不了人心安稳。谁都想据地自雄，刀光剑影，血雨腥风，你方唱罢我登场，成者为王败者寇，打江山，一个打字，注定了朝代的风起云涌。

刘禹锡生活的年代，是唐朝中晚期。朝堂内，宦官专权，矛盾尖锐，朝堂外，藩镇割据，战争不断，几乎遍及全国。东征西讨不奏效，他参与的永贞革新，也是昙花一现，花落了，还是空。

他被贬到朗州。

贬，是文人经历中常见的一个字。犯了错，或者不合皇帝心意，一道旨意下来，除了下狱，就是贬。大江南北，疆域辽阔，想贬多远就贬多远。山高皇帝远，没有人管着，也是自由，但政治前途没了，什么也干不成了。心理的折磨，一点不比肉刑轻。

世事无常，一个转身，就有了悲凉和怊惶。和他一起被贬的柳宗元，在漫天飞雪中，写下眼前的空旷：孤舟蓑笠翁，独钓寒江雪。他的好友白居易被贬到江州，一曲琵琶婉转，也听得心痛：座中泣下谁最多，江州司马青衫湿。

他倒是看得开。荣华富贵本是过眼烟云，壮志未酬，是时机不对，还没到酬的时候，留得青山在，不怕没柴烧。世事既无常，那无常，未必就没有机会。

也或许因为这一份看得开，他写的诗，少有悲苦，律、绝、骚赋、碑记，大都写得流畅自然，犹如孤桐朗玉，有独树一帜的美。

杨慎《升庵诗话》云：元和以后，诗人之全集可观者数家，当以刘禹锡为第一。

自古文无第一，武无第二。武林各大门派，摆个擂台，打上一场，就分出高低胜负，文不一样，没有评判的标准，好与不好，都是个人所见，各花入各眼，把谁排到第一，也不能服众。所以，人们只许诗人们各种称号，诗仙，诗圣，诗杰，诗佛，诗魔，诗骨，诗狂，诗家天子……

说他第一，当是出于杨慎的偏爱，但他在中唐诗坛的地位，确实非同寻常，人称"诗豪"。白居易是唐诗的佼佼者，本人也颇为自负。一见他，即引为知己，对他也极为推崇，从来不吝赞美："其锋森然，少敢当者。"

让人服，靠的不是武力。拳打脚踢，长枪短炮之下，服也是屈服。能让白居易心悦诚服，他凭的是才华。

有一次，白居易约他和几个文友雅集，约定各赋一首《金陵怀古》。众人还在沉思斟酌，他的诗就先写成，搁了笔。白居易读后极为叹服，说："四人探骊龙，子先获珠，所余鳞爪何用耶？"意思是刘禹锡的诗已经把精华写尽了，大家再写，也是白费力气。"探骊得珠"的成语，便由此而来。

白居易特别喜欢他的《乌衣巷》，也想效仿写两句，可是想了很久也没想出来。后来有一年，他路过秦淮河，特意去看了朱雀桥和乌衣巷，体验到了诗中所写的意境，更想写出那样的诗句来，沉吟再三，仍然是思而不得，于是感慨"乃知造意者为难工也"。

也因此，白居易替他惋惜和不平：满朝文武都升迁了，只有你在荒凉的地方年华寂寞。才名太高遭点不幸不算什么，但你遭遇的不幸太多了。他笑答：沉舟侧畔千帆过，病树前头万木春。

元和十年，机会来了。他被朝廷以恩召还，回到长安。

回到天子脚下，还见到了当年一起被贬的人。离别，又相聚，心里的高兴自不必说，邀了一起，去玄都观赏桃花。人面桃花，没有佳人倚门守候，却有流淌的诗情，随着脚步成了行：

紫陌红尘拂面来，无人不道看花回。
玄都观里桃千树，尽是刘郎去后栽！

这首诗一出，便被人抓了把柄。"玄都观"暗指朝廷，"桃千树"

喻指投机取巧新得势的权贵。纷纷去看桃花的人,是趋炎附势,奔走权贵门下的小人。也就是说,朝廷这么多大官小官,都是他被贬出京城后提拔起来的,在他眼里,根本不屑一顾。

因为这一首诗,他又被贬到了连州。

倒真觉得是冤枉了他。屈指数来,他离开长安十年。街道上,川流不息的热闹和繁华,已是陌生。玄都观的桃树,也是第一次见。花树下流连,故友诗词唱酬,戏赠看花诸君子,物不是,人也非,更觉得是他的一个感慨。

欲加之罪,何患无辞。究其原因,还是政治恩怨。永贞革新中,他弹劾了不少人,树敌颇多。文人手中不一定有武器,但手中的笔不一定比武器差。担心他回来后东山再起,十几位谏官集体上书,极陈"八司马"之不可用,尤其是他,还在诗里指桑骂槐,讽刺朝廷……

诗写得好,未必官做得好。写诗是感情用事,想到就说,看到就写,飞流直下三千尺,图的是眼前一时痛快。做官却是相反,做事不管不顾,说话不分轻重,得罪了人,还不自知,别说青云仕途,就是活到善终也不容易。

文人走仕途,凭的是十年寒窗苦读。但书读得多了,也难免有书生气,一根筋,好就是好,不好就是不好,不藏着掖着。平时不惹事,事来了也不怕死。洋洋洒洒,一封奏章递上去,连皇帝都敢数落。

苏东坡的爱妾朝云,管这个叫"不合时宜"。因谏言不讳,苏轼几遭贬谪,甚至获罪入狱。有一天,苏轼携侍妾们散步,抚着肚皮问,我这里面有什么?众人称"文章才华",皆不合其意,唯朝云聪慧,一语道破:"学士一肚子不合时宜。"

历朝历代看过去，文人的仕途，多有坎坷。对此，苏轼深有体会，谪居黄州时，爱妾朝云为他生了个儿子，三朝洗，苏轼为儿子作诗一首：人皆养子望聪明，我被聪明误一生。唯愿孩儿愚且鲁，无灾无害到公卿。

他或许也辩解过。但众口铄金，历史上，因文获罪的，不止他一个。往前追，到秦始皇，焚书坑儒。往后推，到清朝，疯人说疯话都不放过，一句"清风不识字"，都是谋逆，要处以死刑。相较而言，他只是被贬出长安，已是幸运了。

百亩中庭半是苔，桃花净尽菜花开。

种桃道士归何处？前度刘郎今又来！

若说上一首桃花诗，他是无意，是被人无端冤枉，这一首，则像是斗士，心中的一腔不屈，偏要分个胜负，是有意挑衅了：种桃的道士，你们在哪儿？刘郎我又回来了！

他是匈奴族的后裔，身上流淌着游牧民族的血液，性格豁达，也有豪猛之气，是个烈性汉子。你说我讽刺当朝权贵，好，那我就讽刺到底。

冲动是魔鬼，这话一点都不假。

中书令裴度一直很欣赏他，"桃花诗"案，他原本被贬播州，是唐代有名的荒凉蛮野之地。他的母亲年近八十，恐难适应，就是裴度帮忙说情，改任连州刺史。这次他回来，裴度本想把他推荐给新继位的皇帝。看到这一首诗后，大为摇头。一贬再贬，蹉跎了十几年的时间，他还是那么没心没肺，心直口快，这样下去，即使再任官，说不准哪天还会被贬出去，也许还会连累到自己。推荐一事也就不了了之。

他不怨,不悔,也不肯听从裴度的劝告,闭门反省。此地不留爷,自有留爷处,天大地大,好地方多得是,写诗喝酒,倒也逍遥自在。为什么要让自己受那个委屈,把苦水一遍又一遍吞进肚子里呢。

在夔州,他听见人们唱《竹枝词》,感觉很新鲜。品赏之余,就跟着学了起来,依曲填词,写了十一首《竹枝词》,开辟了一条文人诗与民歌相结合的新形式,引得一些诗人爱好并效仿。后也用为词牌名。

在连州,他重教兴学,开启了连州一代文风,建成了唐代第一个岭南名园——海阳湖,还把自己四十多年积累的药方,编成了一部医书,起名为《传信方》。

在苏州,他开仓赈饥,免赋减役,使人民从灾害中走出,过上了安居乐业的生活。苏州人民爱戴他,感激他,把他和曾在苏州担任过刺史的韦应物、白居易合称为"三杰",建立了三贤堂。唐文宗也对他的政绩予以褒奖,十分赞赏,并赐给他紫金鱼袋。

史书上说他,一生沉沦失意,耿介自守,交游无显贵。

这三句,其实互为因果。因为耿介,不肯趋炎附势,所以交游无显贵。因为耿介,坚持己见,不讨好,不取悦,与掌权者相逆,所以沉沦失意。难得的,倒是这个自守,哪怕住茅庐、居瓦舍,蓬牖绳床,却终不舍本真与自我。

民间,流传着他三次搬家的故事。

说的是他被贬安徽和州那一年。按规定,城中他该有一处住所。和州知县看他失势,推说那住所还没收拾出来,叫他到南门外去住。县官不如现管。他也不说什么，卷了铺盖直接到南门了。

南门住处不大，三间房，简陋也破旧，不远处，有一条江，叫历水。临窗而坐，水天一色，也是心旷神怡。喝一壶老酒，大门上，他乐呵呵，贴上一副自撰的对联：面对大江观白帆，身在和州思争辩。

有心刁难，看他笑话，谁知倒成全了他，把酒临风，日子过得悠然。知县又气又悔，找了个借口，叫他从南门搬到北门去住，住房也由原来的三间减少到两间。

收拾了衣物和书籍，沿着江往北门住处走，江堤上，一排排柳树，郁郁葱葱。草木一岁一枯荣，总有返绿蓬勃时候。人也该是一样的吧。否极泰来，总有出头的时候。他欣然提笔，又作了一联：杨柳青青江水边，人在历阳心在京。

知县看他不肯低头俯就，让他再次搬到城中，只给他安排了一间屋，屋小得可怜，仅能容下一床一桌一椅。

连搬三次，住处一次比一次小，他还是不恼。谈笑有鸿儒，往来无白丁。调素琴，阅金经。无丝竹之乱耳，也无案牍之劳形。提笔写下《陋室铭》一文，并请人制成一碑，立在了门前。

这传说是真是假，已无法考辨，但刘禹锡当年在和州居于陋室是肯定的。原陋室早已不存，现存的陋室是清代乾隆年间和州知州宋思仁在原址上重建的。今人以陋室为中心，建起了一座陋室公园。

好久不读古文了。翻开一段，还是记忆里的熟悉。那个随遇而安，心无所恃的他，饮尽半生颠沛流离，走过季节轮回，云水一路，留下的，仍是一抹率真的况味。

非心所愿即是悲。但完全丧失了本心,得失间给自己套上枷锁,陷在自己的动荡里,自哀自怜,自暴自弃,那才是真正的人生之悲。

当局者未必迷,只是不愿面对而已。有些事,需要自己救赎自己,好与不好,有时只在一念之间。

删繁就简,是因为懂得,所以舍得。

晚年的张爱玲,远离了那些浮华、喧嚣、热烈,过着简陋清苦的生活。人们叹她晚景清贫,她却只嫌身外之物丢得不够。就像她在《霸王别姬》里说的:"我比较喜欢那样的收梢。"

霜降,是秋天最后的收梢。

原本葱茏的树木,纷纷呈现出颓败的迹象。风卷着叶子往下落。一片,又一片,树下,有人挥着扫帚,从早到晚地扫。扫也扫不干净,无边落木萧萧下,前边刚扫过,后边又有叶子落下来。

寒蝉噤,雁南飞,蛇归洞,已不闻秋虫的鸣叫,正如霜降第三候表述的"蜇虫咸俯"——虫子们开始冬眠,或者走完了一生。

翻过一页,再读他的《秋词》,亦有欢愉和明亮的色彩。

自古逢秋悲寂寥,他言,秋日胜春朝。

会心一笑。他就是这样的人,走到哪儿,都能找出乐子。人开心了,也就没有了花溅泪,鸟惊心,看山绝色,看水倾城,繁华都收走了,人还在,还有诗情到碧霄。

看惯了秋词里的悲悲切切,这自得其乐的幼儿,还真是让人喜欢。

胜在何处?

岁时记——古诗词里的节气之美 189

他没细说。只简单一句,晴空一鹤排云上。万里晴空,一只鹤凌云飞起,就引发他的诗兴到蓝天上了。

鹤,在北方很少见。多的是喜鹊。不是候鸟,春天在,秋天也不南飞,树林河畔,一个转身,就会有相逢。

能胜春朝的,私下里觉得,是霜。

蒹葭苍苍,白露为霜。没有霜气的肃杀,只让人想起,在水一方的伊人。

还有菊花霜。不是落在菊花上的霜,而是初霜。秋天的第一场。没有《诗经》的婉转,但看上去也是那么风雅。微凉里有草木气息,是清逸出尘的感觉。

霜降这天,我起了个早。遛遛转一圈,没见到霜。天地间铺陈的霜意,倒是可以看得到。

老柿树上,柿叶几乎落光了,枝干皴黯,衬得柿子愈发红艳。远远看过去,像挑着一盏盏红灯笼。霜打过的柿子,颜色好看,还没有涩味。软软的,皮薄如蝉翼,吃起来又凉又甜。

霜打过的白菜,也甜。在老家,白菜要等过了霜降才收。古时,白菜叫做"菘",那经了霜的,该叫"霜菘"。这名字太诗意,不像是白菜了。

鲁迅先生的文章里,有一味药引子,用的是经霜三年的甘蔗。陈根久枯,如出汤釜,谓之"苦霜"。苦的是霜,医的是病。是不是良药,或可以命数玄机来解。

世间种种,总有其存在的深意。或是救赎,或是因果机缘的轮回。时光在岁月长河缓缓沉淀,当我们回头凝望,会在某个时刻顿悟生活的禅意。

霜降，是赏红叶的最佳期。想起杜牧的霜叶红于二月花，心里着实被勾动了一回。买了火车票，打点行囊，夜半出发，做了一回锦衣夜行人。

山中四季，当是四幅写意卷轴。秋色最好点染，只要两三行秋雁，四五树红叶，就是深秋特有的意境了。山上，红的多是黄栌树。崖角一棵，山腰一棵，寺旁一棵，莽莽绿松中一棵，捉迷藏似的，诱引着人一路向上，向上。

栌叶的红，不艳，且色系驳杂。国画中有"墨分五色"之说，红亦如此。一片叶子上，橘红、楮红、嫣红、铁锈红、胭脂红……像藩镇割据，守着各自的版图，平起平坐，相安无事。远远望去，虽没有一统天下的气场，但也算是山中一景。

有心捡拾一片，做红叶书签。左顾右盼，却看不到一片完整的叶子。懂植物的学生说，栌叶含淀粉多，遇霜变红，且味甜，是秋虫的最爱。

褪尽了浮华与烈艳，虽千疮百孔，却有了动人的风骨。山间小亭里，有人现做塑封红枫，叶子清洗干净，用吹风机吹干，贴在白色纸片上，然后热压，将红叶塑封。旁边空白处，恰可容下刘禹锡的另一首《秋词》：山明水净夜来霜，数树深红出浅黄。试上高楼清入骨，岂如春色嗾人狂。

天地自然，一时有一时的美好。春去冬来，雪落花开，不是过眼烟云，而是执字为念，深深记在了心里。

若懂得，便是一生的伴。

WINTER 冬巻

惊鸿照影处，只一抹素净颜色，也淡雅温润。花有信，人不误，拨开风雪，赠君东风第一枝。

立冬：谁念西风独自凉

立冬

冻笔新诗懒写,

寒炉美酒时温。

醉看墨花月白,

恍疑雪满前村。

——【唐】李白

浮生醉，多少旧梦烟雨中。

暮色幽深里，读李白的《立冬》，忍不住笑起来。窗外人家的灯盏，裹着淡淡的光晕，悄无声息地疏落在暮色深处，像历史的碎片，覆含暖意，却又静如远古的洪荒。一个回顾，就洇开了千古的传奇。

关于立冬的记述，很多。唐诗，宋词，元曲，皆独擅其美而不得相兼。只单单选了李白的这一首。

不在于他是诗仙,不在于他的架势,一方宣纸上挥斥方遒,半生浮名,都换了壶中酒香。只爱他落笔的率性,诗成心意、率真,漫无遮拦,却别有洞天。

第一句已是够坦白。天太冷,把笔墨都冻住了,写不成诗,也懒得写了。——当然,也没有人强迫他写,不用刻意给谁说个清楚明白,只是借这个由头,给心一个交代——字斟句酌,废寝忘食,从来不是他的擅长,也不是真正的乐趣。

第二句更是率性而为,不仅不写诗,还要守着炉火,温一壶美酒。——天气冷,酒凉得快,隔一会儿,就要放在炉火上温一温。守着小火炉一杯接一杯喝,又有暖意又有酒香,喝到微醺,不为懂,只为醉。

第三第四句便是顺理成章,醉意朦胧中一气呵成。夜敲了几更,不知道了,温了多少次酒,也不知道了。沉醉于其中,早已不知身在何处,哪里还分得清现实世界里的雪与月。陶陶然,飘飘然,醉眼蒙眬中,自然将一地月光当做了满地雪花。

壶里乾坤大,杯中日月长。说是新诗懒写,到最后还是成了诗。

酒与诗,自古就有不解之缘。唐朝酒业繁盛、酒店遍布,酒令五花八门,飘扬着酒香的唐诗也多如恒河沙数,王维"劝君更尽一杯酒",杜牧"借问酒家何处有",岑参"千壶百瓮花门口",刘希夷"携酒上春台",白居易"百事尽除去,唯余酒与诗"……借助于酒,诗人们抒发着对人生的感悟、对社会的忧思、对历史的慨叹。诗有酒意,酒有诗情,成就了唐朝诗歌之巅峰。

李白以诗闻名,亦以嗜酒著称于世。他自称是"酒中仙"。独酌,对饮,邀明月,醉洞庭,清风洒然,寂寞锁不住金樽空对,乐则痛饮助兴,哀则饮酒消愁,快意凛然,即使在别人家白吃白喝,也敢嫌主人不够大方:"主人何为言少钱,径须沽取对君酌。"

翻翻李白的诗,随便一两句,都能带出浓浓淡淡的酒香。酒,是他一生的离不开。可以侠,可以雅,可以痴,可以醉,亦因酒,演绎了无数千古传奇。

坊间有一则故事,很是传神。

说的是天宝三年的春天。沉香亭牡丹盛开,唐玄宗携爱妃玉环同赏。听腻了陈词旧曲,玄宗宣李白觐见吟诗助兴。李白宿酒未消,半醉半醒间,唤力士脱靴,使贵妃磨墨,一挥而就,写下了千古名篇《清平调》三首。

这故事有头有尾,有声有色,精彩极顶,野史有记载,戏曲里也有演绎,只可惜经过专家学者考证,证明其并不属实。不过这并不妨碍人们对这故事的津津乐道。以文人的浪漫气质,加上醉者的狂放不羁,总能给人遐想,演绎出诸多故事。这故事,放到杜甫身上没人相信,放在李商隐身上,也没人相信。放在李白身上,就是顺理成章。

酒,能让人诗思烂漫,让人意气飞扬,让人酣畅淋漓,笑傲千古,也能让人失了常态,做事没有分寸,口无遮拦,说些不大检点的言语。这一点,玄宗看得清楚,即便施以隆重的礼遇,"降辇步迎,如见绮皓;以七宝床赐食,御手调羹以饭之。"在官职上,也只是用了李白的长处,授予翰林待诏。

这官职,听起来光鲜荣耀,其实,是陪付皇帝从事文艺游赏之事。食俸禄,但不能上朝,只能被传召。所以,翰林后面,加了待诏二字。

能成为翰林待诏的人,有吟诗作赋的文词之士,有饱读典籍的经学之士,亦有算卦者、杂耍者、司棋者、论道者、念佛者、求仙者、书画者,吹拉弹唱,三教九流,无所不有。

翰林待诏有侍奉之便,与皇帝的关系较为密切,但召集在一起,也不过是谈文论道,诗酒弦歌,跟政治不沾边,没有什么政治地位,更不可能发挥较大的政治作用,当然也就没有什么政治前途。

这与李白入长安的设想相差太远。

他五岁诵六甲,十岁观百家,二十五岁仗剑出蜀,像世间任何一位平凡而又不平凡的读书人一样,渴望平步青云,立身于世,展平生抱负。

科举考试,是历朝历代读书人入仕做官的途径。令人不解的是,李白一生未参加过科举考试。

有人说,李白心高气傲,不屑于走科举道路。还有人说,李白没有资格。在唐代,不是什么人都能参加科举考试的。罪人之后,商人之子,只要有一条就不能参加科举。李白祖辈在隋朝犯罪被发配到中亚,而且他父亲是商人,这两条恰好都占了。

后一种,可理解。前一种说法,却是矛盾,于情于理都难说得通。在李白的诗中,不乏"干谒"之作。从"生不用封万户侯,但愿一识韩荆州"、到"翳君树桃李,岁晚托深期",再到"即膝行于前,再拜而去",字里行间,不乏恭维和奉承,哪里有半点"心高气傲"?

干谒,是古代文人士子为寻求入仕门径,向当朝达官显贵或有名望者呈送书信、进献诗文赋作,以求得到赏识援引、擢拔重用的一种行为。在唐朝,与科举并行不悖。

年少时,读他的干谒诗,很是为他叹惋。谀人,自炫,言辞无所不用其极,功名面前,人称"谪仙人",一向洒脱飞扬的他,到底也未能免俗,癫迷狂热,失了常态。

多年以后,再读,忽然读出了他内心的纠结和悲凉。

韩愈言:"世有伯乐,然后有千里马。"马有千里之才,但只有先得到"伯乐"赏识,才不会衹辱于奴隶人之手,骈死于槽枥之间。人有时候亦是如此。有才华,有志向,这还不够,还要有慧眼识才的人。

仗剑出蜀,辞亲远游,不是情愿。摧眉折腰事权贵,不是本心,隐居深山,养禽鸟,学道术,炼仙丹,也不是归宿。少年时的豪情,到了老年还是执著,入不了仕途,济世安邦的雄心壮志便无从谈起。悠悠天地,茫茫人海中,他寻的,是识他懂他的伯乐。

千里马常有,而伯乐不常有。

于是,大多数时候,他居无定所,奔走于公卿府第,或者隐居名山大川,寄希望于风云际会,白衣拜相,马上封侯,金碧辉煌的长安城中,一展自己的政治抱负。

长安城。

那里有天下最宽阔的街道,那里有天下最热闹的景象,更有天下最宏伟的宫殿,托得起男儿的凌云志。

"长相思,在长安。天长路远魂飞苦,梦魂不到关山难。"一阕《长相思》,短短几行,就把他的渴慕写得深透。

开元十八年(730年),他第一次入长安。通过他人的介绍,几经辗转,得知几位排场人物的住处。顾不得洗一把脸上的风尘,就意气昂扬前去拜会。天子脚下，世相繁华，人情却是冷落。要么托病不见，要么疏远，他被安置在地处偏僻的馆驿，从初夏等到深秋，长安宫殿千门万户，他却不得其门而入。"大道如青天，我独不得出。"写下心里的苦闷，一饮而尽手中的酒，他郁郁离开。

天宝元年（742年），他第二次入长安。玄宗诏令天下道门龙凤来集，得人举荐，其中就有他。

这消息来得突然。惊愕过后，狂喜过后，骨子里压抑着的傲气上来。刘备三顾茅庐，诸葛亮方才出山，传为千古美谈，彰显的是帝王贤德，亦是名士风范。他不是浪得虚名的庸才，也想像诸葛亮一样，一番隆中对三分天下，尽展平生所学，生前有功名，身后传千古。违拗着不接诏，他想看看玄宗的诚意。

恃才傲物，是世人对他的评价，但既然是才，傲物总是免不了，未必是自命不凡，未必是不懂世道人心，有时候，只是没有逢着心里那个可低可对的人。

看张爱玲的照片，身着旗袍，手掐腰间，扬着尖俏的下巴，冷眼看红尘的眼神，透着傲视一切的韧劲，似乎谁都无法和她并肩。可就是这样一个高傲的女子，见了胡兰成，也变得很低很低，低到尘埃里，从尘埃里开出花来。

也不负他所望，玄宗接连三次下诏，邀他入长安。

从二十五岁，到四十二岁，十七年奔波辗转，一身风尘，饱尝世态炎凉，人情淡薄，等的就是这一天。委屈，落寞，虚空，那一刻烟消云散，

志得意满,藏不住的舒畅,藏不住的意气风发:

白酒新熟山中归,黄鸡啄黍秋正肥。
呼童烹鸡酌白酒,儿女嬉笑牵人衣。
高歌取醉欲自慰,起舞落日争光辉。
游说万乘苦不早,著鞭跨马涉远道。
会稽愚妇轻买臣,余亦辞家西入秦。
仰天大笑出门去,我辈岂是蓬蒿人。

天生我材必有用。他深信这一点。但如何用,怎么用,那得看要用的人是谁。刘备用诸葛亮,是求复兴汉室之策,在乱世之中拼打出自己的一片天。玄宗用李白,给他的不是指点江山、起草诏书的重任,而是一支饱蘸风雅、润色王业的笔。

踏青,赏花,饮酒,撰诗,金花笺泼墨《清平调》,箫笛笙丰盈梨园曲,沉香亭微醺桃花面,他踌躇满志,轩然登场,以为是苦尽甘来,才华不泯,为君谈笑净胡沙,直到曲终人散,小园幽径独徘徊,却原来,只是槛外的看花人,误入戏中,演偏了局。

他不是随遇而安的人,既来之,则安之。他想要的,奋不顾身,万劫不复,也要争取,不想要的,也不愿隐忍和迁就。无人懂,宁可舍弃。情愿青山云水放舟,一壶酒,醉了半边天。

天宝三年,他上书请还。

遁谷川,行江湖,一切回到了原点。路上生活辗转,却也简单。随身携带的,一壶酒,一把剑。他十五岁学剑术,几十年长剑负身,诗行里有剑影,骨子里有剑气,不但要满腹经纶,治国安邦,还要能戎马倥偬,建功立业。只是,惊弦落雁,一程又一程走过,还是"拔剑四顾心茫然"。

何处是归途?

五十七岁那年,他做出了一个血性而大胆的决定——入永王李璘军幕,参加平叛。

李璘是玄宗的第十六子。封永王。

"安史之乱"爆发后,玄宗西奔巴蜀,任命李璘为江淮兵马都督、扬州节度使。此时,唐肃宗已在灵武即位,要求李璘率所部向他靠拢,共同抗叛。李璘却为自己设计了一张蓝图:克广陵,取金陵,割据半壁江山。

李白不知李璘的真实意图,他想抓住这个风云动荡的机会,建功立业。然而,世事弄人,不出两个月,李璘就遭到兵败被杀的下场。

李璘败后,其性质被定为唐廷的叛逆,李白也因"附逆"之罪,被流放夜郎。

夜郎是古地名,如今的归属多有争议。我在看到时,只是想起那个家喻户晓的成语——夜郎自大。

历史上,夜郎王的一句"汉孰与我大"让世人贻笑千年。世人便以此喻指狂妄无知、自负自大的人。将李白流放此地,我怎么看,都有讽刺的意味。

再不见浪漫不羁,再没有裘马清狂的形象,路上辗转万千,心里的悲凉浮上来。如风起于青萍,那些鲜衣怒马的繁华破碎了,只留得碎片一地,清风吹拂,阴晴圆缺变换了模样。

所幸，途中遇天下大赦，他被押解的官兵放还，流落在江南一带。而建功立业的愿望，终其一生也未曾消减。直到临死前一年，他还投书军中，抱病请缨，出征东南。

他的死，历史上众说纷纭。总体上，概括为三种：一是病死，二是醉死，三是溺死。

前两种，皆有据可考，第三种，多见诸民间传说，说他在一个皓月当空之夜，在当涂的江上饮酒，醉时跳入水中捉月而溺死。

我倾向第三种。这与他的浪漫性格吻合，也更适合作他的归宿。

黄永玉说，这个世界原谅三种人：醉汉，诗人和孩子。他们无一例外的都相信自己所处的那个世界，愿意相信那里面所发生的一切，甚至不惜为之付出些什么。

这三种，李白一个也没落下。他举杯邀明月，一醉忘却心中的苦闷和孤独，蘸墨狂书，写就脍炙人口千古流传的诗篇，傲岸自持，率真不羁，恰如不经世事的单纯的孩子，所以，他是纵意信口的那一个，也是可被原谅的那一个。

长安的繁华早已模糊，而诗行里酒的醇香，还在红尘里浓浓弥漫着。他慵懒微醺，怡然自释的样子，也浸过唐宋，染过明清，历经千年沧桑，定格在了那个立冬夜。

唐人所编的李白集了，现在没有流传下来。北宋有《李太白文集》三十卷，刻于苏州，世称"苏本"。后又有根据苏本翻刻的蜀本，是现存最早的李白集。南宋杨齐贤的《李翰林集》二十五卷，注释颇为繁复。

长剑一杯酒，男儿方寸心。

酒入喉，九曲回肠，有的成了乐，有的成了愁。有的成了泪，有的成了趣。有人陪着，是幸福，没有人陪着，也不愿独酌，"举杯邀明月，对影成三人。"寂寞的人间，一个人邀了明月，又邀影子。他，原是一个怕寂寞的人。

不擅饮酒，对酒一向敬而远之，能躲就躲，能少就少。酒宴应酬，能推的一概推掉，但逢着性情相投的小聚，围炉对酒时，也会纵容身心，痛快地喝上几杯。

他的饮酒诗里，我最喜欢的，是《山中与幽人对酌》：

两人对酌山花开，一杯一杯复一杯。
我醉欲眠卿且去，明朝有意抱琴来。

山，偏居一隅，不为世人尽知。山石寂，苔痕青，兼有山风习习，花开妍妍，有蛙声蝉鸣，无鼓噪千转，得其静好，恰可成席。

只是，幽人是谁？

不会是贺知章。他到长安的时候，贺知章已经年逾古稀，尽管一眼瞥见，就惊呼他为"天上谪仙人"，解金龟换酒，与他尽醉，还将他推荐给唐玄宗。但到底是上了年岁，虽晚年曾自号"四明狂客"，但山路弯弯，峰回路转，上得山来，已是劳累，一杯一杯复一杯，更是不宜。

也不会是杜甫。在诗歌史上，他和杜甫并称"李杜"。杜甫对他一见如故，《赠李白》、《春日忆李白》、《梦李白》、《天末怀李白》，他被判附逆之罪，别人避之唯恐不及，杜甫冒死为他开脱。两人也曾一起游山玩水，诗歌酬答。但在诗歌创作上，两人有着很大的不同及价值取向。一个浪漫，一个现实；一个豪放，一个沉郁。他们，根本是两个世界的人。

他的绝世才华，注定是众多文人墨客的仰慕。那么多人喜欢他，触目横斜千万朵，而他，真正赏心的，不过两三枝。

酒逢知己千杯少。

能一杯一杯复一杯的人，不一定是知音，但一定是意气相投的人。推杯换盏，你来我往，坐卧随心，不拘泥礼节，说话也没什么忌讳，不醉不归，醉了，也不送，我兀自睡去，你披着月光回家，至于有没有意，抱不抱琴来，都是明天的事。

立冬，与立春、立夏、立秋合称"四立"，在古代社会中是个很重要的节日。

皇宫里，设了专门掌管历法祭祀的官吏，每天查天象观星宿，勤谨计时。立冬前三天，即拟写日期告知皇帝。皇帝自然也不怠慢，沐浴斋戒，不再饮酒，也不再吃荤腥，每日晨定昏省，清除心的不净，留一份虔诚庄敬，为的只是"迎冬"。

那真是一场盛大的迎接仪式。三公九卿跟随且不必说，车旗服饰都也换成了黑色，笙歌流觞，伴着飘飞的衣袂，穿过竹枝的回廊，走过苍苔的阶影，一路浩浩荡荡赶往北郊。

玄冥陵阴，蛰虫盖藏。草木零落，抵冬降霜。易乱除邪，革正易俗。兆民反本，抱素怀朴。条理信义，望礼五岳。籍敛之时，掩收嘉谷。

这曲子名叫《玄冥》。

从北郊回来，皇帝要赏赐棉衣给群臣和侍卫，还要遣送米粮炭火，抚恤孤寡。迎来了冬，也就意味迎来了寒。风飒飒，寒烟连着衰草，最是初冷乍寒难息，所以，要赏棉衣，赐米粮，以示体恤之心。

这一幕，是迎冬仪式的一部分，却又是这般慰人心肠。隔着千年的岁月，去遥想，去揣度，这里面固然有得民心者得天下的意愿，而那迢递于萋萋寒风中的暖意，也终是不可忽略。

立冬了，每个心灵都需要寻找温暖之处。

这温暖，可以是一个人的怀抱，可以是一剪缤纷婉转的记忆，可以是檐角下飘出的一缕饭香，也可以是默然独坐时一杯醺酽的酒。

康熙年间，有五彩十二花神杯。每一只杯对应一个月，杯的一面，轻描细画着时令的花卉，另一面，则配以底色沉稳的青花诗文。妙手文心，真的是风雅至极。

只是一眼，就喜欢了它。

立冬所在的这一月，杯子上配的诗文是，千载白衣酒，一生青女香。

青女，是神话中的霜雪之神。而那一句千载白衣酒，说的是李白，还是另有所指？不深究了，红尘大千，有过这么一个欢喜的遇见，已经足够。

小雪：起唤梅花为解围

小雪

云暗初成霰点微，旋闻簌簌洒窗扉。

最愁南北犬惊吠，兼恐北风鸿退飞。

梦锦尚堪裁好句，鬓丝那可织寒衣。

拥炉睡思难撑拄，起唤梅花为解围。

——【宋】释善珍

读木心的《从前慢》，最喜欢的是这一句：

从前日色变得很慢，车，马，邮件都慢，一生只够爱一个人。

一个字一个字地读来，眼前，是草木葱郁的静待之美，心里，是一泓清水，波澜不惊。

这一天的日历上，有两个字：小雪。

这是一个诗意的名字。无论是作为人名，天气，还是节气。落笔写下，只见清美,不染风尘,仿佛真的就有一阕诗在风中悠然漾开。

其实,我更愿意把它想象成一个薄凉的女子,在时间的深草里,浅淡到似有若无,有着可遇不可求的况味,相逢别离,皆是天机。或许一个回眸就遇在了灯火阑珊处,也或许这一季根本就不会有相逢,花开荼蘼,只怪恼了心里的惦念。

古籍《群芳谱》中说:"小雪气寒而将雪矣,地寒未甚而雪未大也。"这话说得颇为婉转,倘若落雪,那是天气寒冷的缘故,倘若雪量不大,那只能归咎于"地寒未甚",又有一个"小"字挡在前面,更是理由充分:小者,未盛之辞也。

此时雪来不见雪,一树菩提在清风中盛开。

他叫释善珍,字藏叟,南宋后期高僧。

说起僧,很容易就联想到寺庙。它是红尘外的另一个世界,隔着蓬山几万重,人烟杳迹,带着一种萧然遗世的清寂。推开虚掩的寺门,僧者布鞋缁衣,粗茶淡饭,扫落叶,诵经书,将繁华归于岑寂,将寂寞拈成春秋的风。

他修行的地方,是浙江余杭径山。我没有去过,但喝过友人从径山寄来的云雾茶,知道那是一个山清水秀的地方,也知道它在佛教界享有盛名,有一座径山寺,创建于唐代,与杭州的灵隐寺、净慈寺,宁波的天童寺、育王寺,并称为"禅院五山"。

苏东坡曾四上径山,现存"东坡洗砚池"遗址,陆羽在此汲泉烹茗,撰写《茶经》。山中有陆羽泉,井深不盈尺,大旱不涸,历代文人墨客,陆游、徐渭、龚自珍等等,都来过径山,也留下了经久流传的诗句。

也真应了他"藏叟"的字号,历史文献中有关他的记载很少,且支离破碎,在大多数人心里,他就像他所处的那段乱世一样,只是一个模糊的历史影像,或者是经案上零落的一柱白檀灰,风一吹,就飘散无踪。

从古至今,不知道有多少红尘俗子皈依佛门,落发为僧。或因看破红尘,了悟尘缘,或因躲避乱世,寄身山林寺庙,或因机缘巧合,禅心深种。他从小就喜欢读佛书,爱上了寺庙的清静,也爱上了莲台的慈悲,他相信自己与禅有着难解的因缘,梵音飘渺的寺庙,是他心底不灭的向往。

唐宋时期,佛教风气领先,有"选官不如选佛"的说法,认为选官只能得一时富贵,选佛则能得精神不朽。也因此,寺庙遍布全国各地的名山古迹。那盛况,在杜牧的诗中是这样描述的:"南朝四百八十寺,多少楼台烟雨中。"

十三岁,我能想到的只是一个懵懂、从未涉世的少年,而他却已经褪去内心的稚嫩青涩,去寻找属于自己的净土了。

那一年,他辞别父母,从家乡福建出发,跋山涉水,带着暗藏的欢喜,明朗的期待,千辛万苦来到杭州。

杭州的盛名,一半来自西湖,另一半则来自寺庙。民国年间,弘一法师李叔同和友人谈起他在杭州虎跑寺出家的经过,第一句便是:杭州这个地方,实堪称为佛地,因为那边寺庙之多,约有两千余所,可以想见杭州佛法之盛了。

灵隐寺是中国佛教禅宗十刹之一。若干年前,因出差路过,也曾慕名前往。葱绿深幽,回荡着钟声隐隐,当真如那匾额上所题,是"最胜觉场"。只是来去匆匆,即使多喝一杯茶也是奢侈,别说领略山水遗迹中蕴藏着的深厚的历史文化积淀,就连走的这一遭都好像是梦境和虚无。

大殿中央，他面容恭谨，双手合十，虔诚地跪在蒲团上，身披袈裟须眉皆白的老僧，手持剃刀为他落发，然后换上黄色的僧袍。

落发染衣，这是一个分界，也是一个特定的仪式，叫做度僧，意为脱尘俗，离生死。

从此，他丢掉俗世的吕姓，改名释善珍。

青灯木鱼伴着晨钟暮鼓，打坐，诵经，听禅，这样的生活，在世人看来未免乏味清苦，而这一切，只在于人的心境。一个心有莲花的人，能在浊世中寻到安宁，在孤寂中觅到甘醇，世间万象不过是过眼浮烟，如风无常，云无相，拿起放下，全然在一念之间。

他天资聪慧，深得"禅"字的真味。十六岁就外出游方，到各地寺庙元游化缘或向世人讲经传法。先后主持过光孝、承天、雪峰等寺庙，后奉皇帝之诏主持径山。

《续传灯录》卷第三十六记载了他的两段事：

元叟初参他于径山。他问，汝是何处人。元叟答说，台州，他便喝。元叟展坐具，他又喝。元叟收坐具，他疾言厉色，说，放汝三十棒，参堂去。

又一日，元叟侍候在他旁边，他说："我泉南无僧。"元叟说："和尚便是！"他听了二话不说，拈起竹棒便打。

不曾见过他的相貌，读到这两段，想起的只有四个字，金刚怒目。

一言不合，便棒喝交加，这和印象里佛家的慈悲相去甚远。

和朋友谈起这个话题，朋友提出了她的不同看法，她说，金刚怒目是"怒其不争"，菩萨低眉是"哀其不幸"。只哀其不幸是不够的，还要以金刚怒目之态，棒喝交加，呵叱怒骂，令其深感切肤之痛，才能顿悟和改正。

总是这样的，一千句一万句话都不管用，而一顿棒喝，便解了困厄之局。

座下弟子三千，独元叟得法，脱颖而出，住灵隐景德寺，三度受赐金襕袈裟，受历代皇帝之皈依，并赐"佛日普照"之号。

菩萨低眉，是慈悲，金刚怒目，也是慈悲。

他不坐在寺庙的大殿中受人膜拜，也不遁入深山回避人世。静则坐禅诵经，轻敲膝前的木鱼，心里空空，动则四海云游，以天地为家，四处游方，任由西东。兴之所至，不管身侧何等繁华，只拈了笔墨，一字一字潜心成诗。

流年辗转，尘世没有留下任何关于他的墓、祠、碑、碣和传说，只有诗文数篇，或话一人，或记一事，后人收集并加以整理，汇为《藏叟摘稿》。

他博通文史，做诗不喜繁缛拖沓，每每字斟句酌，推敲再三，力求达到简单精炼，以至于废寝忘食。他也毫不掩饰，自称为"诗狂"，与当时的文人雅士交游，聊古说今，煮茶论诗，不兴不归。

都说在修行中，关键是要斩断尘缘，尘缘越少，妄念也就难以攀附。一旦入得空门，就要"六亲不认"，回绝一切亲朋故旧，潜心修行，一心不乱。他则不然，打破常戒持心戒，亲朋故友交之如故，对父母也常年探省，是"污泥深处生红莲"。

他有一首《送僧归省》，语言幽默，场面光鲜。

衲衣换得彩衣斑，佛国宣传及第还。
母问子供何职事，空王殿上翰林官。

佛家慈悲，有空门皈依，亦有伦理人情。准许出家的僧人，定期回家探望父母。这世间，谁是赤条条来去无牵挂，尘世俗缘，不是一脚踏入空门就能了断，母念子，子思父，一出，一归，两下都是安抚。

禅院相送，他叮嘱弟子将粗糙的麻布僧装换成了丝绸僧装，要有一副衣锦还乡的感觉给父母。看到儿子有出息，做母亲的会觉得很欣慰，会问儿子，你担任的是什么"职务"？你要慨然作答，我担任的是"翰林官"，像李白，苏东坡一样，只不过是皇帝的紫禁城换了释迦佛的"空王殿"。

金刚怒目的背后，原也有细腻的心思。儿行千里母担忧，一朝相见，定然是嘘寒问暖，再问一问前程。若是一身清苦，悲悲切切，只怕母亲的睡梦也不能安稳了。

这样的回答，也真是可爱。带一点虚张声势，还有一点狡黠，骨子里却分明是慈悲的。他想得长远，想必，自己也是感同身受，有过这样的回答。不管再怎么精通佛法，在母亲面前，终是放不下深心体贴。

禅，拆开来，是单衣。

是尘世独行的孤单，你是你，我是我。也是登楼撤梯的自在，衣袂飘飘，只为心里的一个向往。

他的诗，多有禅机，我读起来却不觉得遥远。一株松，一片云，一溪水，一炉香，在他的眼里，都可以尘埃落定，修得前世今生的圆满。

添一杯暖暖的茶，读他的《小雪》，并不去细究词中本意，也懒于揣摩他想要表达的真意。似乎读的，只是赋予唇齿而感于心间的那份不经意。

"云暗初成霰点微，旋闻簌簌洒窗扉。"这样的场景，是记忆里的熟悉。那簌簌的雪,是轻盈的、细碎的,洒落在窗台上,惊不起一帘幽梦。薄薄的一层落在地上,罩不住黛瓦,没不过鸡脚。猫的脚印,像极了一朵一朵的小梅花,没有芳香,却也俏得可爱。这种景象在城市里看不到,因为没有鸡,连猫也离人迹远远的。

拥衾而卧,可以看雪洒窗扉,可以听雪落大地的曼妙与空灵,还可以掉进旧时光里,听古人吟咏诗歌,一怀诗情和着雪花温柔地飞。

按照传统的风俗,小雪日,除了民间的腌腊肉,吃糍粑,喝刨汤,还有才子文士的风情雅趣——吟咏诗歌。

这个风俗来得没有缘由。或许是因为天地间一片晦暗,需要抒怀咏志,舒缓心情,也或许是因为要对衬这个诗意的名字,不求时光无错,只愿流年不负,拈一缕寒风,染一汪夜色,让心事开成绝世繁花。

写雪的诗,比任何一个节气都多。

翰林学士徐铉,闲坐征西府,试新炉,煮旧茶,持卷感怀:"寂寥小雪闲中过,斑驳轻霜鬓上加。"

白阁寺僧人无可,在漫天的雪花中,一洗尘心,吟出"片片互玲珑,飞扬玉漏终"。

儒生李咸用因朝代乱离,仕途不达,心意落寞中独自嗟叹"散漫阴风里,天涯不可收"。

南阳人张登盼雪不见雪,千种风情无法与人说,便挥笔戏题绝句:甲子徒推小雪天,刺桐犹绿槿花然。融和长养无时歇,却是炎洲雨露偏。

一个人的雪,是寂寞,平平仄仄,都是心里的缠绕,两个人的雪,是依靠,无论是对坐酬和,还是迢迢遥寄,都有了温暖,有了温度。三个人的雪，就添了一份热闹，一群人的雪，那就是一场纵情的释放了。

找一个开阔的地方，搭起彩楼。唐中宗端坐在上面，不听歌吹，不赏宴舞，只召了才子文士命题做诗。

一纸薄宣铺开，或深或浅，或急或缓，但凭各人的心意。诗做好了，就交人呈上去，逐一查看。没有被选中的，就从彩楼上扔下去，一张一张，繁密如雪花，纷纷扬扬，凌乱了众人的眼。

如果一片雪，就是一首诗，欢喜的，悲戚的，惆怅的，清绝的，潸然的，一首一首堆叠起来，这跌宕起伏的情节，估计一生也难读完。

冬天里的第一场雪，总是让人期待。

即使是修禅的释善珍，诗里也没有那种禅定的超脱世界，愁犬吠，恐鸿飞，织寒衣，都是与寻常人一样的无从收拾的情感。夜已阑珊，却还不肯睡去，带着独坐天涯的寂寥，等候一场小雪，温柔地湮没一朝执念。

摊开一卷素纸，他提笔写下：拥炉睡思难撑拄，起唤梅花为解围。

妙的是这最后一句。等得倦意上来，实在难以撑住时，雪还是迟迟不来，三分清叹恍惚了万千失落，索性站起来，走到窗前，唤一朵梅花来解围。

这一句，把人心的痴、嗔、贪、妄俱已说尽，且化得好，没有一点解不开，我伫笔，仿佛是梧桐树下拾翠羽，心上覆了一片落花的清凉。

他在云端，拈花微笑，我在红尘，行走流连。

去山里。山无名，起伏连绵，或陡峭，或平缓，或苍茫，或清幽，就在城市的边缘，却有山作屏障，隔开了一座城的纷繁。

小雪：起唤梅花为解围

空谷足音,伴着一坡枯草的静美。半山腰,有一个石和木头搭建的小房子,是避雨或者小憩的佳处。没有斧凿之痕,亦没有石阶桥索,是未经雕琢的原始之美。

悄声问自己,给你这样一片山,是否可以舍下红尘?

转念再三,还是听见心底的回答:不能。

能结庐深山的人,该是一个心如佛莲之人,不困于情,不乱于心,守得住流年,守得住自己,若心里千缠百绕,纵然遁隐深山,也难得寻到那一份淡定从容的静。

风动,幡动,说到底还是心动。

大雪：独钓寒江光阴转

江雪

千山鸟飞绝，万径人踪灭。

孤舟蓑笠翁，独钓寒江雪。

——【唐】柳宗元

有些人，走着走着就散了，有些情，走着走着就淡了。

淡也有淡的好。君子之交淡如水，不汲汲于相见，亦不凄凄于分离。一个淡字，远了熙攘，少了执念，从浮躁的心绪中寻到几许安宁，只看院前溪水，便是半壁江山。

铺开宣纸习字。书法中，最喜欢的，是行书。感觉更洒脱一点。起笔收笔，颇有一泻千里之势，却又不恣意放纵。关键之处，总能力挽狂澜，疾与迟、动与静，疏可走马，密不透风，一笔带过，终是云淡风轻。

这一天，是大雪节。

沉沉的墨香在屋里盘旋缭绕，有一种温暖的贞静。屋外的世界，却是清冷如琉璃。朔风渐起，寒气一声声叩窗，传递的是雪的讯息。

冬天那么长，沉沉浮浮，起起落落，为的只是那一骑长歌踏雪来。

柳宗元的这一首《江雪》最为简短，也最为熟悉。不用翻书，便能一字不差地写出来。年少时的反复诵读，早已在心里刻下不灭的印记。

千山鸟飞绝，
万径人踪灭。
孤舟蓑笠翁，
独钓寒江雪。

横看首行，竟是"千万孤独"四字。

为之一叹。

这首诗作于他被贬永州时期。一个贬字，是枷锁，也是归途。违抗不得，也推诿不得，不服不甘，又无能为力。只一转首，便剥去了富贵荣华，让他饮尽一生的孤独。

查了一下他的生平，去世时只有四十七岁。因他祖籍是河东人，世人给他一个别号，叫柳河东。他的作品集也被称作《柳河东集》。河东，据说是如今的山西永济，没有去过，只是借由他的一生，想起一句老话：三十年河东，三十年河西。

他的前半生，确是风光。他的家族，自北朝以来便世代显宦，诗书传家，传至他父亲这一代，虽已式微，但也有官秩。他的名字，放在唐朝莘莘学子中，也是出类拔萃。十二岁，写《贺平李怀光表》，饮誉京城，被称之为神童。二十一岁，考中进士，得到皇帝的赏识，授了官职。

风华正茂，平步青云，自然是志得意满，要一展凌云之志。安史之乱后，大唐王朝，江河日下，山雨欲来风满楼。他加入了王叔文倡导的"永贞革新"。废宫市、罢黜五坊、抑藩镇、取消进奉、打击宦官势力，一系列的革新措施纷纷出台。

清除积弊，施以新政，建立新格局，不是一朝一夕的事，势必会有新旧势力斗争，翻看历史，很多朝代都有过改革或变法，战国商鞅变法、北宋王安石变法、明朝张居正一条鞭法、清朝戊戌变法，无一例外，都经历了一个曲折的过程，甚至流血牺牲。

没有一点悬念，永贞革新的结局也是悲壮而惨淡。革新领袖王叔文被处以绞刑，他作为直接参与者，也是在劫难逃，先被贬邵州，一道诏书追过来，又贬为永州司马。与他一同被贬的，还有刘禹锡等七人，这是历史上令人扼腕叹息的"八司马事件"。

一路风尘，饱受舟车颠簸之苦，跟他同去的，有他六十七岁老母，和五岁的女儿。

既是贬，自然不会是富庶之地。永州，在湖南与广东、广西的交界处，在当时是偏僻荒凉之地。荒野间，还有一种奇毒无比的蛇，所到之处的草木纷纷枯死，人一旦被咬，根本无药可医。他的《捕蛇者说》，说的就是这种蛇。

司马一职，说是协助当地的刺史办事，更多的只是个虚名而已，没有官署，没有职权，甚至没有住所。幸得僧人相助，一家人寄住在龙兴寺。寺院清净，没有毒蛇来扰，但水火无情，五年中，他的住所有四次被火灾延及。

他有一封信,《贺进士参元失火书》,是写给王参元的。王参元博学多才,却不受重用,也没人敢举荐,京城人传言王家"多财",都怕推荐王参元而有受贿之嫌,影响自己的名誉乃至仕途。

所以,王家失火,他反要写信相贺。家产荡然无存,众人的疑虑,也化为灰烬;王家没有财产,真相大白;王参元的名誉一夜之间得以恢复,人们可以毫无顾虑地宣传他的才干,主考官可以大胆录取他,不再怕别人说闲话……

一场大火,成就了王参元,为仕途晋升提供了机会。而一场大火,带给他的,几乎是毁灭性的伤害。书籍和生活用品,几乎被烧了个精光,他打着赤脚仓皇出逃,靠在墙壁上挖洞保命,才避免被大火烧焦。精神上受到的伤害则更为严重,一听到人大声说话,就心跳加速,脸色发白,身体上,众疾并发,"行则膝颤,坐则髀痹。"几成废人。记忆力也严重衰退,"所读书随又遗忘。"

祸不单行。他的母亲,本就是体弱多病,需要调养,在这里,水土不服,医药、饮食也不周,不到半年,就病逝了;他的女儿,聪明伶俐,学诗文,习女红,满以为可以长大成人,没想到,也染了不治之症,夭折了。

伤心之地,不愿久留。越留,心里的那份凄凉感越重。他抱着一线希望,投书亲友、官宦,甚至政敌,请求援引,希望早日回朝。但都是泥牛入海,一去就没有消息。

按唐制,贬官三年,就有机会获赦,酌情调迁较近的地方任职。但他不一样,被贬的那一刻,皇家圣旨上,就断了他的退路,"纵逢恩赦,不在量移之列。"

他想不通。革新的目的，并非一己私利，而是惩贪鄙，用贤能，免苛征，恤百姓，挽乱局，解国家社稷危难，为何换来如此严厉的惩处。不独是他，其他的七个人也是一样，或死，或流放，说起来都是泪。

也有悔。在《愚溪诗序》里，他自嘲，凡为愚者莫我若也。他住的地方，有条小溪，水流淙淙，汇入潇水，原名冉溪，他改名愚溪。不远有小丘，他冠以愚丘。丘下有泉，为愚泉，泉水屈曲而南，为愚沟。负土垒石，塞其隘，为愚池。愚池之东，为愚堂。其南为愚亭。池之中，为愚岛。

也参禅。居住在寺庙里，暮鼓晨钟，听的是梵音，读的是禅经，看的是山水，怨怼愤懑，断肠厄念，涌上来，淤积在心中，又在山路十八弯里，随风散去。门前栽柳，窗后栽竹，没有壮志，没有雄心，光阴深静，一壶茶，也能消磨整整一日。

人在失意的时候，总要给愁闷的心情寻个出口。或是笙歌狂欢，或是泪雨滂沱，或是酒入愁肠，或是黯然独坐，至于遇见的是山重水复，还是一个拐弯处的柳暗花明，凭的是天意，更多的则是自己的心。

永州十年，是他最为孤独的岁月，也是他文学上的丰收岁月。《柳河东集》收录诗文近七百篇，其中五百余篇写于永州。其中，有许多脍炙人口的诗文，《永州八记》、《捕蛇者说》、《天对》、《晋问》等等。自然，也包括这一首《江雪》。

山空旷，看不见鸟的踪影，也听不见鸟的鸣叫，山间小路上，也是空旷，远远没有一个人影。江上，孤零零一条舟，舟上，渔翁独自一人，身披蓑衣，头戴斗笠，手执鱼竿，一动不动，坐在上面，垂钓。

雪纷纷，天寒地冻。人迹兽踪全无。水里有没有鱼？

或许是有的，冬季垂钓也称冰钓，是在冬天里的特殊钓法。也或许没有，只是自我放逐，自留出一片清净天地，赏心也好，孤独也罢，都是一个人的事。

唐诗宋词中，有很多渔翁的形象，陆游的渔翁，懒向青门学种瓜，只将渔钓送年华。文天祥的渔翁，棹取扁舟湖海去，悠悠心事寄芦花。南唐李煜的渔翁，花满渚，酒满瓯，万顷波中得自由。

柳宗元也有一首诗，直接以《渔翁》命名：

渔翁夜傍西岩宿，晓汲清湘燃楚竹。
烟销日出不见人，欸乃一声山水绿。
回看天际下中流，岩上无心云相逐。

渔樵耕读，是古时农耕社会的四种职业，代表了人们的基本生活方式和价值取向。

"渔"为首。一人，一舟，一片水，一钓竿，最能体现闲散悠然，洒脱逍遥的境界。"钓"则意味着要有耐心，要把握火候，不急不躁，等待时机。钓的是鱼，守的是心。

西周初年，姜太公直钩无饵，离水三尺，渭水河畔，钓到了贤明的周文王，柳宗元没有这样的幸运，江上独钓，白了头，钓的却是寒江雪。

元和十年，四十三岁的柳宗元被召回长安，本以为皇恩浩荡，天子圣明，流放生涯从此结束，可以有一番作为，不料想，昙花一现，空欢喜，二月到长安，三月便宣布改贬柳州。

八司马。才子之气，漫写风流，却空有豪情，无马可司，更司不了自己的命运。

这一次，刘禹锡被贬播州。

得知播州比柳州还要穷困，还有八十多岁的老母。柳宗元多次上书朝廷，恳请与刘禹锡对换。在当朝大臣裴度的帮助下，刘禹锡改贬到连州，他才上路去柳州。

山河浮沉，政治缭乱，你方唱罢我登场，翻手为云，覆手为雨，是非对错，应该还是不应该，不好评价，可利害之下，一个人的肝胆、节义、风骨，却是极易分辨。

他字子厚，这两个字，他当得起。

柳州比永州，更为偏远。好在，官职提高了一些，任刺史。算是地方长官，有官署，有住处，还有职权，可以为当地百姓做点事。

他在柳州四年，政绩昭彰。

发布政令，打破"一旦为奴终身为奴"的风俗，沦为奴婢者，按劳动时间折算工钱，工钱抵完债后立即恢复自由，回家与亲人团聚。

设馆倡学。创办学堂，采取各种方法鼓励小孩积极念书，同时，严令禁止江湖巫医骗钱害人，推广医学，改变迷信落后的习俗。

开荒凿井。组织乡间闲散劳力，开荒垦地，种菜，植柳，种柑橘，世世代代靠天吃饭，靠喝雨水和河水长大的柳州人，从此走出饥饿和贫穷，喝上了干净甘甜的地下水。

功名前途已放下，回长安的心思也了断，他给在柳州出生的两个儿子起了相当乡化的名字，唤作周六、周七。压抑愤懑，勤谨做事，只为八个字：为官一任，造福一方。

史上官员千千万，唯有他，被百姓敬奉为神。修庙立祠，刻碑塑像，演绎传说，举行隆重的春秋祭祀活动，称他"柳子菩萨"。

他病死于柳州任上。

柳州的老百姓自发筹钱，为他打造了一副棺木，把他的尸骨送往家乡。而通往柳州的路上，朝廷召他回长安的诏书，穿都城，过驿站，昼夜兼程而来。

迟了，终究是迟了。

油尽灯灭。他已经等不到了。那样勾马连环的乱世，由不得人的性情操纵，就这么轻轻一拨，便是阔大的苍凉。

当鸟声哑然，带走了尘世最后的喧嚣，千山万径都不见了人的踪迹，那个披蓑衣戴斗笠的老翁，坐在大雪纷飞的江岸，一个人，守着无边的空旷，孤舟垂钓。直到自己成为一片雪，成为一首被雪色覆盖的绝句。

大雪纷飞的壮景，是北方独有的美。

这一场雪来得不突兀。它以之前的"小雪"做提醒。五日虹藏不见，五日阳气上升地气下降，五日闭塞而成冬，十五日为期，天气一天比一天阴霾，寒气也一时比一时深重。到黄昏时分，终于纷纷扬扬落下来。不过是一个转身，地上就有了清馥的白。

下雪的时候，总喜欢舍了车步行。雪不同于雨，雨是淋漓，细碎着下一点，路上就会水意连连，泥泞不堪，雪是轻盈，薄薄一层是情致，若是大雪倾城，天地白茫茫一片，人走在上面，就会觉得眼角眉梢都有一股清逸之气。

总觉得，看雪最好是一个人。一个人，安静下来，把自己交给漫天的雪。

车水马龙,人语喧哗,遥远得像是往生。心里只有雪,只有雪飘下来的声音——连天地都成了陪衬。深深浅浅的心思,都搁置于红尘之外,漫无目的,来路即是归途,一个转弯处,遇见的就是未知的自己。

若有同行,那一定是知己若彼的人。彼此知道心里的那份轻与重,凉或暖。絮絮叨叨,不嫌啰嗦,不说话,也不觉得冷清,相视一笑,莫逆于心。

若非如此,哪怕眼前十万春花如梦里,心里也是孤独的。

所以,明人张岱冬夜去湖心亭看雪,即使有舟子撑舵暖炉,一路随行,也用了一个"独"字。

知己若彼的人,有时是可遇不可求,有时不遇也会获得另外一种收获。不孤独,是因为还有一颗心可以遥相慰藉,天涯路远人不远,有心在,千山万水都是坦途,不谋面,心里亦有笃定的温暖。

时光倒流,回到魏晋时的山阴之夜,那一场大雪里,也有一个人躅躅而行的身影。

他是王子猷,是书法大家王羲之的儿子。在挥毫泼墨的畅意和曲水流觞的风雅中长大,耳濡目染,骨子里也沉淀了几分潇洒风流。偶然到别人的空宅里暂住,他也要令家人种竹。有人不解:"只是暂时住住,何必这么麻烦?"他指着竹子道:"何可一日无此君!"

那一夜的雪,来得无声无息。他夜半醒来,窗外已是白茫茫的一片。不期而至的良辰美景,让他看得心荡神摇,也不顾夜冷风寒,就喊家人开门备酒。

不一会儿,一壶滚烫的老酒已经端上备好的酒桌,小菜和点心也都错落有致地摆放完毕。家人打着呵欠下去了,苍穹之下,雪色之中,只剩下他一个人。

自斟自饮，自瞪自吟。他想起了远在剡中的戴逵。

人其实都是怕孤独的。总有一个人，是心口的朱砂。或许近在眼前，也或许远在天涯，今生今世都不能相见，但有了这个人，心里的孤独就有了安放的地方。那是急景流年里的一点光，一点暖。不思量，也难忘。

京剧名家张火丁在《白蛇传》里有一句唱词，喜相随，病相扶，寂寞相伴。

说的是夫妻恩爱。若用来形容一份懂得，也一样，或者，可以再加一句，远近相安。

剡中，自魏晋以来，一直是名士沙门隐逸栖遁之地。据《道书》的说法，剡字为"两火一刀，可以逃"，故剡溪两岸，多隐居之士。延续到唐朝，就连桀骜不驯的李白，也为之神往，多次在诗里提及。

戴逵虽隐居剡中，却也是当时赫赫有名的人物，一卷麻布，他能制成外实里空的漆彩雕像，人称"三绝"。一方纸砚，他能三笔两笔，现场画出一幅潇洒俊逸的《渔翁图》。鼓瑟而鸣，他能弹出非同寻常的清韵之声。太宰武陵王司马晞，慕他声名，派人召他到太宰府去演奏。他深以为耻，当着使者的面将瑟砸碎，说：岂可为王门伶人。

他向往的是逍遥自在的生活。天下若微尘。不如鲜衣怒马，自在徜徉。明月清风里，泼一卷水墨丹青，弹一曲云水从容，舍却繁杂，独树一帜，自在自如。

让王子猷心悦的，正是这一点。

一个念起，夜幕深沉雪落满天都挡不住，等了就连天亮也等不及，立马添衣，备船。

岁时记——古诗词里的节气之美

船行江上，那沿江两岸的雪更是美得令人陶醉。远山也好，近水也罢，一派银装素裹。白得素淡，又白得惊艳。雪大片大片地落在树上，细脆的枝丫承受不住了，"豁裂"一声断裂开来，竟也十分清爽好听。这种天地清明的空寂，是山河岁月里最美的刹那。

一夜不停歇，船靠了岸。想见的人，就在咫尺，只待敲一下门，就可来一场相见尽欢。出乎意料的是，王子猷竟然一个转身，吩咐船家原路返回。

船家问他原因，他说："吾本乘兴而行，兴尽而返，何必见戴？"

他说的潇洒至极，我听得豁然心动。

不记得是谁说过，人生至少应该有两次冲动：一次是义无反顾的爱情，一次是说走就走的旅行。

此刻，我在路上。

雪在车窗外纷飞，我在温暖的车厢里静寂，随遇而安，顺意而行。

始终觉得，最好的行走，都应该是随性的，走到哪里，便是哪里，想停在哪里，就停在哪里，也许贪看河畔一朵花，就看掉一个下午，也没什么要紧，即便是夜深无归处，那也不妨坐在水边，看篱落灯火，听清风过耳，看半个月亮升起来。

大雪覆盖了道路，已是大雪的第三候了，接下来，将会有荔草萌芽，此消彼长，又是另一重天。

一风，一雪，一苍茫，一山，一水，一静闲，一个终点之后，即是下一个起点。

这一路上，灵魂是唯一的行囊。

冬至：半随流水半随尘

> 冬至
> 黄钟应律好风催，阴伏阳升淑气回。
> 葵影便移长至日，梅花先趁小寒开。
> 八神表日占和岁，六管飞葭动细灰。
> 已有岸旁迎腊柳，参差又欲领春来。
>
> ——【宋】朱淑真

冬至。昼短，夜长。

这是一年中最长的夜。没有风，也没有月，只有三两盏灯火，在夜色中明灭闪烁。

灯下翻书，南宋孟元老《东京梦华录》。似乎只是翻了一页，一份盛大的热闹就早现出来。书中记载，京师最重此节，虽至贫者，一年之间，积累假借，至此日更易新衣，备办饮食，享祀先祖。官放关扑，庆祝往来，一如年节。

繁复的场景演绎着太平盛世的华章,君不听政,军队待命,边塞闭关,商贾歇市,从皇宫,到民间,大街小巷,不嫌繁礼缛节,只以自己喜欢的方式来过,有"冬至大如年"的说法。

忽然而来的喜庆,映衬着苍茫萧索的冬色,有不真实的感觉,仿佛是隔岸观火,但既然存在,就一定有存在的道理,天时、地利,或者人为,总有一个确定的说法与它相对应。

它是二十四节气中最早制订出的一个,早在春秋时代就已存在。古人认为,自冬至起,白昼一天比一天长,天地阳气逐渐上升,是大吉之日。

周朝时期,冬至是新年元旦之日。到汉朝,夏历启用,正月和冬至分开,过冬至节的习俗也逐渐流传开来,或南郊祭天,或祠堂祀祖,或以美食相赠,互相拜访,民间的生活更是多姿多彩,酿酒,吃年糕,吃饺子,做桂花烧蛋,喝羊肉汤,吉庆之余,也讨个好兆头。

在南宋词人朱淑真的《冬至》里,就有这样的规模与盛况。

先是黄钟应律,依照《礼记·月令》,一年十二月正好和十二律相适应:太簇,夹钟,姑洗,仲吕,蕤宾,林钟,夷则,南吕,无射,应钟,黄钟,大吕。一月一律,各自有既定的轨迹,开宗明义,澄澈分明。

"应律"的验证则凭"葭灰"。将葭莩(芦苇里面的薄膜)烧作灰烬,塞入长短有制的十二根"律管"里,因为葭灰最轻,天地阴阳之气的变化都能敏感地反应。某个月份到了,和它相应的律管里的葭灰就会飞动起来。

除此之外,还有葵影测移,八神表占和岁,都是人们在冬至这一天的活动。但诗的落点不在这里,而是借由一场隆重的仪式,记取一份虔诚的心情。梅花盛开，柳枝拂风，参差又欲领春来，才是最真切的守候。

她的籍贯身世历来说法不一，一说浙中海宁人，一说浙江钱塘人。但有一点都认可的是，她博通经史，能文善画，精晓音律，尤工诗词，是宋代流传作品最多的女词人。

说到词，绕不开李清照。宋朝是词的时代，豪放，婉约，悲壮，绮丽，百家争鸣，各有千秋。李清照"婉约"著称，在当时就已名冠天下。

对李清照的声名，朱淑真早有耳闻，且心有敬慕，初学写字，临的就是李清照的词。日积月累，那些婉约隽秀的字句，在心里缠了枝。待到拈笔成词时，有意无意的也靠近了那样的风格。居于深闺，却不囿于深闺，年华如花绽放，开得铺天盖地。

十三岁那年，她跟随父亲去给一位夫人祝寿。花团锦簇的宴会厅一角，一个清瘦的老妇人，凝眸沉思，写下一阕《长寿乐·南昌生日》。她站在一旁，垂手如明玉，静静地看着一纸墨色流觞，忽然间，触动了心里的熟悉。

她虽年幼，做事却很稳重。不贸然相问，只是助兴似的，填了一首自己作的词。身边人来人往，不乏文坛名士，但她丝毫不见拘束，举手投足，落落大方，字和词，也颇见功底。

众人拍手叫好，她只是羞涩一笑，不说什么。她和他们，是人生初相识，纸上的平仄，她不为炫耀，只求一个会心。

白鹭立雪，愚人看鹭，聪者观雪，智者见白。那样幽微细密的心思，老妇人一看便知。缓缓道上名姓，果然是李清照。

诗词相酬，她对朱清照一见如故，七十岁的李清照，念她聪慧好学，也抛却了年龄的界限，和她结为忘年交，将毕生所得都传授给她。

清风盈袖，指尖落红，她把心里的起伏许给尺寸之笺，一点点书写着人生的画卷。有明媚的妖娆，有温柔的感伤，有烟雨斜阳外的清净，当然，也有一份花好月圆的憧憬和设想。

情窦初开的年纪，心事虽未言明，却也不怕被路人看破。

初合双鬟学画眉，未知心事属他谁？

待将满抱中秋月，分付萧郎万首诗。

她心仪的他，不一定是达官显贵，但一定是才华横溢、文采斐然的儒雅男子。像擅长吹箫，和妻子笙箫相奏，遂至凤凰来仪的萧郎一样。或者像李清照和赵明诚一样，赌书泼茶，诗词传情，为陌上相逢的人生增添些许雅趣。

爱情的样子，可以一厢情愿，比照着旁人轻易描摹出来，但落在现实里，有时候要历经千回百转，能否如愿，还需要看在对的时候，能否遇到对的那个人。

那时女子的婚姻，凭的是父母之命，讲的是门当户对，至于其他的对或不对，都是天意。一个"命"字，带着不可通融的强硬，决定了一个女子的一生。

说不清的偶然，便成了缘，成了躲避不开的宿命。

她嫁的这个人，是父母眼里的门当户对，侍有家仆，出有车马，她可以像在娘家一样，由丫鬟陪着游园、赏花，也可以倚窗读书、作诗填词，抚一曲《妆台秋思》。

她的丈夫，偶尔也会陪她琴瑟相合，风雅互赏，但更多的是离家在外，宦游四方。

何为宦游？

由先秦的游说之旅流变而来，指文人士子为谋取一官半职，离乡去国，或直谒宫门，毛遂自荐；或拜谒权贵，借力晋身；或广交朋友，沽名钓誉所形成的旅游。

学成文武艺，货与帝王家，是历代文人士子普遍认可的人生追求。很多人都有过宦游的经历。唐宋两代，才子辈出，情怀随着诗词走，一度还形成了宦游文学。

这一走，就是一春鱼雁无消息。千回百转的心思，归结为庭院深深里的一隅守候。候鸟有归人不归，那个惦念的身影越走越远，缥缈到只在魂梦里出现，关山重重，望到天涯都不见，她用最古老的方式，写下一纸相思。

不说寂寞，不言憔悴，她的丈夫打开信，上面一个字也没有，只是朱笔勾画的圆圈，大大小小，一个连环一个。丈夫不解其意，翻过来，于书脊夹缝中见蝇头小楷《圈儿词》，顿悟失笑。

相思欲寄无从寄，画个圈儿替。
话在圈儿外，心在圈儿里。单圈儿是我，双圈儿是你。
你心中有我，我心中有你。月缺了会圆，月圆了会缺。
整圆儿是团圆，半圈儿是别离。我密密加圈，你须密密知我意。
还有数不尽的相思情，我一路圈儿圈到底。

女人天性喜欢安定。摒退世间的繁华和纷乱，但使岁月静好，今生相依相伴,男人则以功名利禄为担当,十年寒窗,金戈铁马,为的都是一展宏图。儿女情长或许是生命中的惦念,但绝对不是羁绊,想走的时候,脚步坚定,任谁的泪如雨下都挡不住。

次日一早,她的丈夫雇了船,一路晨昏不歇地返回家,她满心的欢喜只停留了半盏茶的工夫,丈夫就说出了他的想法,带她一同出游。

出吴越,过荆楚,从一地到另一地,山青连绵着水秀,她看得心旷神怡,几番回顾化作绕指柔,若安扎一方,细水流年,与君同欢,才不枉虚度。丈夫却只着急催着她走,要去府衙送拜帖,要应酬同道中人,还要打点人情往来,由不得人延误了行程。

她的才华早在闺中待嫁时,就已经名声在外。听说她来,便有人知会她的丈夫,希望能一睹真颜。

觥筹交错,伴着笑语喧哗。她坐在他们中间,听他们谈政治,度时势,吟风月,调琴弦,相互恭维,只觉得心里的距离越来越远,不是她清高,拼尽心力想把笔墨化作灵犀,然而总是不能如愿,说到底,是道不同,难相谋。

再有人来邀,她就委婉地找个理由推脱。一次两次还好解释,次数多了,别人心里自然就有了想法,回到家里,丈夫脸色也有了不快。

从宦东西不自由,亲帏千里泪长流。写下这一句,她的眼泪已是簌簌而下。这一路风雨相伴,和举案齐眉的恩爱不相干,红袖添香陪在身边,她更像一个可以炫耀的摆设,或者走马章台的一步台阶,一腔深情,换来的是更深的孤单。

光阴似流水,在一唱三叹里掩了卷。三年后,一顶花轿在锣鼓喧天的喜庆里抬进了家门,丈夫娶了娇媚可人的小妾。

西汉卓文君以一首《怨郎诗》，绝了司马相如的纳妾之念，她不怨天，不尤人，只是在无法安睡的落寞中反省自讼。

女子弄文诚可罪，那堪咏月更吟风。磨穿铁砚非吾事，绣折金针却有功。

闷无消遣只看诗，又见诗中话别离。添得情怀转萧索。始知伶俐不如痴！

看得心疼。

纵使风华绝代，纵使权势倾国，女人的一生，终不过是一个渴望。

有一段话，当是最恰当的解释：我一生渴望被人收藏好，妥善安放，细心保存。免我惊，免我苦，免我四下流离，免我无枝可栖。

梅花落，心不悔。

客居他乡，满目都是陌生。得不到父母的慰藉，也没有知己的朋友，可以一吐情怀，但也不愿委曲求全。情不在，低到尘埃里也是枉然。倒不如放手，以心为伴，用空下来的余生，找到属于自己的那一枝爱情花开。

相思相望不相亲，天为谁春？

她自号"幽微居士"，独行独坐独唱酬，演绎着一个人的倾国倾城。"娇痴不怕人猜，和衣睡倒人怀。""但愿暂成人缱绻，不妨常任月朦胧。"一支笔，纵横罗列，排解和释放雨山空眠的寒，那是心里的天地，是风情万种的人间声色。

南宋时期，朱熹推崇的理学昌盛，对女子戒律森严。若心有荡漾，大都是藏在深处独欢，或出以含蓄蕴藉之笔法，像她这样毫无顾忌大胆倾述者，可谓绝无仅有。

因此，世人称她"红艳诗人"。

也因此，丈夫怀疑她品行不端，冠她以"不忠"之名。

她不怕人猜测，只是不甘背负这样侮辱的名。收拾了行囊，她独自一人跋山涉水，回了娘家。

她的父母起先以为她是回家小住，待到流言蜚语传来，才知道女儿的行为是离经叛道。担心女儿和那个所谓的男人联系，他们把她锁在闺阁之中，严禁她外出，并苦口婆心劝说她向丈夫认个错，出嫁从夫，家里不能留她，就算有再多的不如意，也要忍气吞声，过上一辈子。

一辈子。

她站在黄昏的渡口，喃喃地念着，心里的悲凉扫过远山如黛。这三个字，太过沉重，太过执著，需要细细思量与好好把握。

有爱在，百年是一瞬，若无爱，一分一秒都嫌长，度日如年，那样的漫长，又有谁人懂得和救赎？

水里有鱼游来游去，是自由自在的欢愉。

据说，鱼的记忆只有七秒。七秒过后，它不记得过去的事情，一切又都是新的开始。

她宁愿是一条鱼，心里的悲苦在七秒的轮回里，都可以烟消云散，什么都忘记。

朝着父母所在的方向，她跪地三拜，纵身跳入水中。

悲剧就是，把美撕碎给人看。这句话，说得真是让人惆怅。

她死于非命，不能葬骨于地下，无青冢之可悼，父母把她作的诗词收拢在一起,流着泪一张一张焚烧。他们认为,是这些诗词害了女儿,若有来生,他们只愿女儿斗字不识,安下心来相夫教子,平稳地度过一生。

她逃离了红尘,不会知道,有一个叫魏仲恭的人,沿着她所走过的地方,搜集她的断简残篇,辑成一卷,名曰《断肠集》。

《射雕英雄传》里,金庸花了不菲的笔墨,写了一种有毒的"情花",一片叶子吃下去,人就会肝肠寸断。

其实,说的还是情。

一枝折得,人间天上,没个人堪寄。这是世间失了解药的毒。那种拣尽寒枝无可栖的孤独,足以让人心成灰,痛断肠。

有人说,她是明以前留下诗词最多的一位女诗人。没有去考证,但她写梅花的诗词,写得真是多。梅花雪,梅花窗,梅花妆,梅花魂……梅花在寒风中傲骨生香,她在诗词里独守芬芳。

裁一纸薄宣,比照着古书上的样子,细勾慢挑,认真地描着一枝素梅。枝上九朵梅花,每朵花有九个花瓣,数一数,正好九九八十一瓣。

这是古时的《九九消寒图》。

冬至,意味着寒冬来临。南朝梁代《荆初岁时记》记载:"冬至日数及九九八十一日,为岁寒。"每九天为一九,数着指头,一天天数过去,连数九个九天,到九九八十一天,才能消了这彻骨的寒。

冬天里的冷,让人无处可逃。棉衣,棉靴,帽子,口罩,全副武装,也躲不过凉凉的空气。那情形,仿佛玄奘西天取经,历尽艰辛,九九八十一难,差一难都不行。

数九寒天,也自此有了出处。

岁时记——古诗词里的节气之美 235

八十一瓣花,就是这八十一天的淬化。从冬至这天算起,每过一天,就沾了胭脂水粉染红一瓣,染完一朵梅花,就等于过了一个"九",一日复一日,等到九朵梅花全部染完,纸上一片纷繁潋艳时,就是春江水暖桃花开了。

墨印花枝,一朵一朵拢开,想起嘉兴才女柳如是的词句:待约个梅魂,黄昏月淡,与伊深怜低语。

寒冬漫漫无可期,有这一个约在,心底就会觉得安定安平。

小寒：占尽风情向小园

梅花

墙角数枝梅，凌寒独自开。

遥知不是雪，为有暗香来。

——【宋】王安石

小寒。

一个"小"字，温柔，不张扬，将冬天的寒意缓解了几分。小小的寒，还不到最冷的时候。

其实，是望文生义。在气象记录中，小寒比大寒还要冷。可以说，它是二十四节气中最冷的节气。

民间有个说法，冷在三九。这"三九"就在小寒节气里。

真的是冷了。窗外天寒地冻，滴水成冰。人安静下来，躲进屋子里，大门一关，就是自家天下。看书，煮茶，闲敲棋子落灯花。或者，谁的雅兴上来了，趁着晚上未尽的风雪，穿过幽园小径，去踏雪寻梅，也未可知。

小寒时节，梅花该开了。

古人有"二十四番花信风"之说。从小寒到谷雨，八个节气，一百二十天，五天为一候，共二十四候，每一候，应一种花信，有一种花开放。

风有信，花不误。花开的过程，犹如一场盛大的仪式，无关车马声喧，但每一个环节，都有繁华锦澥的庄重：

小寒：一候梅花，二候山茶，三候水仙

大寒：一候瑞香，二候兰花，三候山矾

立春：一候迎春，二候樱桃，三候望春

雨水：一候菜花，二候棠棣，三候李花

惊蛰：一候桃花，二候杏花，三候蔷薇

春分：一候海棠，二候梨花，三候木兰

清明：一候桐花，二候麦花，三候柳花

谷雨：一候牡丹，二候酴醾，三候楝花

一番风来，一种花开，开得繁密，也开得迅疾。在深谷幽涧，或者是人家的院墙竹篱，抑或者是空寂的原野和水的两岸，各得其所，各有各的逍遥自在。谁解花语？它独自幽幽绽放，并不一定要为人知，人来或不来，在或不在，它都是这一树花枝的妖娆与曼妙。

将梅花排在第一枝，或许是因它独步冰雪，最先让枯枝开了花，打破这接天壤地的荒寒。但总觉得，还有一份偏爱在里面。花中君子里有它，岁寒三友里有它，浩如烟海的诗词歌赋里，唯它一枝出尘，形成了独具

小寒：占尽风情向小园

特色的梅文化。

若不然，二十四番花信风，何以单选了小寒为开始？

花开寂寞，须有一个素雅的陪衬，才能填补视野里的空旷和薄凉。南宋的张功甫对此深有研究，在《梅品》一书中，总结了赏梅的二十六宜：淡云、晓日、薄寒、细雨、轻烟、佳月、夕阳、微雪、晚霞、珍禽、孤鹤、清溪、小桥、竹边、松下、明窗、疏篱、苍崖、绿苔、铜瓶、纸帐、林间吹笛、膝下横琴、石枰下棋、扫雪煎茶、美人淡妆。

哪一种，都是雅致。有心赏，哪里都是宜。

回到北宋，一个寂静的庭院，一树梅花开得正好。

梅花清寂，疏影横斜，一朵有一朵的香，一开，香气顺着木格子窗冲进来，就撩拨了人的心神。

都说女人爱花，其实男人也爱。南北两宋，花是身份和地位的象征。逢节庆，皇帝要赐花给臣子，什么级别戴几朵花，由谁来戴，都有讲究。文人浪漫多情，做不了大官大贤，也有风雅乐趣。寻花、赏花、花下酌酒，头上簪一朵花，逍遥过市，是常有的事。

撂下手头的杂事，两步并作一步，走到院子里，在花树下赏花，闻香，消磨了小半天，意犹未尽，还要铺纸研墨，提笔，写一首《梅花》诗。

诗简短，二十个字，又清又寂又香，仿佛一份愉悦的邀请：花都开好了，你来不来？

写诗的人，是王安石。

他在世的时候，有个绰号——拗相公。

拗，在字典里的解释是，固执，不顺从。

有多拗?

他从小患病，气喘。发作起来，心慌气短，喘得上气不接上气。请了很多大夫，没人医得好。一个大夫告诉他，有一个偏方，要用壶关的紫团参做药引，文火煎成一味药，连续喝上三个月，就可痊愈。紫团参是人参上品，因为难得，十分珍贵，在当时被划为向宫廷进贡的贡品，药店根本找不到。恰好有人从河东来，带有紫团参，得知他需要，便登门送了几两。他回家后，看到桌上一碗药汤，究问底细，当即便喝令家人奉还。家里人劝他，没有这味药，病就没办法根治。他拗脾气上来，我一辈子没用紫团参，不也活到今天了。

这件事，给他赢了一个清廉守正的名。委屈的是送参的人。他叫薛师政，是王安石的朋友，任地方官，壶关是他的辖区。送参那一年，王安石已辞去宰相，退居江宁。没有权，薛师政也无事相求，送的，是一份故友情谊。

《梦溪笔谈》的作者沈括，与两人都相识，知晓原委，写得清楚：友人赠人参。只是，这一笔太轻，放在王安石的叱咤人生中，很容易就被人忽略，甚至误读了。

一件事拗不算拗。宋代笔记小说发达，以亲历或耳闻的角度，记录了他的许多事。

《邵氏闻见录》记载，牡丹花开时，包拯邀他和几位属下共赏。有花无酒不尽兴，也不尽地主之谊，置备上小菜，杯盏都斟满了酒。盛情难却，在座的人，能喝的一饮而尽，不能喝的，也端了酒杯象征性地抿一点，偏偏他就滴酒不沾。说不喝就不喝。众人劝酒，劝了又劝，他就是不为所动。包拯时任开封群牧使，说起来，官还大他一级，端着酒杯来敬，他也不喝。

弄得包拯也没了脾气，脸一黑，随他吧。直到酒宴散了，他面前的酒杯还是满的。

也不是不能喝。《客至当饮酒》，他连写二首；《示黄吉甫》中，也写过"尘世难逢开口笑，生前相遇且衔杯"，——人世间很难遇到让人开口一笑的事，所以活着的时候，朋友碰到一起还是喝酒行乐罢。

这一次，不知道为什么不喝。反正，他认为自己不该喝，别人说破嘴皮子也没用，一根筋，不怕得罪人，不会为了迎合谁，妥协或者委屈一下自己。别说故友，同僚，就连皇帝都拿他没办法。

初入仕途时，他在州县任职。颇有政绩。仁宗想召他回京，几次下诏，他要么称病，要么回避，反正是不去。仁宗也不生气，反而越想召他回去，派钦差把圣旨送到他家。

圣旨，是帝王权力的展示和象征。接旨的人得跪迎，匍匐在地，恭恭敬敬听传旨人当场宣读，末了，无论是不是自己想要的，都要谢主隆恩，喊一句"吾皇万岁万岁万万岁"！

宋朝政治开明民主，皇权也不那么专制。包拯就曾经掩门不接圣旨。

钦差进了家，他掩不了门，就躲进茅房。钦差左等右等不见人来，知道他又躲了。来回跑了几次，钦差也不耐烦了，把圣旨放到桌上，抬脚上马就走。

圣旨放在家里，就等于接了旨。接了旨，再不回京，就等于抗旨不尊，就是欺君之罪。他从茅房里跳出来，抓起圣旨一路狂奔，赶上钦差，硬生生将圣旨还了回去。

这一段，我读过多少遍，每次读，脑海里都要浮现出他狂奔的样子，都忍不住笑。叫他拗相公，一点都没委屈他。

在婚姻上，他也是拗。

别的官员三妻四妾，家里环肥燕瘦，花团锦簇，他不，弱水三千，只取一瓢饮，只一个结发妻子吴氏。

架住名分，架不住的人言。善妒，河东狮吼，不允许相公纳妾。不贤惠，不勤快，不会照顾人。王安石的邋遢，在当时是出了名的，不爱洗脸，不爱洗澡，不修边幅，衣服脏了也不换洗，身上总是油腻腻的，还长了虱子。有一次，王安石面见宋神宗，虱子爬到了胡须上，宋神宗看到后忍不住笑出了声，文臣们也写诗打趣，传为笑柄。

到最后，妻子吴氏也沉不住气了，四处张罗着，要给他物色一个小妾。一来，为自己正名；二来，找个能拗过他的人，扳一扳他的邋遢习惯。

知道他拗，和他商量，试了几次，都行不通，吴氏先斩后奏，悄悄买来了一个女子，带回了家。

这女子长得俊俏，眉眼盈盈如春山，小蛮腰，绿罗裙，衣袖上，绣一枝青黛，清致可喜，也颇知文墨。原也是良家女子，丈夫是军中将官，奉命押粮走汴水运京，不料即将到京城时，遇到大风，船翻粮没，丈夫卖了家当，卖了奴婢，还是抵不够粮钱，无奈之下，只好把她也卖了。

吃过晚饭，王安石像往常一样，去书房里看书。女子端茶进来，他一看，不认识，便问她的来历出身。女子泪如雨下，如实相告。梨花带雨，勾起怜香惜玉的心，他不仅退还了女子，还帮女子家还清了债务。

赔了银子，又送了人。吴氏生气，索性再不管他。他的一生，身边再没第二个女人。

也许，曾经是有过的。

读他的《千秋岁引》，总觉得，字句背后，有一个女子的身影，不分明，但随着时光缓缓游走,直到他的晚年,仍是挥散不去。

无奈被些名利缚,无奈被它情耽搁。
当初漫留华表语,而今误我秦楼约。

梦阑时,酒醒后,思量着。

回想当年,桃花陌上,春风柔情里,也曾写了海誓山盟,可兜兜转转,秋声已寥廓,终于还是辜负了红颜,未能兑现许下的约定。晚年的他,醉里挑灯,独自收拾过往,别有一番感慨。

那时候年轻气盛,不把爱情当回事,要金榜题名,要出名头地,一腔豪情,追风逐月,要千军万马倾尽天下,才会归来,许一个暮雪白头老。只是,此岸彼岸,挥手再见,一挥手就成永诀。

秦楼,在古诗词中,多指女子闺楼。汉东府《陌上桑》中说,日出东南隅,照我秦氏楼。范成大《秦楼》中说,奚女家人称贵主,缕金长袖倚秦楼。汉代刘向撰写的笔记小说《列仙传》里,亦有烟锁秦楼的典故。

作为一代风云人物的政治家,他在北宋文坛的地位也很高,与苏氏父子齐列名于"唐宋八大家"中。诗也独具一格,早年豪雄慷慨,踌躇满志,晚年闲澹清新,随意洒脱,创造了一种诗体"荆公体",也叫"半山体"。

这一首《千秋岁引》,也是他的晚年之作,读起来,却是情韵深婉、恻恻动人,是男女私情的小词路数。

不失,不忘。

不失,是不愿意失,不忘,是忘也忘不掉。

浮生一梦,情缘几许,终是"分易分,聚难聚",谁能敌过这命中劫数?

他与她，终只不过是这一场人生的旅途上，擦肩而过的路人。没有永恒，连承诺，都轻得像一阵风。

两鬓成霜，寂寞饮尽杯中酒，那一场秦楼约，扎根心中，只待来生，续未尽之缘。

熙宁三年，他被任命为宰相。那一年，他五十岁。人老心不老，接连推出十几项政令，涉及财政、税收、农业、水利，兵制、科举各个方面，老骥伏枥，他要一展抱负。

百密总会有一疏。他推行的变法，变着变着，就走了样。"富民之法"变成了"负民之法"，农民的负担反而比变法前更重。

一千多农民集体进京，在他的住宅前闹事，他的两个亲弟弟，也不能理解，对他进行反戈一击，与他惺惺相惜的一干好友，也与他反目成仇，连一直支持他变法的神宗都动摇了，拿出一堆弹劾奏章给他看，希望暂停新法。

拗人做事容易认死理儿。他也一样，铁了心要变法。他有一句名言，天变不足畏，祖宗不足法，人言不足恤。

黄庭坚，反对他变法，遭到贬谪；司马光，与他是惺惺相惜的知交，变法中，两人反目成仇。举荐他入朝做官的欧阳修，对新法有所抵制，成了他的政敌。晏殊和他同朝为官，念同乡之谊，推心置腹，送他八个字："能容于物，物亦容矣。"他颇为不屑地说："晏公为大臣而教人者以此，何其卑也。"

事在人为，却不以人意为转移。

变法举步维艰，他的儿子又染病去世，他心力交瘁，辞去宰相，隐居江宁,筑屋结庐。

他隐居的地方,在南京至今尚有遗迹。原来叫"谢公墩",是东晋名相谢安隐居的地方。

谢安字安石,与他同名。淝水之战,以八万兵退八十万敌,使国家转危为安,留下"草木皆兵"的佳话。浮生转瞬,看谢公百年流芳,想自己豪情无寄,拗劲上来,他作诗曰:我名公字偶相同,我屋公墩在眼中。公去我来墩属我,不应墩姓尚随公。

人作古,黄土埋,旧居之名也只好全归于他。因距江宁城东门七里,距钟山主峰也是七里,恰是半途处,大笔一挥,他改名"半山园"。自号半山老人。

隐得身,却隐不了心。身在半山,心还系着江山。这期间,他写过一首诗《六年》:

六年湖海老侵寻,千里归来一寸心。
西望国门搔短发,九天宫阙五云深。

六年了,离开朝廷,发生了很多的事情,可是我的心,还是永远向着朝廷。天天朝着朝廷的方向,我就在想,最近又发生什么事了?搔短发,搔得头发都掉光了,变成短发了。在那遥远的都城,不知道又发生了什么事。

得知新法尽废,他编著的《字说》也遭禁,终抑制不住郁愤,不久,便病逝。

他的丧事办得极为冷清。支持变法的人被贬了,恩师知交反目,门生故吏，为了避嫌也躲开了。呕心沥血，却是心事无成，众叛亲离，他成了孤家寡人，成了墙角，凌寒独自开的那枝寒梅。

当初漫留华表语，而今误我秦楼约。

再读这一句，仍是一声叹息。

世事的沉浮，人情的变迁，终会让人幡然醒悟。然而，流年早被暗中偷换，物不是，人也非，谁能僭越万里风沙，让时光重新来过？

有一份问卷调查，列举了世间那些叫人悔青肠子的事。譬如，放弃了不应该的放弃，坚持了不应该的坚持，花高价钱买到地摊货，码字一万忘记存盘等等。

高居第一的，是错过。

错过一时，有时候，就等于错过了一世。

在滹沱河畔。

北方的冬天，不一定大雪纷飞，但一定是寒气袭人。很凛然，也很有气势，一路浩浩荡荡，落叶残花，封山断水，当所有的繁华剥落成一卷无边无际的苍凉，小寒才裹着化不开的冰凌，干脆而果断地登场。

像雪上加霜，这是更深一层的寒。

滴水成冰的季节，宽阔的河岸上，空无一人，草色枯黄在茫茫天地间，或匍匐成一席毯的柔软，或一茎苍凉，飘摇在薄雪覆盖的河面上。满目都是旷远的宁静，呼吸一口，清冽的气息，就如深夜落雪般，沁入了肺腑。

河岸上，一只鸟印下的足迹，仿佛一朵朵梅花，从河的深处，迤逦而来。那么孤独，又那么坚定，好似久别的故人，不惧这无边的荒凉和寒冷，踏了一夜风雪来寻我。心神一荡，有一种寂寥处寸心相知的感觉。

以梅花消遣春光与流年，每一段都是传奇，每一段都美得让人拍案。

晋代的陆凯，虽统领着百万军队，却也是手不释卷的风雅之人。那一年，他率兵南征，路过荆州，得知岭上的梅花开了，便轻装简从，踩着一径微雪去寻。

疏影横斜，梅花一树一树的开着，淡淡的幽香，轻柔了戎马倥偬的心。他折下一支清逸的绿萼梅，交由打马而过的驿使，给久未谋面的挚友范晔，并附上了一首五言绝句：折梅逢驿使，寄予陇头人。江南无所有，聊赠一枝春。

十里一铺，三十里一驿，从南方，到北方，若按那时的邮寄速度，这一枝梅到了范晔手里，别说颜色和香味，也许花瓣都会凋落的不知所踪。这一点，陆凯并非不知，而是有一个深厚的念想在里面，且深知看到的人会洞彻心扉，懂得其中分寸的微妙。

梅花纸帐，读到这四个字，目光便不想移走了。这美到极致宛如远离人间烟火的物什，是宋代文人雅士的流行。在一张卧床的四角，傍上四根帐柱，上面横架一个顶罩，将顶罩和三侧用细白纸蒙护起来，就做成了一个纸帐。除了设书柜，置香鼎，四根帐柱上，还各挂一只锡制的壁瓶，瓶中插上新折的梅枝。

这比李渔的梅窗更多一份风情。人在其中，可敛意清坐，可焚香读书，读至小篆香残，便拥书而眠。或者这一鼎香也是多余。夜阑风静，枕一帷天然的梅香入梦，梦到深处，是无涯的心，浩浩荡荡的，横斜成了一枝梅，带着自己淡淡的清寂，和热忱。

美人淡妆，梅花点额，原是春节的风俗。本不应放在这一节，但梅开锦绣时节，拈一朵梅花，点在清秀的眉骨上，谁说不是这一时的美丽开篇？

人面映着花容，闺阁里的曼妙总是与女子有关。相传，正月初七那天，宋武帝的女儿寿阳公主，和宫女们在含章殿捉迷藏玩。玩得累了，便躺卧在檐下融融的阳光里小憩。有风吹过，一朵梅花不偏不倚正好落在她的额头，怎么拂也拂不掉。三天后，梅花经水洗掉了，额头上却留了五个花瓣的印记。宫女们看了觉得娇俏，也学着在额头上粘梅花。或者，蘸着胭脂，在额头上画一朵梅花，后来流传到民间，人称"梅花妆"。

一花一世界，一朵一乾坤。在古人眼里，梅花可入诗，入画，入酒，入茶，入生活，这还不算够，还要入了生命，做倾心相对两相知的那个人。

宋代林逋，博学多才，有胆有识，却不求富贵，不恋仕途，舍离世间繁华，在杭州的西湖边上，守定孤山，以梅为妻，写下了一段浪漫千古的传奇。

再没有见过像他那么爱梅的人，山前山后，三百六十五株梅花，全是他亲手栽种的。浇水，疏枝，养护，日夜静心照看。梅花开的时候，更是不出山，一个人寻着香风枝枝蔓蔓去赏，或者与三两旧友，花间小坐，谈笑风生，或者就着一壶酒的微醺，研磨写诗。写完一首就丢在风里，风吹纸飞，落在哪株梅花上，就是写给哪株梅花的。

唐伯虎在桃花庵里，卖得桃花换酒钱，他也有这份怡然的情趣，把每株梅花卖的钱装入一个小包，然后投进粗瓷的瓦罐里。每天随手取一包，作为自己的生活费。包里的钱足够多，就多加一壶好酒，如果钱数微薄，也粗茶淡饭就将就着过。待瓦罐空了，刚好一年过完，新的梅花又可兑钱了。

相伴着这满山的梅,他成了世外之人,不理会红尘中人都在忙些什么,只是简简单单、平平静静地过着悠闲的日子。

我心素已闲,任世事纷乱,尘嚣此消彼长,只守着一方安静,担风袖月,宠辱不惊。

小寒无所有,聊赠一枝梅。

大寒：岁染蕤红一年欢

> 大寒吟
>
> 旧雪未及消，新雪又拥户。
>
> 阶前冻银床，檐头冰钟乳。
>
> 清日无光辉，烈风正号怒。
>
> 人口各有舌，言语不能吐。
>
> ——【宋】邵雍

看甲骨文里的"冬"字，有些许触动——单笔斜起，又稳稳地落下，两端，不偏不倚，各添上一个圈。仿佛谁扯着光阴的线，将日子温柔的打了一对结。

渡回那个古老的岁月，它最初的意思，是终。

冬天的节气，起于立冬，终结于大寒。如同一个庄重的谢幕，在二十四节气里，大寒携着春节，以喜庆和热烈作收梢，成为最后一个节气。

依然是朔风凛冽，天气寒冷，人栖身在屋里，却没有了窝冬的安闲。收拾屋子、整理衣物，除旧布新，把家里每一个角落清扫干净，或者穿上厚厚的棉衣，迎了扑面的风出门，往来街巷和店铺之间，购置采买。或有忙碌的疲惫，但该做的事情一件也不怠慢。

"节"的含义，古书里早有释解，节者，制度之名，节止之义，制事有节，其道乃亨。引申开来，节日，就是节制、管束、停顿的日子。

年少时，最不喜欢的是节。不喜欢迎来送往的热闹，更厌烦循规蹈矩的盲从，繁文缛节，只觉得是禁锢，束缚和抵触，及至年岁渐长，方知道俗礼背后，有多深之暖意。

二十三，糖瓜儿粘；二十四，扫房日；二十五，炸豆腐；二十六，炖白肉；二十七，宰公鸡；二十八，把面发；二十九，蒸馒头；三十儿晚上熬一宿；大年初一去拜年……

这是哪一朝遗留的风俗，又是谁捻了尘世的烟火，与光阴同行？我无从准确考证。所有的节气里，属它跨度长。记忆里，一般要从年前的腊月初八算起，直到年后的填仓节（农历正月二十五）。大寒时节，地冻人闲，有足够的精力和热情，将这个节气过得隆重和热闹。

节气愈深，年味愈浓。

若用颜色来形容大寒，当是旖旎的红。

是高高挂起的红灯笼。和春联一样，它是门楣上的点缀，一左一右，细韧的竹骨撑起百转千回的守候，燃在漆黑的夜色里，映衬着青砖瓦舍，温暖着游子山水迢迢归家的路。

是集市上铺成半壁江山的春联。"春增岁月人增寿，春满乾坤福满门。""新春富贵年年好，佳岁平安步步高。""爆竹声中一岁除，春风

岁时记——古诗词里的节气之美　　　　　　　　　　　　　　251

送暖入屠苏。"……逐一看过去,虽是平实的祈愿,却都是喜气祥和的句子。纯正的红,衬着富贵的金,或者沉稳的墨,时有惊艳之美,又承袭了文化的恢弘持重,美得沉静,有底气。

或者,自裁红纸赋新词——一点墨,溶于水,随水性而浓、淡、枯、润,落到了纸上,便有了千种变化。可放马山川,可恣意江水,可皴染花木深,亦可藏锋留白,诉一场风烟俱净。一支笔荡开,便是一个人的世界,一个人的江山如画。

是方格子窗户上那一朵朵窗花。就像插秧一样,一个窗格里一朵,也是左右对称,成双结对。牡丹缠枝,鸳鸯戏水,吉庆纳福,都是烟火日子里的琴瑟和美,不枝不蔓,蓬荜生辉。

是笼屉上蒸好的白面馒头。小时候,最喜欢做的事是点红。氤氲的热气里,用筷子蘸了胭脂,稳稳地点在馒头正中间,仿佛是画龙点睛的一笔,素白配着嫣红,有惊人的艳。

是此起彼伏响开的爆竹。一地的碎红,在脚边缤纷盘桓。我喜欢从上面走过,像走在红色的花瓣上,却没有面对落花的悲凉,爆竹声声辞旧岁,这场花事过了,桃红杏粉的春天也就不远了。

红尘。红尘。

有了这红的点缀,尘世的种种存在,无论是喜悦,还是疼痛,便都构成了生命里的流光溢彩,让人眷恋着,痴缠着,渡着岁月的河跋涉而来,觅一丝温暖,寻一处安宁,即便此一刻身临荒芜,仍有一个温婉的念想,落脚于尘土,抬眼于花开。

为一座小小的院落,燃起一炉红火。

它偏安一隅,在古城涿州的邵村,是邵雍的出生地。

他的出生,颇有传奇色彩。《邵氏闻见录》中记载,他生下来就有异于常人,黑发披面,口中长有牙齿,还能叫母亲;七岁庭院玩耍,从蚁穴中豁见天日,云气往来。

写《邵氏闻见录》的,是他的儿子邵伯温。善文,见多识广,朝廷大政,轶闻掌故,文人逸事,信手拈来,名重一时。

以神化的笔墨,记述父亲的出生,或可解释为心里的崇敬,但更多的该是找个让人信服的理由,让父亲不寻常的一生,有落脚之处,有据可循。

涿州不大,顺范阳大街从东到西,不过十几分钟车程。但巷陌纵横,久远深阔,不仅矗着碑林古塔,更养着一川才子英雄。刘备、张飞、卢植、贾岛、赵匡胤、郦道元……脚步在充满未知的路途中前行,一个停驻,面对的就是庭院深深,千年梦泽。

邵村花田。是涿州八景之一。

花,是荷花。田,是稻田。千年古井灌溉着,米白如玉,晶莹透明,自唐代以来,就成为帝王进贡的大米,也称"御米"。

春来,荷叶初卷,良田插青秧,夏来,荷叶田田,稻吹千层浪,秋来,残荷万点,稻米送清香,再加上小桥流水,垂柳依依,所以,邵村又有"小江南"之称。民国周存培编写《涿州县志》时,借住邵村,曾写下这样的句子:水光泼墨水托蓝,获稻分秧事事暗。十亩荷花万株柳,卜居须伴小江南。

村中一院,白墙黑瓦,碧树掩映。树影在小窗上,随意斑驳,他在屋内,心平气静,夏天不打扇,冬天不生炉,夜不就席,秉烛独自读。

岁时记——古诗词里的节气之美　　253

一年之计在于春，一天之计在于晨，一生之计在于勤。原以为，是一句民间俗话。来邵村，才知道，是他留给我们的警世名言。

古人说，学而优则仕。十年寒窗苦，图的就是金榜题名，实现自身价值，施展才华抱负。

他终身不仕，不是学得不优，也不是因为没有入仕的机会，而是他自己不愿将自己送入仕途。

非心所愿即是悲。

他对功名看得很淡，非但不主动参加科举考试，对于朝廷的免考授官——这种一步登天的终南捷径，也一一拒绝。

丞相富弼，是他的好友。知他才华过人，几次邀他出来做官，一来，顺了朝廷纳才招贤之意，二来，也可以改变一下他的拮据生活。每一次，他都是婉言谢绝。富弼以为他嫌官务繁杂，误了著书立说，劝他说："如不欲仕，亦可奉致一闲名目。"意思是，可以挂一个清闲官名，只领薪奉，不必做事。他淡然一笑，答友人，大得却须防大失，多忧原只为多求。

治平四年（1067年），宋神宗即位，下诏天下举士。朝廷大员纷纷举荐他。宋神宗早就闻他声名，连着发下三道诏书，授他官职。他再三推辞，推辞不掉，不得已接了诏书。但也是塞上牛羊空许约，他称身体有疾，不肯赴职。

不是自诩清流，也不是待价而沽，图谋更好的前程，只是心有所向，寻一处清幽静好，当一回红尘之外的隐逸人，不谋利，不谋名，缤纷世相，只作过眼烟云。

外界风起云涌，他在最深的红尘里守着自己，韬光养晦，成就了哲学家、易学家的博学，著有《观物篇》、《先天图》、《伊川击壤集》、

《皇极经世》、《渔樵问对》等书。与周敦颐、程颢、张载、程颐合称"北宋道学五子"。

离邵村不远的仙坡村,有一木坊,上面写着,邵子讲易处。据说,是他登坛讲学的地方,还有一处他的"安乐窝"。

乾隆皇帝曾"御制安乐窝诗"一首:

前者周程后者朱,同归何碍却殊途。
深知天地理数蕴,不作语言文字儒。
试想安贫乐道趣,常依月到风来湖。
啸台近在烟霄里,异世艺兰结契无?

诗中的"周"指周敦颐,"程"是二程(程颢、程颐)。"朱"则朱熹,都是著名宋代哲学家。

而在民间,他的声名,更在这四人之上。人们把他称为"神算",流传着许多关于他未卜先知的故事。河水搬家、测字圆梦、马踏牡丹、闻鹃声而知天下将乱、一个"筷"字三种结局等等,神机莫测,曲折离奇。

邵村一位老人,给我讲了马踏牡丹的故事。

说的是牡丹花开时节,他邀了几位好友共赏。众人在花前饮酒赋诗,酒足诗兴浓,喝了两坛老酒,写了满纸的诗,还恋恋不舍,约了明天再来。他掐指算算,略一思忖,说,明天别来,来也看不到牡丹花开。

众人都不信。牡丹刚刚开放,明日中午怎么会凋谢?打趣他说,是不是舍不得拿酒出来了。他微微一笑说,若不信,明天来验。

次日,众人如约而至。说笑寒暄,正准备进园赏花,忽然马厩那边乱成一片，原来两位来客的马相见厮咬，挣脱了缰绳，跑进了园子，顷刻间，满园牡丹皆被踩踏损毁。众人恍然大悟，纷纷称赞他神算："先生真神人也！"

道可道，非常道。对卦象的辩证关系，以及其思想的精髓和内涵，没有水落石出的明白，也不想深读那些厚重的书卷，世间万物自有因果定数，更羡慕的是他的散漫和闲适，朝花夕拾，我只记取一刹那的心动，无道一身轻。

安乐窝。

喜欢这个"窝"字。

天地辽阔，人生如寄。窝，是安身立命之所。不一定有多大，不一定豪华，但待在里面，一定是安全，安静，安然。受了委屈，挫了锐气，伤了心神，窝在，人就有一个回身的余地。

风不出，雨不出，寒不出，暑不出。他自称是安乐窝中快活人，闲来只有四物最相亲：一编诗逸收花月，一部书严惊鬼神。一炷香清冲宇泰，一樽酒美湛无真。

却又不是消极遁世的人。谈笑有鸿儒。和他交往密切的人中，有达官贵人，文人雅士、学者名流，司马光、苏轼、富弼、吕公著，都是他的座上客，酌古论今，恢宏江山气度，访山问水，怡然风月情怀。

往来有布衣。左邻右舍，谁家有难处，他热心相帮，遇到人事纠纷，就上前好言调解。父亲训斥儿子，哥哥教育弟弟都会搬出他的声名，说："你要是不学好，邵先生知道的。"百姓觉得他亲切，丢了东西找他，有了病找他，遇到难题找他，谈起他时，不说名姓，只称"我家先生"。

春秋农闲时节，他常入乡游历。行无定所，无拘无泥，他喜欢到哪就到哪儿，有人专门为他收拾了客房，并仿照他安乐窝的叫法称之为"行窝"，或去或留，随着他的意愿。

王安石的变法新政推出后，许多官田被挂牌拍卖，他的安乐窝也在其中。百姓不愿意他离开，也不愿意他流离失所，安乐窝土地三个月始终无人问津。后来，他的二十余位朋友集资为他买下安乐窝，还为他购置了游园和田庄。

陶陶然，飘飘然，闲闲见人，闲闲说话，闲闲看景，闲闲喝两杯小酒，喝得微醉，再趁兴写下几行闲句。

读他的《大寒吟》，平平淡淡，明白如话。柔声软气地缓缓道来，你看，旧雪还没消，新雪又来了，台阶上结了冰，檐下也挂了冰钟，阳光黯淡，风还不停地吹，然后，就像个孩子似的，发了一句小牢骚：人口各有舌，言语不能吐。

晚年的他，自嘲为诗狂。贺知章称诗狂，是因为诗歌豪放旷放，他不是，这个狂，是痴狂的狂。忽然就喜欢上了写诗，醒时写，微醺时写，花开写，雪落也写，他主张"诗乐合一"，不讲太多规矩，只写心中洞天。一管毫锋聊作狂，是一心一境，意沿相生。

他不以诗闻名，所作的诗也非流传的精品，多是即兴抒怀的消遣之"吟"。醒来了但睡意还未全消，想起床又懒得起床，就偎着被子写一首《懒起吟》；洒至微醺，聊发少年狂，插一朵野花在头上，对着酒中的花影，吟一首《插花吟》；院静春深，在竹影婆娑里闲看邻人争棋，黑白战场，你来我往，纵横捭阖，一个思绪起伏，转回家伏案挥毫，写下一百七十四字长诗《观棋吟》。还有《霜露吟》、《岁杪吟》、《浮生吟》、《风月吟》、《金帛吟》等等，都是随手拈来的片段。

他还有一首诗，最是简单，也流传最广。

一去二三里，
烟村四五家。
亭台六七座，
八九十枝花。

也是看了这首诗，再回过头来看他，才有了心里的熟悉。也是看过史料介绍，才知道，他的诗在南宋中期产生了不可小觑的影响。连挑灯看剑的辛弃疾都说"作诗犹爱邵尧夫"，还有人把他的诗称作"邵康节体"。

尧夫，是他生前的字。康节，是他死后朝廷诏谥的名。

按照《谥法》用字的解释，温良好乐曰"康"，能固所守曰"节"，这两个字，他当得起。

邵村采访，两鬓斑白的刘伯，边走边指点，"这里是井……这里是改了的河道……那边有棵大槐树……"

世间尘起尘落，人聚人散，总会留下点印记，不只在记忆里，还在天地浩渺间如惊鸿般存在着。

荷花，稻田，水光，垂柳，最剪心情。什么也不说，站在邵村花田的九曲回廊上，看枯在水中的一朵荷。似是昨日风物，又分明不是。我与它，近在咫尺，却又隔着一世的苍茫。心里的潮汐，退了又涨，忽然明了，我一再眷顾的，早已不再是它的模样，沧海桑田，世事纷繁，其实守的就是这一份平静。

　　一月气聚。二月水谷。三月驼云。四月裂帛。五月裕衣。六月莲灿。七月兰浆。八月诗禅。九月浮槎。十月女泽。十一月乘衣归。十二月风雪客。——季节更迭，岁月不居，再织锦的日子，都会依稀成旧事，再深情的不舍，也是坚定从容，一去不返。

　　人生不能随心所欲，却能随心所遇，随遇而安。就像邵雍在《心安吟》所述，心安身自安。